A. P. Tschechow

Der Dicke und der Dünne

A. P. Tschechow

Der Dicke und der Dünne

Reihe: *classic pages*

ISBN: 978-3-86267-024-6

Auflage: 1
Erscheinungsjahr: 2010
Erscheinungsort: Bremen, Deutschland

Europäischer Literaturverlag (www.elv-verlag.de), Fahrenheitstr. 1, 28359 Bremen.

Bei diesem Titel handelt es sich um den Nachdruck eines historischen, lange vergriffenen Buches aus dem Gustav Kiepenheuer Verlag, Berlin (1938). Da elektronische Druckvorlagen für diesen Titel nicht existieren, musste auf alte Vorlagen zurückgegriffen werden. Hieraus zwangsläufig resultierende Qualitätsverluste bitten wir zu entschuldigen.

A. P. Tschechow

Der Dicke und der Dünne

Aus dem Russischen übertragen
von Leo Borchard

CLASSIC PAGES

ANTON PAWLOWITSCH TSCHECHOW

Inhaltsverzeichnis

	Seite
Der Dicke und der Dünne	1
Die Tochter Albions	4
Die Verleumdung	10
Der Tod des Beamten	16
Wanjka	20
Das Ausrufungszeichen	26
Die Pferdekur	33
Der Redner	42
Roman mit dem Kontrabaß	47
Wint	56
Die vertauschten Schuhe	61
Der Schriftsteller	67
Das Gewinnlos	72
Die Sirene	79
Der Rächer	87
Der Orden	94
Inkognito	99
Das Kunstwerk	106
Überflüssige Menschen	112
Das Drama	121
Geeignete Maßnahmen	128
Im Dunkeln	134
Aus dem Tagebuch eines Buchhalters	141
Ein schutzloses Wesen	144
Sommerfrischler	151
Gram	154
Ssst!	162
Das Ende eines Schauspielers	167
Die Vernunftehe	177
Bei der Adelsmarschallin	184
Das schwedische Streichholz	190
Oljenka	220
Anna am Halse	239

Der Dicke und der Dünne

In der Halle des Nikolaj-Bahnhofs trafen sich zwei Freunde: der eine dick, der andere dünn. Der Dicke hatte soeben im Bahnhofsrestaurant gespeist, seine Lippen trugen noch die Spuren eines fetten Happens und glänzten wie zwei reife Kirschen. Er duftete nach Sherry und Fleur d'Orange. Der Dünne dagegen war gerade dem Zuge entstiegen und ging bepackt und beladen mit Koffern, Bündeln und Schachteln. Er roch nach Schinken und Kaffeesatz. Hinter seinem Rücken schaute eine Frau mit langem Kinn hervor — seine Ehehälfte, und ein hochaufgeschossener Gymnasiast mit halbzugekniffenem Auge — sein Sohn.

– Porfirij! – schrie der Dicke auf, als er den Dünnen erblickte. – Bist du es wirklich? Mein Lieber! Wie viele Jahre, wie viele Monde!

– Großer Gott! – staunte der Dünne. – Mischa! Jugendfreund! Wo kommst du her!?

Die Freunde umarmten sich dreimal und konnten ihre Augen voller Tränen nicht voneinander wenden. Beide waren angenehm bewegt.

– Mein Lieber! – begann der Dünne als erster nach der Umarmung. – Das hätte ich nicht erwartet! So eine Überraschung! Na, laß dich doch richtig anschauen! Genau so hübsch geblieben, wie du früher warst! Der gleiche Liebling und Geck! Ach, Gott im Himmel! Na, also, wie steht es? Bist du reich? Bist du verheiratet? Ich bin bereits verheiratet, wie du siehst... Das ist meine Frau, Luise, geborene Wanzenbach... evangelisch... Und das ist mein Sohn, Nafanail, Schüler der dritten Klasse. Nafanja, das ist mein Jugendfreund! Auf einer Schulbank haben wir gesessen!

Nafanail überlegte eine Weile und nahm dann die Mütze ab.

– Auf einer Bank haben wir gesessen! – fuhr der Dünne fort. – Weißt du noch, wie man dich geneckt hat? Man nannte dich Herostrat, weil du ins Klassenbuch mit der Zigarette ein Loch gebrannt hast, und mich Ephialtes, weil ich so gerne petzte. Ha-ha... Kinder waren wir! Hab' keine Angst, Nafanja, komm doch näher... Und das ist meine Frau, geborene Wanzenbach... evangelisch.

Nafanail überlegte eine Weile und versteckte sich hinter dem Rücken des Vaters.

– Na, wie lebst du, mein Guter? – fragte der Dicke, voll Begeisterung auf seinen Freund blickend. – Arbeitest du? Bist du weit gekommen?

– Hab' eine Stelle, mein Lieber! Schon das zweite Jahr bin ich Kollegienassessor und trage bereits einen Stanislaw im Knopfloch. Das Gehalt ist zwar mäßig... na, hol's der Teufel! Meine Frau erteilt Klavierunterricht, ich verfertige privatim aus Holz Zigarettenetuis. Fabelhafte Etuis! Für einen Rubel pro Stück verkaufe ich sie. Wenn mir jemand zehn Stück und mehr abnimmt, bekommt er, verstehst du, Rabatt. Wir schlagen uns schon durch. Früher, weißt du, diente ich im Departement, jetzt aber bin ich hierher versetzt als Bürochef im gleichen Ressort... Hier werde ich jetzt dienen. Na, und wie ist es dir ergangen? Bist du etwa schon Staatsrat? Ah?

– Nein, mein Lieber, greif mal ein bißchen höher, – sagte der Dicke. – Ich habe es bereits bis zum Geheimrat gebracht... Zwei Sterne besitze ich.

Der Dünne erblaßte, versteinerte, ... aber bald verzog sich sein Gesicht nach allen Seiten zu einem breiten Lächeln; es schien, als ob aus seinen Augen, aus seinem Gesicht Funken sprühten, als ob seine ganze Figur eingefallen, zusammengeschrumpft, verbogen wäre ... Seine Koffer, Bündel und Schachteln schrumpften gleichfalls ein und legten sich in Falten ... Das lange Kinn der Frau wurde noch länger; Nafanail machte sich stramm und knöpfte seinen Rock bis oben zu ...

– Ich, Euer Exzellenz ... sehr angenehm! Ein Freund, möchte man sagen, der Jugend, und plötzlich zu so einem Würdenträger geworden! Hi-hi-hi.

– Na, laß das! – machte der Dicke eine Grimasse. – Wozu dieser Ton? Wir sind doch Jugendfreunde — wozu denn diese Ehrenbezeugung!

– Ich bitte Sie ... Wieso denn ... – kicherte der Dünne, noch mehr zusammenschrumpfend. – Die gütige Aufmerksamkeit Eurer Exzellenz ... ist sozusagen wie ein belebender Quell ... Das ist, Euer Exzellenz, mein Sohn Nafanail ... meine Frau Luise, evangelisch, gewissermaßen ...

Der Dicke wollte irgendetwas erwidern, aber auf dem Gesicht des Dünnen stand so viel Ehrerbietung, Süße und kriecherische Säure geschrieben, daß es dem Geheimrat übel wurde. Er drehte dem Dünnen den Rücken und gab ihm zum Abschied die Hand.

Der Dünne ergriff drei Finger, verbeugte sich mit dem ganzen Körper und kicherte wie ein Chinese: „Hi-hi-hi." Die Frau lächelte. Nafanail machte einen Kratzfuß und verlor seine Mütze. Alle drei waren angenehm bewegt.

Die Tochter Albions

Vor das Haus des Gutsbesitzers Grjabow rollte ein prächtiger Wagen mit Gummireifen, dickem Kutscher und Sammetpolstern. Heraus sprang der Adelsmarschall Fjodor Andrejitsch Otzoff. Im Vorzimmer empfing ihn ein verschlafener Diener.
– Die Herrschaften zu Hause? – fragte der Adelsmarschall.
– Bedaure sehr. Die gnädige Frau sind mit den Kindern zu Besuch gefahren, und der Herr sitzen mit der Mamsell-Gouvernante beim Angeln. Schon seit dem frühen Morgen.
Otzoff stand ein Weilchen, überlegte und ging dann zum Fluß, um Grjabow zu suchen. Er fand ihn zwei Werst vom Hause entfernt. Als er die steile Uferböschung hinunterschaute und Grjabow erblickte, lachte er laut auf... Grjabow, ein starker, dicker Mann mit ungewöhnlich großem Kopf, saß, die Beine wie ein Türke unter sich geschlagen, im Sande und angelte. Der Hut war ihm auf den Nacken gerutscht, die Krawatte hing halb aufgelöst an der Seite. Neben ihm stand eine hohe, hagere Engländerin mit hervorstehenden Froschaugen und einer langen Vogelnase, die man eher für einen Haken als für eine Nase halten konnte. Sie trug ein weißes Musselinkleid, durch das ihre dürren gelben Schultern deutlich hervorschimmerten. Am Gurt hing eine kleine goldene Uhr. Auch sie angelte. Grabesstille herrschte um die beiden. Sie waren unbeweglich, wie der Fluß, auf dem ihre Schwimmer träge ruhten.
– Nur wer die Sehnsucht kennt, weiß, was ich leide! – lachte Otzoff. – Guten Tag, Iwan Kusmitsch!

- Ah ... bist du es? – fragte Grjabow, ohne die Augen vom Wasser zu heben. – Du bist gekommen?

– Wie du siehst ... Und du kannst den Unfug noch immer nicht lassen! Hängt er dir noch nicht zum Halse raus?

– Weiß der Teufel ... Den ganzen Tag angle ich schon, vom frühen Morgen ... Es geht heute nicht. Nichts haben wir gefangen, weder ich noch diese Hexe. Krumm und lahm bin ich vom Sitzen und nicht mal den kleinsten Dreck gezogen! Um Hilfe möchte ich schreien.

– Pfeif drauf. Komm lieber Schnaps trinken!

– Warte ... vielleicht werden wir noch etwas fangen. Gegen Abend beißt der Fisch besser an ... Ich sitze hier, mein Lieber, seit dem frühesten Morgen! Eine bohrende Langeweile, wie ich es dir nicht ausdrücken kann! Welcher Teufel hat mich nur dazu getrieben! Ich weiß, daß es Unsinn ist, aber ich kann's nicht lassen. Sitze da, wie ein Idiot, wie ein Kettensträfling, und starre aufs Wasser, als hätte ich den Verstand verloren! Zur Heuernte müßte ich fahren, stattdessen sitze ich wie festgenagelt mit der Angel in der Hand. Gestern hat in Chaponjew Seine Hochwürden persönlich die Messe zelebriert, und ich war nicht da, saß hier mit dieser Vogelscheuche ... dieser Satansbrut ...

– Hör mal ... bist du verrückt geworden? – fragte Otzoff, verlegen nach der Engländerin schielend. – Du fluchst in Gegenwart einer Dame ... beschimpfst sie ...

– Der Teufel soll sie holen! Die kann ja russisch nicht bis drei zählen. Ob du sie in den Himmel hebst oder verfluchst — ist ihr ganz einerlei! Schau dir nur die Nase an! Von der Nase allein kann man in Ohnmacht fallen! Tagelang sitzen wir zusammen und reden nicht ein Sterbenswörtchen! Steht da wie ein Gespenst und glotzt stundenlang das Wasser an.

Die Engländerin gähnte, wechselte den Köder und warf die Angel wieder aus.

– Staunen muß ich allerdings, mein Lieber! – fuhr Grjabow fort. – Seit zehn Jahren lebt die blöde Gans in Rußland, und glaubst du, sie hat ein Wort Russisch gelernt? ... Jedes verkommene Edelmännchen, das von uns zu denen hinüberfährt, plappert gleich alles nach, und sie ... weiß der Teufel! Schau mal auf die Nase! Die Nase schau dir nur an!

– Na, laß das ... ist ja peinlich ... Kannst doch nicht über eine Dame so herfallen!

– Sie ist ja keine Dame, sie ist ja eine Jungfrau ... Vom Bräutigam träumt sie sicher noch, das verfluchte Luder. Und stinken tut sie direkt nach Fäulnis ... Einen Haß habe ich gegen sie, daß ich nicht gleichgültig an ihr vorübergehen kann! Sobald sie ihre Glotzaugen auf mich richtet, zucke ich zusammen, als wäre ich mit dem Ellenbogen gegen ein Geländer gefahren. Warum muß sie denn auch immer angeln gehen! Schau nur: steht da, als ob sie eine heilige Handlung verrichtet! Mit Verachtung blickt sie auf die Welt ... Und denken tut die Kanaille, sie wäre auch ein Mensch, sozusagen die Krone der Schöpfung. Weißt du, wie sie heißt? Uilka Tscharlsowna Tfaiss! Tjfu! ... nicht mal aussprechen kann man's!

Als die Engländerin ihren Namen hörte, drehte sie langsam Grjabow die Nase zu und warf einen verächtlichen Blick auf ihn. Von Grjabow hob sie die Augen auf Otzoff und übergoß auch ihn mit Verachtung. Und dies alles stumm, feierlich und langsam.

– Hast du gesehen? – fragte Grjabow laut auflachend. – Das soll heißen — jetzt hab' ich's euch aber gezeigt! Ah, du alte Hexe! Nur der Kinder wegen halte ich dieses Scheusal. Wenn die Kinder nicht wären, ich würde sie zehn Werst im Umkreis nicht an mein Gut heranlassen ... Eine Nase hat sie, der reine Habicht ... Und die Taille? Sie erinnert mich an einen langen Nagel. Weißt du, ich könnte sie nehmen und einfach in die Erde reinschlagen. Wart mal... ich glaube, bei mir hat es angebissen...

Grjabow sprang auf und hob die Angelrute. Die Leine spannte sich... Er zog noch einmal und bekam den Haken nicht los.

– Festgeklemmt! – sagte er und rümpfte die Nase. – Sicherlich an einem Stein... Teufel...

Sein Gesicht verzog sich kummervoll. Schnaufend, hin und her zappelnd und Flüche brummend, begann er an der Leine zu reißen. Doch es half nichts. Grjabow erbleichte.

– Auch das noch! Jetzt muß ich ins Wasser kriechen.
– Laß doch!
– Nein, nein... Gegen Abend fängt es sich immer gut... Hab' ich das nötig, daß Gott erbarm! Ich werde wohl hineinmüssen. Bleibt nichts anderes übrig! Wenn du nur wüßtest, wie ungern ich mich jetzt ausziehen möchte! Man müßte die Engländerin verscheuchen... Es ist doch peinlich, vor ihr die Kleider abzunehmen. Wie man's auch nimmt, sie ist ja immerhin eine Dame!

Grjabow legte Hut und Krawatte ab.

– Miss... e-e-e-... – wandte er sich zur Engländerin. – Miss Tfaiss! Je vous prie... na, wie soll ich es ihr sagen? Na, wie soll ich es dir erklären, daß du es auch verstehst? Hören Sie... dorthin! Dorthin müssen Sie gehen! Hörst du?

Miss Twice strafte Grjabow mit Verachtung und gab einen nasalen Laut von sich.

– Wie bitte? Sie verstehen es nicht? Hau ab, sage ich dir! Ich muß mich ausziehen, alte Vogelscheuche! Dorthin sollst du! Dorthin!

Grjabow zupfte Miss Twice am Ärmel, zeigte auf die Sträucher und hockte sich nieder: das heißt, dort, hinter die

Büsche sollst du dich verstecken. Die Engländerin begann energisch mit den Augenbrauen zu zucken und sprach einen langen englischen Satz. Die Gutsbesitzer prusteten.

– Zum erstenmal im Leben höre ich ihre Stimme ... Auch ein Stimmchen, kann man nur sagen! Sie versteht also nicht! Na, was soll ich nun mit ihr anfangen?

– Pfeif drauf! Wollen wir lieber Schnaps trinken gehen!

– Nein, nein, es muß sich jetzt gut fangen ... Es ist ja Abend ... Was soll ich nur machen? Schöne Bescherung! Was bleibt mir übrig, als mich in ihrer Gegenwart auszuziehen ...

Grjabow legte Rock und Weste ab und setzte sich auf den Sand, um die Schuhe auszuziehen.

– Hör mal, Iwan Kusmitsch, – sagte der Adelsmarschall in die Faust kichernd: – das ist ja nicht mehr schön, das ist ja der reinste Hohn.

– Kein Mensch hat sie gebeten, uns nicht zu verstehen! Das soll ihnen eine Lehre sein, den Ausländern!

Grjabow nahm die Schuhe und Hosen ab, zog das Hemd über den Kopf und präsentierte sich im Adamskostüm. Otzoff hielt sich den Bauch. Er errötete sowohl vor Lachen als auch vor Scham. Die Engländerin zog die Brauen empor und blinzelte mit den Augen ... Über ihr gelbes Gesicht flog ein hochmütiges, verächtliches Lächeln.

– Ich muß erst abkühlen, – sagte Grjabow, sich in die Hüften schlagend: – kannst du mir nicht sagen, Fjodor Andrejitsch, warum ich nur jeden Sommer Ausschlag auf der Brust habe?

– Willst du nicht schnell ins Wasser kriechen oder dich wenigstens zudecken? Rindvieh!

– Daß sie nicht mal verlegen wird, das Aas! – sagte Grjabow, ins Wasser steigend und sich bekreuzigend. – Brrr ... ist das Wasser kalt ... Schau mal, was sie mit den Augenbrauen wirtschaftet! Geht nicht weg... schwebt über der Masse! He-he-he... Hält uns ja nicht für Menschen!

Als er bis an die Knie ins Wasser gestiegen war, richtete er seine riesige Gestalt empor, zwinkerte mit den Augen und sagte:

– Das ist dir hier kein England, meine Liebe!

Miss Twice wechselte kaltblütig den Köder, gähnte und warf die Rute aus. Otzoff drehte sich weg. Grjabow löste den Haken, tauchte rasch noch einmal unter und kroch laut schnaufend aus dem Wasser. Zwei Minuten später saß er wieder am Ufer und angelte weiter.

Die Verleumdung

Der Lehrer für Schönschreiben Ssergej Kapitonytsch Achinejew verheiratete seine Tochter Natalja mit dem Lehrer für Geschichte und Geographie Iwan Petrowitsch Loschadinych. Das Hochzeitsfest ging wie am Schnürchen. Im Saal wurde gesungen, gespielt, getanzt. Die aus dem Klub aushilfsweise gemieteten Lakaien in ihren schwarzen Fräcken und weißen schmutzigen Krawatten rasten wie besessen durch alle Zimmer. Überall vernahm man Reden und Tosen. Der Mathematiklehrer Tarantulow, der Franzose Pasdequoi und der jüngste Revisor des Kontrollamtes, Jegor Wenediktytsch Msda, nebeneinander auf dem Diwan postiert, erzählten hastig und sich gegenseitig ins Wort fallend, den Gästen Fälle von lebendig Bestatteten und drückten ihre Meinung über den Spiritismus aus. Alle drei glaubten nicht an Spiritismus, räumten aber ein, daß es vieles auf dieser Welt gäbe, was der menschliche Verstand niemals fassen würde. In einem anderen Zimmer setzte der Lehrer für russische Literatur Dodonskij den Gästen die Fälle auseinander, wo die Wache das Recht habe, auf Vorübergehende zu schießen. Die Gespräche waren, wie Sie sehen, zwar grauenerregend, aber dennoch höchst angenehm. Von der Straße her schauten Menschen durch die Fenster herein, die ihrer sozialen Stellung nach kein Recht besaßen, einzutreten.

Genau um Mitternacht ging der Gastgeber Achinejew in die Küche, um nachzusehen, ob alles zum Abendessen bereit sei. Die Küche war vom Boden bis zur Decke in eine Wolke gehüllt, die aus gebratenen Gänse-, Enten- und vielen anderen

Wohlgerüchen bestand. Auf zwei Tischen lagen ausgebreitet und in malerischer Unordnung verteilt die Attribute der Vorspeisen und Getränke. Die Köchin Marfa, ein rotes Weib mit doppelt eingeschürtem dicken Bauch, entwickelte eine ungewöhnliche Tätigkeit.

– Zeig mir mal, Mütterchen, den Stör! – sagte Achinejew, sich vor Vergnügen die Hände reibend und die Lippen beleckend. – Welch ein Duft, was für ein Wohlgeruch! Die ganze Küche könnte ich verschlingen! Na also, zeig mal den Stör!

Marfa ging an eine Bank und lüftete vorsichtig ein fettiges Zeitungsblatt. Unter diesem Blatt ruhte auf einer riesigen Schüssel ein großer Stör in Gallerte, bunt garniert mit Kapern, Oliven und Mohrrüben. Achinejew betrachtete den Stör und versteinerte. Sein Gesicht erstrahlte, die Augen verdrehten sich vor Wonne. Er bückte sich und gab mit den Lippen einen Ton von sich wie ein ungeschmiertes Wagenrad. Eine Weile blieb er stehen, schnippste vor Vergnügen mit den Fingern und schnalzte noch einmal mit den Lippen.

– Ah! Der Knall eines feurigen Kusses!... Mit wem küßt du dich hier, Marfuschka? – hörte man eine Stimme aus dem Nebenzimmer, und durch die Türspalte zeigte sich der kurzgeschorene Kopf des Hilfslehrers Wanjkin. – Mit wem bist du hier? Ah — ah — ah ... sehr angenehm! Mit Ssergej Kapitonytsch! Recht so, der Alte, schöne Überraschung! Mit einem Schatz im traulichen tête-à-tête!

– Ich küß mich ja gar nicht, – erwiderte Achinejew verlegen: – wer hat dir denn das, Dummkopf, gesagt? Das habe ich sozusagen ... mit den Lippen geschmatzt, betreffs ... in Erwägung des Vergnügens ... in Anbetracht des Fisches ...

– Erzähl nur!

Der Kopf von Wanjkin lächelte breit und verschwand hinter der Tür. Achinejew errötete.

„Weiß der Teufel! – dachte er. – Sicher wird der Gauner jetzt hingehen und Klatschereien über mich verbreiten. In der ganzen Stadt wird er mich unmöglich machen, das Rindvieh"...

Achinejew trat verstohlen in den Saal und schielte verlegen zur Seite: wo war Wanjkin? Wanjkin stand am Klavier und flüsterte in keck gewundener Pose der lachenden Schwägerin des Inspektors etwas ins Ohr.

„Der redet über mich! – dachte Achinejew. – Unbedingt über mich, daß er zerplatze! Und die glaubt... die glaubt! Sie lacht ja! Gott im Himmel! Nein, das kann ich nicht so lassen... nein... Es muß etwas geschehen, damit man ihm keinen Glauben schenkt... Ich werde mal mit allen reden und er wird als Klatschmaul noch hereinfallen."

Achinejew kratzte sich am Kopf und ohne seine Verlegenheit unterdrücken zu können, ging er auf Pasdequoi zu.

– Eben war ich in der Küche und habe meine Anordnungen in bezug auf das Abendessen getroffen, – sagte er zu dem Franzosen. – Ich weiß, Sie essen gerne Fisch, und einen Stör habe ich, Väterchen, so! Zwei Ellen lang! He-he-he... Ja, übrigens... beinah hätte ich es vergessen... In der Küche eben passierte mit dem Stör ein wahrer Witz! Ich trete in die Küche ein und will mir die Speisen besehen... Betrachte den Stör und vor Vergnügen... aus Pikanterie schnalze ich mit den Lippen — tschmok! In diesem Moment kommt der Esel Wanjkin rein und sagt... ha-ha-ha... und sagt: ‚A---h... ihr küßt euch hier?' Mit Marfa, mit der Köchin! Was der sich ausdenkt, der blöde Kerl!! Eine Fratze hat das Weib, sieht aus wie alle wilden Tiere auf einmal, und der... redet von küssen! So ein Narr!

– Wer ist ein Narr? – fragte der hinzutretende Tarantulow.

– Na ja, der da! Wanjkin! Ich komme also in die Küche...

Und er erzählte die Geschichte von Wanjkin.

– Belustigt hat mich dieser Narr! Ich glaube, mit einem Hofhund ist es noch angenehmer, sich zu küssen, als mit Marfa, – fügte Achinejew hinzu, schaute sich um und sah hinter sich Msda stehen.

– Wir reden von Wanjkin, – sagte er ihm. – Dieser Idiot! Kommt in die Küche, sieht mich neben Marfa stehen und beginnt dummes Zeug zu schwatzen. ‚Wie‘, sagte er, ‚ihr küßt euch?‘ Besoffen muß er gewesen sein. Ich werde, sage ich, eher einen Truthahn küssen als Marfa. Auch habe ich eine Frau, du blöder Kerl. Gelacht habe ich darüber!

– Worüber haben Sie gelacht? – fragte der zu Achinejew herantretende Religionslehrer.

– Über Wanjkin. Ich stehe, wissen Sie, in der Küche und besehe mir den Stör...

Und so weiter. In kaum einer halben Stunde kannten schon alle Gäste die Geschichte von dem Stör und Wanjkin.

„Mag er es ihnen jetzt nur erzählen! – dachte Achinejew und rieb sich die Hände. — Bitte sehr! Sobald er loslegt, wird man ihm gleich erwidern: – Schämst du dich nicht, dummer Kerl, so einen Quatsch zu reden! Uns ist bereits alles bekannt!"

Und Achinejew beruhigte sich dermaßen, daß er vor Freude vier Gläschen über den Durst trank. Nach dem Abendessen geleitete er die Jungvermählten in ihr Schlafgemach, begab sich dann auf sein Zimmer, schlief ein wie ein unschuldiges Kind und wußte am nächsten Tag nichts mehr von der Geschichte mit dem Stör. Aber o weh! Der Mensch denkt und Gott lenkt. Die böse Zunge vollendete ihr böses Werk und seine ganze Schlauheit hatte Achinejew nichts geholfen! Genau eine Woche später, und zwar am Mittwoch nach der dritten Stunde, als Achinejew mitten im Lehrerzimmer stand und einen Vortrag über die lasterhaften Neigungen des Schülers Wyssjekin hielt, trat der Direktor an ihn heran und rief ihn beiseite.

– Was ich Ihnen sagen wollte, Ssergej Kapitonytsch, – begann der Direktor: – Sie werden verzeihen... Es geht mich eigentlich nichts an, aber ich muß Ihnen trotzdem zu verstehen geben... es ist meine Pflicht... Sehen Sie, es sind Gerüchte im Umlauf, daß Sie ein Verhältnis mit... Ihrer Köchin haben. Es geht mich eigentlich nichts an, aber... Leben Sie mit ihr, küssen Sie sich... was Sie wollen, nur bitte nicht so öffentlich! Ich bitte Sie! Vergessen Sie nicht, daß Sie ein Pädagoge sind!

Achinejew erstarrte und erschauerte. Als hätte ihn ein ganzer Bienenschwarm gestochen, als wäre er mit kochendem Wasser verbrüht, ging er nach Hause. Er ging, und es schien ihm, als ob die ganze Stadt auf ihn blicke, als ob er mit Pech bestrichen sei... Zu Hause erwartete ihn ein neues Unglück.

– Was frißt du denn gar nichts? – fragte ihn seine Frau beim Essen. – Worüber denkst du? Hast wohl deine Liebesgeschichten im Kopf? Hast du vielleicht nach Marfuschka Sehnsucht? Alles ist mir, du Ungeheuer, bekannt! Liebe Menschen haben mir die Augen geöffnet! Uh-uh... Du-u-u... Barr-bar!

Und klatsch! langte sie ihm eine auf die Backe!... Er stand vom Tisch auf, fühlte kaum mehr den Boden unter den Füßen und schleppte sich ohne Hut und Mantel zu Wanjkin. Wanjkin traf er zu Hause an.

– Du Schurke, – rief Achinejew ihm zu. – Weswegen hast du mich vor allen Menschen in den Dreck gezogen? Warum hast du die Verleumdung in die Welt gesetzt?

– Was für eine Verleumdung? Was fällt Ihnen ein!

– Und wer hat das Gerede aufgebracht, daß ich Marfa geküßt habe? Nicht du, willst du vielleicht behaupten? Nicht du, Räuber?

Wanjkin blinzelte und zwinkerte mit allen Fasern seines verkümmerten Gesichts, hob die Augen zur Ikone und sprach:

– Gott soll mich strafen! Daß meine Augen platzen, daß ich krepiere, wenn ich nur ein Wort über Sie gesagt habe. Daß ich von nun ab weder Ruhe noch Frieden finde! Cholera wäre für mich zu wenig!...

Die Aufrichtigkeit Wanjkins unterlag keinem Zweifel, es war offenbar, daß nicht er geklatscht hatte.

„Aber wer denn? Wer? – überlegte Achinejew, ging im Geiste alle seine Bekannten durch und schlug sich in die Brust. – Wer denn?"

– Ja wer denn? — fragen auch wir den Leser...

Der Tod des Beamten

An einem herrlichen Abend saß ein nicht minder herrlicher Exekutor, Iwan Dmitritsch Tscherwjakow, in der zweiten Parkettreihe und schaute durchs Opernglas auf die Bühne; man gab die „Glocken von Corneville". Er schaute und fühlte sich auf dem Gipfel der Seligkeit. Doch plötzlich... In Erzählungen stößt man nur allzuoft auf dieses „doch plötzlich". Aber die Autoren haben recht: das Leben besteht aus Überraschungen! — Doch plötzlich legte sich sein Gesicht in Falten, die Augen verdrehten sich, der Atem stockte... er ließ das Opernglas sinken, bückte sich und... aptschhi!!! Geniest hat er, wie Sie sehen. Zu niesen ist niemandem und nirgends verboten. Es niesen sowohl Bauern als auch Polizeimeister, und zuweilen sogar Geheimräte. Jeder Mensch niest. Tscherwjakow wurde auch keineswegs verlegen, sondern wischte sich die Nase mit einem Tüchlein und schaute sich dann als höflicher Mensch um: ob er durch sein Niesen vielleicht irgend jemanden gestört hätte. Doch unwillkürlich fuhr er zusammen. Er sah, wie ein altes Männchen, das vor ihm in der ersten Parkettreihe saß, sich sorgfältig mit dem Handschuh die Glatze und den Nacken abwischte und dabei irgend etwas vor sich hinbrummte. In dem Greis erkannte Tscherwjakow den Zivilgeneral Brisshalow, einen hohen Beamten im Verkehrsministerium.

„Ich habe ihn bespritzt! – dachte Tscherwjakow. – Er ist zwar nicht mein Vorgesetzter, ... ein fremder, trotzdem, es ist peinlich. Ich muß mich entschuldigen."

Tscherwjakow hüstelte, beugte sich nach vorne und flüsterte dem General ins Ohr:

– Verzeihen Sie, Exzellenz, ich habe Sie beniest ... es geschah nicht absichtlich ...

– Ist schon gut, schon gut ...

– Um Gottes willen, verzeihen Sie. Ich hab' doch ... ich habe es nicht gewollt.

– Ach, bitte, seien Sie doch ruhig! Stören Sie nicht!

Tscherwjakow wurde gänzlich verlegen, lächelte töricht und schaute wieder auf die Bühne. Er schaute, doch die frühere Seligkeit empfand er nicht mehr. Eine Unruhe begann an ihm zu nagen. In der Pause ging er an Brisshalow heran, drückte sich eine Weile um ihn herum, überwand endlich seine Schüchternheit und murmelte:

– Ich habe Sie bespritzt, Exzellenz ... Verzeihung ... Ich habe doch ... nicht um irgendwie ...

– Aber ich bitte Sie ... Ich habe es längst vergessen und Sie fangen schon wieder damit an! – sagte der General und zuckte ungeduldig mit der Unterlippe.

„Vergessen, und dabei solch eine Bosheit im Blick, – dachte Tscherwjakow, mißtrauisch nach dem General schielend. – Reden will er nicht mit mir. Man müßte ihm klarmachen, daß ich es gar nicht beabsichtigt habe ... daß es ein Naturgesetz ist, sonst denkt er noch, ich wollte ihn anspucken. Wenn er es jetzt nicht denkt, wird er es später tun! ..."

Zu Hause angelangt, erzählte Tscherwjakow seiner Frau von der Entgleisung. Die Frau nahm den Vorfall, wie es ihm schien, von einer viel zu leichtfertigen Seite auf: sie erschrak erst ein wenig, doch als sie hörte, daß Brisshalow ein „Fremder" sei, beruhigte sie sich gänzlich.

– Trotzdem, gehe hin und entschuldige dich, – sagte sie. – Sonst denkt er noch, du verstehst dich in Gesellschaft nicht zu benehmen!

– Das ist es ja eben! Ich habe mich schon entschuldigt, aber der ... irgendwie komisch ... Nicht ein vernünftiges Wort konnte er mir erwidern. Auch hatten wir keine Zeit uns auszusprechen.

Am nächsten Tag legte Tscherwjakow seine neue Dienstuniform an, ließ sich die Haare schneiden und begab sich zu Brisshalow, um die Angelegenheit zu ordnen ... Im großen Empfangszimmer erblickte er eine Menge Bittsteller und unter ihnen den General persönlich, der bereits mit der Entgegennahme der Anliegen begonnen hatte. Nachdem der General einige Bittsteller abgefertigt hatte, hob er seine Augen auch auf Tscherwjakow.

– Gestern in ‚Arkadia', wenn Sie sich erinnern, Euer Exzellenz ... – begann der Exekutor vorzutragen, – habe ich etwas geniest und ... unversehens bespritzt ... Verz ...

– Was für eine Lappalie ... nicht der Rede wert! Und was wünschen Sie? – wandte sich der General an den nächsten Bittsteller.

„Er will gar nicht mit mir reden! – dachte Tscherwjakow erbleichend. – Also ist er mir doch böse ... Nein, das kann man nicht so lassen ... Ich muß es ihm erklären ..."

Als der General den letzten Bittsteller abgefertigt hatte und gerade in seine Wohnräume zurückkehren wollte, ging Tscherwjakow hinter ihm her und flüsterte:

– Exzellenz! Wenn ich mich erdreiste, Euer Exzellenz zu belästigen, so tue ich es tatsächlich nur aus dem Gefühl, sozusagen, der Reue! ... Es geschah nicht absichtlich, wollen Sie zu verstehen geruhen!

Der General zog ein weinerliches Gesicht und winkte verzweifelt mit der Hand.

– Sie machen sich wohl lustig über mich, Verehrtester! – rief er und verschwand hinter der Tür.

„Wieso denn lustig? – dachte Tscherwjakow. – Was gibt's denn da zu lachen! Ein General, und kann es nicht verstehen! Wenn es sich so verhält, denke ich gar nicht mehr daran, mich vor diesem Prahlhans zu entschuldigen! Hol ihn der Teufel! Ich schreibe ihm einen Brief, aber hingehen werde ich bestimmt nicht mehr zu ihm! Ehrenwort, ich gehe nicht mehr hin!"

So dachte Tscherwjakow, als er nach Hause ging. Doch der Brief an den General kam nicht zustande. Er dachte, dachte, dachte, aber dachte ihn nicht aus. So sah er sich gezwungen, am nächsten Tage die Sache wieder persönlich vorzutragen.

– Ich habe bereits gestern Euer Exzellenz belästigt, – stammelte er, als der General einen fragenden Blick auf ihn richtete: – nicht um mich lustig zu machen, wie Sie es auszudrücken beliebten. Ich wollte mich entschuldigen, weil ich Sie beim Niesen bespritzt habe ... aber ich dachte wahrhaftig nicht daran, mich lustig zu machen. Dürfte ich mir denn erlauben zu lachen? Wenn wir uns gestatten würden zu lachen, wo sollte dann, also, die Achtung vor Standespersonen ... bleiben ...

– Raus mit dir!! – brüllte plötzlich der General, blau anlaufend und vor Wut zitternd.

– Wie doch? – flüsterte Tscherwjakow vor Angst vergehend.

– Raus mir dir!! – wiederholte der General und stampfte mit den Füßen.

Im Innern Tscherwjakows zerriß etwas. Ohne zu sehen, ohne zu hören, wich er zur Tür zurück, kam auf die Straße und schleppte sich heim ... Mechanisch fand er nach Hause, legte sich, ohne seinen neuen Dienstrock abzulegen, auf den Diwan und ... starb.

Wanjka

Wanjka Shukow, ein neunjähriger Junge, den man vor drei Monaten zum Schuster Aljachin in die Lehre gegeben hatte, legte sich in der Nacht vor Weihnachten nicht zu Bett. Er wartete, bis Meister und Gesellen zur Frühmesse gegangen waren, holte dann aus dem Schrank ein Fläschchen Tinte, einen Federhalter mit verrosteter Feder, breitete ein zerknittertes Blatt Papier vor sich aus und begann zu schreiben. Ehe er jedoch den ersten Buchstaben hinmalte, wandte er sich mehrmals ängstlich zur Tür und zu den Fenstern um, schielte auf das dunkle Gottesbild, an dem sich rechts und links die Regale mit Leisten hinzogen, und tat einen tiefen Seufzer. Das Papier lag auf der Bank, er selbst kniete davor auf dem Fußboden.

„Lieber Großvater, Konstantin Makarytsch! – schrieb er. – Und ich schreibe Dir einen Brief. Ich gratuliere Ihnen zu Weinachten und wünsche Dir alles Gute von Gott dem Herrn. Ich habe weder Vater noch Mütterchen, nur Du allein bist mir geblieben."

Wanjka ließ den Blick zum dunkeln Fenster schweifen, in dem sich die Kerze flackernd widerspiegelte, und stellte sich seinen Großvater Konstantin Makarytsch vor, der als Nachtwächter bei den Herrschaften Shiwarjow angestellt war. Er ist ein kleiner, hagerer, aber ungewöhnlich flinker und beweglicher Greis von etwa fünfundsechzig Jahren, mit ewig lachendem Gesicht und ein wenig angeheiterten Augen. Am Tage schläft er in der Gesindeküche oder schäkert mit den Köchinnen, nachts jedoch geht er, in einen bequemen Schafpelz gehüllt, vor dem Gutshof auf und ab und trommelt gegen sein Klopfbrett. Hinter ihm schreiten, mit gesenkten Schnauzen die alte Kaschtanka und der Rüde Wjun[1]), der seinen Spitznamen dem schwarzen Fell und einem Körper, lang und schmal wie der eines Wiesels, verdankt. Dieser Wjun ist ungewöhnlich freundlich und ehrerbietig, blickt ebenso gutmütig auf die Eigenen wie auf die Fremden, genießt aber keinerlei Kredit. Hinter seiner Demut und Ehrerbietung verbirgt sich die gemeinste jesuitische Tücke. Niemand versteht es besser, sich heranzuschleichen und den Leuten an die Wade zu fahren, sich in einen Keller zu verkriechen oder beim Bauern ein Huhn zu stehlen. Schon öfters hat man ihm die Hinterbeine mit Knüppeln bearbeitet, ihn sogar einige Male aufgehängt und jede Woche halb zu Tode verdroschen, doch immer kam er wieder mit dem Leben davon.

Jetzt steht der Großvater gewiß am Tor, blinzelt mit den Augen auf die hellroten Fenster der Dorfkirche, stampft mit den Filzstiefeln und schäkert mit dem Gesinde. Sein Klopfbrett ist am Gurt festgebunden. Er schlägt die Arme übereinander, krümmt sich vor Kälte, und kneift mit greisenhaftem Kichern bald das Stubenmädchen, bald die Köchin.

– Sollten wir uns nicht mal eine Prise genehmigen? – sagt er und reicht den Weibern seine Tabaksdose.

Die Weiber schnupfen und niesen. Der Großvater gerät in unbeschreibliche Begeisterung, biegt sich vor Lachen und schreit:

– Feste, los! Sie ist angefroren!

Man gibt auch den Hunden eine Prise. Kaschtanka niest, schüttelt die Schnauze und schleicht beleidigt zur Seite. Wjun hingegen verkneift sich aus Ehrerbietung das Niesen und wedelt mit dem Schwanz. — Und das Wetter ist herrlich, die Luft still, durchsichtig und frisch. Durch die Dunkelheit der

---
[1]) Schlammbeißer

Nacht sieht man das ganze Dorf mit seinen weißen Dächern, den Rauch, der aus den Schornsteinen zieht, die Bäume von silbernem Rauhreif bedeckt, die hohen Schneehaufen. Der Himmel ist von lustig blitzenden Sternen übersät und die Milchstraße hebt sich so deutlich daraus hervor, als ob man sie zu den Feiertagen gewaschen und mit Schnee blankpoliert hätte ...

Wanjka seufzte, tauchte die Feder ein und fuhr fort:

„Und gestern bekam ich vom Meister einen Ausputzer. Er schleppte mich an den Haaren in den Hof und verbläute mich mit dem Riemen, weil ich sein Kindchen in der Wiege schaukelte und aus Versehen dabei eingeschlafen bin. Und in der Woche befahl mir die Meisterin einen Hering zu putzen, ich aber fing vom Schwanzende an, da nahm sie den Hering und schlug ihn mir um die Schnauze. Die Gesellen lachen mich aus, schicken mich in die Kneipe nach Wodka und befehlen mir, Gurken beim Meister zu stehlen, und der Meister schlägt mich mit dem, was er gerade unter die Finger kriegt. Aber das Essen ist auch nichts wert. Am Morgen gibt es Brot, zu Mittag Grütze und abends wieder Brot, aber was Tee oder Kohlsuppe anbetrifft, das fressen die Meister allein. Und schlafen muß ich im Vorzimmer, aber wenn das Kindchen weint, schlafe ich gar nicht und schaukle die Wiege. Lieber Großvater, erweisen Sie mir die göttliche Gnade, nimm mich von hier weg nach Hause, ins Dorf, ich kann hier nicht mehr bleiben ... Vor Deinen Füßen knie ich und werde ewig Gott dankbar sein, nimm mich von hier weg, sonst muß ich sterben" ...

Wanjka verzog den Mund, rieb sich mit der schmutzigen Faust die Augen und schluchzte.

„Ich werde Dir den Tabak reiben, – fuhr er fort: – zu Gott für Dich beten, aber wenn Dir etwas nicht recht ist, so haue mich, solange Du Lust hast. Und wenn Du denkst, es gibt kein Amt für mich, dann biete ich mich in Gottes Namen als Schuhputzer beim Verwalter an oder gehe statt Fedjka die Schafe hüten. Lieber Großvater, ich habe keine Möglichkeit mehr, nur noch den Tod gibt es für mich. Ich wollte schon zu Fuß ins Dorf laufen, aber ich habe keine Stiefel und fürchte mich vor dem Frost. Und wenn ich groß bin, will ich Dich ernähren, Dich vor jedem Leid bewahren und wenn Du stirbst, für Deine Seele beten, ganz wie für die Mutter Pelageja."

„Und Moskau ist eine große Stadt. Die Häuser sind alle herrschaftlich, und es gibt viele Pferde, aber gar keine Schafe und die Hunde sind nicht böse. Mit dem Stern gehen hier die Jungens nicht herum, und zum Altar wird beim Singen keiner vorgelassen, aber einmal sah ich in einem Laden im Fenster Häkchen direkt mit der Schnur für verschiedene Fische, sehr wertvoll, es gibt sogar Haken, die einen zentnerschweren Wels aushalten können. Und ich sah auch Läden, wo es verschiedene Gewehre gibt, in der Art, wie sie unser Herr hat, so daß jedes vielleicht fast hundert Rubel kostet . . . Und in den Fleischerläden gibt es auch Birkhähne, Rebhühner und Hasen, aber wo sie geschossen werden, darüber haben die Verkäufer nichts berichtet."

„Lieber Großvater, und wenn es bei den Herrschaften einen Tannenbaum mit Geschenken gibt, so nimm für mich eine vergoldete Nuß und verstecke sie im grünen Kästchen. Bitte beim Fräulein Olga Ignatjewna darum, sag — es wäre für Wanjka."

Wanjka seufzte krampfhaft und starrte wieder auf das Fenster. Er erinnerte sich, wie jedes Jahr der Großvater für die Herrschaften den Christbaum aus dem Walde holte und sein Enkel ihn dabei begleiten durfte. Was waren das für lustige Zeiten! Der Großvater krächzte, der Frost krächzte und bei ihrem Anblick krächzte auch Wanjka. Ehe der Großvater den Tannenbaum abhieb, rauchte er noch sein Pfeifchen aus, nahm eine lange Prise und neckte den frierenden Wanjuschka . . .

Die jungen Bäume, in Rauhreif gehüllt, standen unbeweglich und warteten, welcher von ihnen wohl sterben müsse. — Plötzlich schießt irgendwoher ein Hase über den Schnee... Der Alte gerät aus dem Häuschen und schreit:

— Halt, halt... halt ihn! Ach, du, kurzschwänziger Teufel!

Den abgehauenen Baum schleppte der Großvater ins Herrenhaus und dort begann man ihn anzuputzen... Am eifrigsten war immer das Fräulein Olga Ignatjewna, Wanjkas Liebling. Als seine Mutter Pelageja noch lebte und bei den Herrschaften als Stubenmädchen diente, fütterte Olga Ignatjewna Wanjka mit Süßigkeiten und brachte ihm aus Langerweile das Lesen und Schreiben bei, lehrte ihn bis hundert rechnen und sogar Quadrille tanzen. Nachdem aber Pelageja gestorben war, schaffte man den verwaisten Wanjka zum Großvater in die Gesindeküche und von dort nach Moskau zum Schuster Aljachin...

„Komm zu mir, lieber Großvater, — fuhr Wanjka fort: — im Namen Gottes flehe ich Dich an, nimm mich von hier weg. Hab' Erbarmen mit mir unglücklichem Waisenkind, alle hauen mich und Hunger habe ich den ganzen Tag, und ich sehne mich, wie man es gar nicht sagen kann, ich weine immer Und neulich schlug mich der Meister so mit dem Leisten auf den Kopf, daß ich hinfiel und gar nichts mehr von mir wußte. Verloren ist mein Leben, schlimmer als bei einem Hund... Und ich grüße noch Aljona, den einäugigen Jegorka und den Kutscher, aber meine Harmonika darfst Du keinem geben. Ich verbleibe dein Enkel Iwan Shukow, lieber Großvater komm zu mir."

Wanjka faltete den beschriebenen Bogen zusammen und legte ihn in einen Umschlag, den er am Tage zuvor für eine Kopeke gekauft hatte... Er überlegte ein Weilchen, tauchte die Feder wieder ein und schrieb die Adresse:

Ins Dorf. An den Großvater.

Dann kratzte er sich den Kopf, dachte einen Augenblick nach und fügte hinzu: „Konstantin Makarytsch." Zufrieden, daß ihn niemand beim Schreiben gestört hatte, setzte er die Mütze auf und ohne sich das Pelzchen überzuwerfen, lief er im bloßen Hemd auf die Straße...
Die Gesellen aus dem Fleischerladen, die er am Tage zuvor ausgefragt hatte, sagten, daß man Briefe in Postkästen werfen müsse und daß aus den Postkästen sie von betrunkenen Kutschern in Posttroiken mit hellklingenden Glöckchen über die ganze Erde ausgefahren würden. Wanjka lief zum ersten Briefkasten und warf den kostbaren Brief durch die Spalte...

Von süßen Hoffnungen gewiegt, schlief er eine Stunde später fest ein... Er träumte von einem großen Ofen. Auf dem Ofen sitzt mit herunterbaumelnden Beinen der Großvater und liest den Köchinnen seinen Brief vor... Um den Ofen herum schleicht Wjun und wedelt mit dem Schwanz...

Das Ausrufungszeichen
Eine Weihnachtserzählung

In der Nacht vor Weihnachten legte sich der Kollegiensekretär Jefim Fomitsch Perekladin gekränkt und sogar beleidigt zu Bett.

– Laß mich endlich in Ruhe, du alte Hexe! – schnauzte er wütend seine Frau an, als sie sich erkundigte, warum er so finster sei.

Die Sache war nämlich die, daß er soeben von einem Besuch zurückgekehrt war, wo viel Unangenehmes und Kränkendes für ihn gesagt wurde. Man hatte zuerst vom Segen der Bildung im allgemeinen gesprochen, kam dann unmerklich auf den Bildungsgrad der niederen Beamtenklassen, wobei viel Bedauern, Vorwürfe und sogar Spott über ihr tiefes Niveau geäußert wurden. Und wie es so oft in russischen Gesellschaften der Fall ist, wechselte man allmählich vom Allgemeinen aufs Persönliche.

– Also nehmen wir zum Beispiel Sie, Jefim Fomitsch, – wandte sich ein Jüngling an Perekladin. – Sie bekleiden einen anständigen Posten... aber was haben Sie denn für eine Vorbildung?

– Gar keine, in der Tat. Bildung wird bei uns auch nicht verlangt, – antwortete bescheiden Perekladin. – Schreib richtig, das ist alles...

– Wo haben Sie eigentlich richtig schreiben gelernt?

– Gewohnheit... In vierzig langen Dienstjahren kann man die Hand schon einüben... Natürlich, anfangs war es manchmal schwer, ich machte zuweilen Fehler, aber dann gewöhnte ich mich ... und es geht ...

– Und die Interpunktionszeichen?

– Auch die Interpunktionszeichen kenne ich ... Ich setze sie richtig.

– Hm! ... – der Jüngling wurde verlegen. – Aber Gewohnheit ist noch lange nicht dasselbe wie Bildung. Es genügt nicht, daß Sie die Interpunktionszeichen richtig setzen ... das ist zu wenig! Man muß sie bewußt setzen! Wenn Sie ein Komma machen, müssen Sie auch begreifen, weswegen Sie es tun ... Jawohl! Aber Ihre unbewußte ... reflektorische Rechtschreibung taugt keinen Pfifferling. Das ist eine rein mechanische Angelegenheit und weiter nichts.

Perekladin schwieg und lächelte nur sanft (der Jüngling war der Sohn eines Staatsrats und selbst bereits Anwärter auf die X. Rangklasse), jetzt aber, beim Schlafengehen, kochte er vor Empörung und Ärger.

„Vierzig Jahre habe ich gedient, – dachte er: – und niemand hat mich je einen Dummkopf genannt, aber jetzt, schau mal an, finden sich plötzlich Kritiker! ‚Unbewußt! ... Leflektorisch! Mechanische Angelegenheit' ... Ach du, der Teufel soll dich holen! Vielleicht verstehe ich viel mehr als du, wenn ich auch in deinen Universitäten nie gewesen bin!"

Nachdem Perekladin im Geiste alle ihm nur bekannten Schimpfworte über den Kopf des Kritikers ausgeschüttet und sich unter der Bettdecke etwas erwärmt hatte, beruhigte er sich allmählich.

„Ich weiß ... verstehe ... – dachte er im Einschlafen. – Ich setze keinen Doppelpunkt, wo ein Komma notwendig ist, also begreife ich doch, verstehe es. Ja, so ist es, junger Mann ... erst muß man gelebt und gedient haben, bevor man die Alten verurteilt ..."

Vor den geschlossenen Augen des einschlafenden Perekladin flog durch eine Schar dunkler, lächelnder Wolken, wie ein Meteor, ein feuriges Komma vorüber. Ihm folgten ein zweites, ein drittes, und alsbald war der ganze grenzenlose, dunkle Hintergrund, der sich vor seinem inneren Auge ausbreitete, von dichten Rudeln fliegender Kommata erfüllt...

„Man braucht nur diese Kommas zu nehmen... – dachte Perekladin und spürte, wie wohlig seine Glieder im Vorgefühl des anbrechenden Schlafes ermatteten. – Ich verstehe sie ausgezeichnet... Jedem kann ich seinen Platz anweisen, wenn es sein muß... und... und bewußt, nicht nur so... Prüf mich nur, dann wirst du's schon sehen... Kommas werden an verschiedenen Stellen gesetzt, wo es nötig und auch wo es nicht nötig ist. Je verwickelter so ein Papier werden soll, um so mehr Kommas sind erforderlich. Gesetzt werden sie vor ‚welcher' und vor ‚daß'. Wenn in einem Papier die Beamten aufgezählt werden, so muß man einen jeden durch Komma vom andern trennen... Ich weiß!"

Die goldenen Kommata drehten sich und jagten davon. Statt ihrer flogen feurige Punkte herbei...

„Und einen Punkt stellt man am Ende eines Papieres... Wo man eine größere Atempause machen und den Zuhörer anschauen muß, da gehört gleichfalls ein Punkt hin. Nach allen langen Stellen muß man einen Punkt machen, damit dem Sekretär beim Lesen nicht der Speichel ausgeht. Sonst wird ein Punkt nirgendwo gesetzt..."

Wieder kommen Kommata geflogen... Sie vereinigen sich mit den Punkten, wirbeln durch die Luft — und Perekladin sieht eine ganze Armee von Semikolons und Doppelpunkten...

„Auch die kenne ich... – denkt er. – Wo ein Komma zuwenig, dagegen ein Punkt zuviel ist, dort muß man ein Semikolon setzen. Vor ‚aber' und ‚folglich' setze ich stets ein

Semikolon... Nun, und ein Doppelpunkt? Ein Doppelpunkt gehört zu den Worten ‚verordnet‘, ‚beschlossen‘...

Die Semikolons und Doppelpunkte erloschen. Die Reihe kam an die Fragezeichen. Diese sprangen aus den Wolken und begannen einen wilden Kankan zu tanzen...

„Große Sache: ein Fragezeichen! Ja, selbst wenn tausende da wären, ich fände für jedes seinen Platz. Sie werden immer gesetzt, wenn man eine Anfrage richten muß oder, zum Beispiel, sich nach einem Papier erkundigt... ‚Wohin wurde der Rest der Summe für das Jahr soundso verbucht?‘ Oder — ‚Sollte die Polizeiverwaltung es nicht für angebracht halten, die bewußte Iwanowa, und so weiter?...‘

Die Fragezeichen nickten beifällig mit ihren Haken, reckten sich plötzlich, wie auf Kommando und verwandelten sich in Ausrufungszeichen...

„Hm!... Dieses Interpunktionszeichen wird oft in Briefen verwendet. ‚Sehr geehrter Herr!‘ oder ‚Euer Exzellenz, Vater und Wohltäter!...‘ Und wann eigentlich in den Papieren?"

Die Ausrufungszeichen reckten ihre Hälse noch höher und verharrten in Erwartung...

„In den Papieren werden sie gesetzt, wenn... sozusagen... die da... wie heißt es? Hm!... Tatsächlich, wann werden sie in den Papieren gesetzt? Wart doch... ich komm gleich drauf... Hm!..."

Perekladin öffnete die Augen und legte sich auf die andere Seite. Aber kaum hatte er sie wieder geschlossen, als im dunklen Hintergrund von neuem die Ausrufungszeichen auftauchten.

„Hol sie der Teufel... Wann muß man sie denn eigentlich setzen? – dachte er und bemühte sich, die ungebetenen Gäste aus seiner Phantasie zu verscheuchen. – Habe ich es wirklich vergessen? Entweder vergessen, oder am Ende... habe ich sie niemals gesetzt..."

Perekladin versuchte, sich an den Inhalt aller Papiere, die er im Laufe seiner vierzig Dienstjahre geschrieben hatte, zu erinnern; aber wie angestrengt er auch nachdachte, wie sehr er die Stirn runzelte, in seiner Vergangenheit vermochte er kein einziges Ausrufungszeichen zu entdecken.

„Was für ein Blödsinn! Seit vierzig Jahren schreibe ich und noch niemals habe ich ein Ausrufungszeichen gesetzt... Hm!... Ja, wann setzt man ihn denn eigentlich, den langen Satan?"

Aus der Reihe flammender Ausrufungszeichen trat die höhnisch lächelnde Visage des jugendlichen Kritikers hervor. Auch die Zeichen selbst schienen zu grinsen und verschmolzen plötzlich zu einem einzigen riesengroßen Ausrufungszeichen.

Perekladin schüttelte den Kopf und öffnete die Augen.

„Weiß der Teufel, was das ist... – dachte er. – Bald muß ich zur Frühmesse aufstehen und dieser Höllendreck geht mir nicht aus dem Kopf... Pfui! Aber... tatsächlich, wann wird es denn gesetzt? Da hast du deine Gewohnheit! Da hast du dir die Hand schön eingeübt! Vierzig lange Jahre kein einziges Ausrufungszeichen! Ah?"

Perekladin bekreuzigte sich und schloß die Augen, öffnete sie jedoch gleich wieder; im dunklen Hintergrund stand immer noch ein großes Ausrufungszeichen...

„Teufel! So werde ich die ganze Nacht nicht einschlafen."
– Marfuscha! – wandte er sich zu seiner Frau, die oft damit renommierte, daß sie den Kursus in einem Pensionat absolviert hatte. – Weißt du nicht vielleicht, mein Seelchen, wann in Papieren ein Ausrufungszeichen gesetzt wird?

– Freilich, wie sollte ich denn das nicht wissen? Nicht umsonst habe ich sieben Jahre im Pensionat verbracht. Die ganze Grammatik kann ich noch auswendig. Dieses Zeichen wird gebraucht bei Anreden, Ausrufen und bei Äußerungen der Begeisterung, der Entrüstung, der Freude, des Zorns und ähnlicher Gefühle.

„So — so... – dachte Perekladin. – Begeisterung, Entrüstung, Freude, Zorn und ähnliche Gefühle..."

Der Kollegiensekretär wurde nachdenklich... Vierzig Jahre lang saß er über den Papieren, hatte Tausende und aber Tausende vollgeschrieben und konnte sich nicht an eine einzige Zeile erinnern, die Begeisterung, Entrüstung oder etwas in dieser Art ausgedrückt hätte.

„Und ähnliche Gefühle... – überlegte er. – Ja, braucht man denn überhaupt Gefühle bei Papieren? Auch ein Gefühlloser kann sie schreiben..."

Die Visage des jugendlichen Kritikers schaute wieder hinter einem feurigen Zeichen hervor und lächelte hämisch. Perekladin richtete sich auf und setzte sich im Bett zurecht. Der Kopf tat ihm weh und auf der Stirn perlte kalter Schweiß... Das Lämpchen vor dem Heiligenbild in der Ecke schimmerte sanft in der Dunkelheit, die Möbel schauten festlich und sauber drein, alles strömte Wärme aus und verriet die Anwesenheit einer Frauenhand, doch der arme Beamte fühlte sich kalt und ungemütlich, als wäre er an Typhus erkrankt. Das Ausrufungszeichen stand jetzt nicht nur vor seinen geschlossenen Augen, sondern war überall, im Zimmer, am Bett, auf dem Toilettentisch seiner Frau und zwinkerte ihm spöttisch zu...

– Schreibende Maschine! Maschine! – flüsterte die Erscheinung und blies dem Beamten ihren kalten Atem ins Gesicht. – Fühlloser Klotz!

Der Beamte zog die Decke über den Kopf, doch auch unter die Decke verfolgte ihn das Gespenst; er schmiegte sich an die Schultern seiner Frau, aber selbst hinter der Schulter tauchte es plötzlich auf... Die ganze Nacht plagte sich der arme Perekladin, und sogar am Tage ließ ihm das Gespenst keine Ruhe. Er sah es überall: in den Schuhen, die er anzog, in der Untertasse beim Teetrinken, selbst im Stanislaw...

„Und ähnliche Gefühle ... – dachte er. – Es stimmt schon, daß Gefühle überhaupt nicht vorkamen ... Ich werde gleich zu meinem Vorgesetzten gehen und mich in die Gratulationsliste eintragen ... tut man denn das mit Gefühlen? Nur so, nebenbei ... Gratulationsmaschine ..."

Als Perekladin auf die Straße trat und eine Droschke herbeiwinkte, schien es ihm, daß anstatt der Droschke ein Ausrufungszeichen heranfahre.

Auch im Vorzimmer des Vorgesetzten war ihm, als sähe er an Stelle des Portiers schon wieder das Zeichen ... Und sie alle sprachen ihm von Begeisterung, Entrüstung, Zorn ... Der Federhalter sah gleichfalls wie ein Ausrufungszeichen aus. Perekladin nahm ihn in die Hand, tauchte die Feder in die Tinte und unterzeichnete:

„Kollegiensekretär Jefim Perekladin!!!"

Und während er diese drei Zeichen setzte, jubelte er, entrüstete sich, verging vor Freude, kochte vor Zorn.

– Da hast du's! Da hast du's! – flüsterte er und drückte die Feder fest aufs Papier.

Das feurige Zeichen nickte endlich befriedigt und verschwand.

Die Pferdekur

In einem reservierten Coupé erster Klasse traf in der Stadt D. zu einem Gastspiel der bekannte Rezitator und Komiker Feniksow-Dikobrasow II ein. Alle, die ihn auf dem Bahnhof empfingen, wußten, daß die Fahrkarte erster Klasse aus purer Wichtigtuerei erst auf der vorletzten Station gelöst worden und bis dahin die Berühmtheit ruhig dritter Klasse gefahren war; alle sahen, daß trotz der kalten, herbstlichen Witterung die Berühmtheit nur einen sommerlichen Flügelmantel und ein schäbiges Sealmützchen trug, und dennoch, sobald sich das graublaue, verschlafene Gesicht Dikobrasows II am Fenster zeigte, verspürten alle ein gewisses Erschauern und den unwiderstehlichen Drang, seine Bekanntschaft zu machen. Der Theaterunternehmer Potschetschujew umarmte den Gast nach russischer Sitte dreimal und fuhr ihn zu sich nach Hause.

Die Berühmtheit sollte zwei Tage nach der Ankunft mit dem Gastspiel beginnen, aber das Schicksal wollte es anders; am Tage vor der ersten Vorstellung kam der bleiche, zerzauste Unternehmer in den Kassenraum gelaufen und teilte mit, daß Dikobrasow II nicht spielen könne.

– Er kann nicht! – verkündete Potschetschujew und raufte sich verzweifelt die Haare. – Was sagen Sie dazu? Einen Monat, einen ganzen Monat haben wir in ellenhohen Buchstaben plakatiert, daß Dikobrasow bei uns auftritt, haben uns gebrüstet und geziert, Abonnementsgelder im voraus erhoben, und plötzlich diese Gemeinheit! Aufhängen sollte man ihn dafür!

– Aber was ist denn los? Was ist geschehen?

- Saufen tut er, der Hund!
- Große Sache! Wird sich schon ausschlafen.
- Eher wird er krepieren, als seinen Rausch ausschlafen! Das kenne ich noch von Moskau her: sobald er die Wodkaflasche erwischt hat, säuft er zwei Monate ohne Unterbrechung. Quartalsäuferei! Trunksucht ist das! Wirklich, so ein Glück kann auch nur mir zustoßen! Habe ich das nötig! Wieso bin ich, Verdammter, bloß als solcher Pechvogel auf die Welt gekommen! Warum... warum hängt mein ganzes Leben lang der Fluch des Himmels über meinem Haupt? (Potschetschujew war Tragiker nicht nur von Beruf, sondern auch der Veranlagung nach: starke Ausdrücke, verbunden mit heftigen Faustschlägen gegen die Brust, standen ihm gut zu Gesicht.) Wie bin ich doch elend, gemein und verabscheuungswürdig, daß ich wie ein feiger Sklave meinen Kopf den Schicksalsschlägen hinhalte! Wäre es nicht würdevoller, ein für allemal die Rolle des Prügelknaben, auf den unweigerlich alle Hiebe niedersausen, aufzugeben und sich eine Kugel durch den Kopf zu jagen? Worauf warte ich noch? Mein Gott, worauf warte ich noch immer?

Potschetschujew verbarg das Gesicht in den Händen und wandte sich zum Fenster ab. In der Kasse waren außer dem Kassierer noch viele Schauspieler und Theaterfreunde anwesend, und so fehlte es nicht an Ratschlägen, Vertröstungen und Aufmunterungen; allein dies alles hatte mehr einen philosophischen oder prophetischen Charakter; über Redensarten, wie „Alles Irdische ist vergänglich", „Pfeifen Sie drauf" und „Es wird schon werden" kam keiner hinaus. Nur der Kassierer, ein dicklicher, wassersüchtiger Mann, brachte der Angelegenheit einen mehr praktischen Sinn entgegen.

- Versuchen Sie doch, Prokl Lwowitsch, - sagte er: - ihn zu kurieren.
- Suff kann man ja mit keinem Teufel austreiben!

– Sagen Sie das nicht. Unser Friseur kennt ein fabelhaftes Mittel gegen Trunksucht. Die ganze Stadt läßt sich von ihm behandeln.

Potschetschujew war bereit, sich an jeden Strohhalm zu klammern, und nach weniger als fünf Minuten stand der Theaterfriseur Fjodor Grebeschkow bereits vor ihm. Stellen Sie sich eine hohe, knorrige Gestalt mit eingefallenen Augen, einem langen, spärlichen Bart und braunen Händen vor, denken Sie sich eine frappante Ähnlichkeit mit einem Skelett dazu, das durch Schrauben und Federn in Bewegung gesetzt wird, kleiden Sie diese Gestalt in einen unsagbar abgetragenen schwarzen Rock, und Sie haben das lebenswahre Porträt Grebeschkows vor Augen.

– Guten Tag, Fedja! – wandte sich Potschetschujew an ihn. – Ich habe gehört, mein Lieber, daß du ... sozusagen ... gegen Suff kurierst. Tu mir doch die Liebe, nicht aus Pflicht, sondern aus Freundschaft, und heil mir den Dikobrasow! Weißt du, er säuft schon wieder!

– Gott mit ihm, – antwortete in melancholischem Baß Grebesckkow. – Schauspieler, die es noch nicht weit gebracht haben, Kaufleute und Beamte behandle ich tatsächlich, dies aber ist eine Berühmtheit, von der ganz Rußland spricht!

– Nun, was macht dir das aus?

– Um den Schnaps aus ihm herauszutreiben, muß man in allen Organen und Gelenken des Körpers eine Umwälzung herbeiführen. Ich kann diese Umwälzung herbeiführen, aber wenn er wieder gesund ist, wird er sich womöglich noch auf die Hinterbeine stellen ... „Wie hast du es gewagt, wird er sagen, du Hund, dich an meinem Gesicht zu vergreifen?" Wir kennen diese Berühmtheiten!

– Nein — nein ... nur keine Ausreden, Brüderchen! Hast du dich einen Pfifferling genannt — dann auch marsch in die Pfanne! Nimm deine Mütze und komm mit!

Als eine Viertelstunde später Grebeschkow das Zimmer Dikobrasows betrat, lag die Berühmtheit auf dem Bett und schaute zornig nach der Hängelampe. Die Lampe hing ganz ruhig, doch Dikobrasow II ließ kein Auge von ihr und stammelte:

– Du wirst dich bei mir schon drehen! Ich werde dir, verdammtes Luder, schon zeigen, was Drehen heißt. Die Karaffe habe ich zerschmettert, dich haue ich auch noch in Klumpen, das wirst du gleich erleben! Ah — ah — ah... die Decke dreht sich auch... Verstehe: eine Verschwörung! Aber die Lampe, die Lampe! Ist doch kleiner als alle anderen, das unverschämte Biest, und dreht sich am meisten! Warte nur...

Der Komiker stand auf, zog das Bettlaken mit sich, warf vom Nachttisch die Gläser um und ging schwankend auf die Lampe zu: unterwegs jedoch stieß er auf etwas Langes, Knochiges...

– Was ist das!? – brüllte er und rollte wie irrsinnig die Augen. – Wer bist du? Wo kommst du her? Ah?

– Ich werde dir gleich zeigen, wer ich bin... Marsch ins Bett!

Und ohne abzuwarten, bis der Komiker wieder in seinem Bett lag, holte Grebeschkow aus und langte ihm mit der Faust einen solchen Schlag in den Nacken, daß er kopfüber in die Kissen flog. Der Komiker hatte vorher wahrscheinlich noch niemals Schläge bekommen, denn trotz seines starken Rausches schaute er mit Verwunderung und sogar Neugier auf Grebeschkow.

– Du... du hast geschlagen? Wa... wart, du hast geschlagen?

– Ich habe geschlagen. Möchtest du noch mehr haben?

Und der Friseur schlug Dikobrasow noch einmal ins Gesicht. Ich weiß nicht, was hier stärker wirkte, die heftigen Schläge oder die Neuheit der Empfindung, doch die Augen des Komikers hörten auf umherzuirren, und in ihnen zeigte sich so etwas wie ein Funke von Vernunft. Er sprang auf, und nicht so sehr mit Wut als voller Neugier begann er das blasse Gesicht und den dreckigen Rock Grebeschkows zu mustern.

– Du... du haust? – murmelte er. – Du... du wagst es?
– Halts Maul!

Und wieder ein Schlag ins Gesicht. Der verdatterte Komiker versuchte sich zur Wehr zu setzen, doch die eine Hand Grebeschkows preßte ihm die Brust zusammen, während die andere unaufhörlich sein Gesicht bearbeitete.

– Leichter! Leichter! – hörte man aus dem Nebenzimmer die Stimme Potschetschujews. – Leichter, Fedjenka!

– Das macht nichts, Prokl Lwowitsch! Der Herr werden mir später selbst noch dankbar sein!

– Immerhin, ein wenig leichter! – flehte mit weinerlicher Stimme Potschetschujew und steckte seinen Kopf durch die Türspalte. – Dir macht es nichts aus, aber mir läuft es kalt über den Rücken. Überleg doch mal: am hellichten Tage wird ein gesetzlich geschützter, intelligenter und berühmter Mann verprügelt, dazu noch in seiner eigenen Wohnung... Ach!

– Ich verprügele gar nicht ihn, Prokl Lwowitsch, sondern den Teufel, der in ihm sitzt. Gehen Sie doch fort, seien Sie so gütig und beunruhigen Sie sich nicht. Wirst du wohl liegen, Satan! – stürzte sich Grebeschkow wieder auf den Komiker. – Rühr dich nicht! Waaas?

Dikobrasow packte das Grauen. Es schien ihm, als sei alles, was sich noch vorhin gedreht hatte und von ihm zerschmettert wurde, jetzt gegen ihn verschworen und mit Wucht gegen seinen Kopf geflogen.

– Hilfe! – schrie er. – Rettung! Hilfe!

– Schrei nur, schrei nur, oller Deibel! Das waren erst die Blümchen, aber warte, die Früchtchen kommen auch noch dran! Jetzt hör mal zu: wenn du nur noch ein Wort sagst oder dich rührst, schlage ich dich tot! Ich bringe dich um ohne Erbarmen. Keiner wird dir helfen können, mein Lieber! Niemand kommt dir zu Hilfe, auch wenn du aus einer Kanone schießt. Wenn du dich aber beruhigst und still liegst, gebe ich dir ein Schnäpschen. Da habe ich den Schnaps, schau mal!

Grebeschkow zog aus der Tasche ein halbes Fläschchen Wodka und schwenkte es vor den Augen des Komikers. Beim Anblick des Gegenstandes seiner Leidenschaft vergaß der Betrunkene alle Schläge und wieherte sogar vor Vergnügen. Grebeschkow holte aus der Westentasche ein Stückchen schmutzige Seife und warf es in die Flasche. Als der Schnaps aufschäumte und trübe wurde, begann er allerlei Dreck hineinzuschmeißen. In die Flasche flogen Salpeter, Salmiakgeist, Alaun, Glaubersalz, Schwefel, Kolophonium und viele andere „Spezereien", wie man sie in jeder Drogerie für zehn Kopeken kaufen kann. Der Komiker glotzte Grebeschkow an und verfolgte leidenschaftlich die Bewegungen der Schnapsflasche. Zugutterletzt verbrannte der Friseur den Fetzen eines alten Lappens, warf die Asche in den Schnaps, schüttelte das Ganze durch und trat ans Bett heran.

– Trink! – sagte er und goß ihm ein halbes Teeglas voll ein. – In einem Zug!

Der Komiker trank voller Gier aus, räusperte sich, riß aber sofort die Augen weit auf. Sein Gesicht wurde plötzlich leichenblaß und auf die Stirn trat kalter Schweiß.

– Trink mehr! – bot ihm Grebeschkow an.

– Wi—wi... will nicht! Wa... warte...

– Trink, daß dich der Teufel hole! ... Trink! Ich schlag dich tot!

Dikobrasow trank aus und stürzte stöhnend auf die Kissen. Eine Minute später erhob er sich und Fjodor konnte sich überzeugen, daß seine „Spezereien" gewirkt hatten.

– Trink noch! Die ganzen Eingeweide soll es dir umkrempeln, das ist gut. Trink!

Für den Komiker begann eine Zeit des Leidens. Sein Inneres wurde buchstäblich nach außen gekehrt. Er sprang auf, wälzte sich im Bett und verfolgte voller Schrecken die langsamen Bewegungen seines unerbittlichen und unermüdlichen Feindes, der kein Auge von ihm wandte und ihn erbarmungslos prügelte, sobald er es ablehnte, die „Spezereien" zu trinken. Schläge wechselten mit dem Gesöff, das Gesöff mit den Schlägen. Zu keiner anderen Zeit hatte der arme Körper von Feniksow-Dikobrasow II je solche Demütigungen und Erniedrigungen ertragen müssen, und niemals war die Berühmtheit so schwach und hilflos gewesen wie jetzt. Erst schrie der Komiker und schimpfte, dann begann er zu flehen, als er sich jedoch überzeugte, daß seine Proteste zu neuen Schlägen führten, weinte er nur noch leise vor sich hin. Potschetschujew, der hinter der Tür stand und lauschte, hielt es schließlich nicht mehr aus und stürzte ins Zimmer.

– Daß dich der Teufel hole! – sagte er mit den Händen fuchtelnd. – Lieber soll das Abonnementsgeld verlorengehen, mag er weiter Schnaps saufen, nur quäl ihn nicht länger, tu mir die Liebe! Der krepiert uns noch, hol dich der Teufel! Schau nur: der ist ja schon halb verreckt! Hätte ich das nur gewußt, bei Gott, ich würde mich nicht darauf eingelassen haben...

– Das macht nichts... der Herr werden mir noch persönlich danken, das sage ich Ihnen... Na, was ist mit dir los? – wandte sich Grebeschkow zu dem Komiker. – Ich werd' dir was!

Bis zum späten Abend plagte er sich mit dem Komiker ab. Selbst war er ganz erschöpft und hatte auch ihn zuschanden geritten. Es endete damit, daß Dikobrasow völlig entkräftet dalag, sogar die Fähigkeit zum Stöhnen verlor und mit dem

Ausdruck des Entsetzens auf dem Gesicht erstarrte. Auf die Erstarrung folgte so etwas wie ein Dämmerzustand.

Zum größten Erstaunen Potschetschujews erwachte der Komiker am nächsten Morgen — also war er nicht gestorben. Stumpf schaute er sich um, ließ seinen trüben Blick durchs Zimmer wandern und begann sich zu besinnen.

– Warum tut mir eigentlich alles so weh! – staunte er. – Als ob ein Güterzug über mich gefahren wäre. Sollte ich am Ende einen Schnaps trinken? He, wer ist da? Wodka!

Potschetschujew und Grebeschkow standen bereits hinter der Tür.

– Wodka will er haben, also ist er noch nicht gesund! – entsetzte sich Potschetschujew.

– Aber woher denn, Väterchen Prokl Lwowitsch! – wunderte sich der Friseur. – Kann man denn an einem Tage gesund machen? Wenn Gott will, haben wir ihn in einer Woche so weit, aber doch nicht an einem Tage. Irgendeinen Schwächling würde man vielleicht in fünf Tagen kurieren, aber der da könnte es ja seiner Statur nach mit jedem Kaufmann aufnehmen. Den kriegt man nicht so leicht unter.

– Warum hast du mir das nicht gleich gesagt, du Teufelskerl? – stöhnte Potschetschujew. – Wieso bin ich bloß als solcher Pechvogel geboren! Und was erwarte ich, Verfluchter, noch vom Schicksal? Wäre es nicht vernünftiger, endlich Schluß zu machen und sich eine Kugel durch den Kopf zu jagen ... usw.

So düster Potschetschujew sich auch sein Schicksal ausmalte — bereits eine Woche später spielte Dikobrasow II und es war nicht notwendig, die Abonnementsgelder zurückzuzahlen. Grebeschkow schminkte den Komiker, wobei er so ehrfurchtsvoll seinen Kopf berührte, daß Sie niemals den früheren Quälgeist in ihm wiedererkannt hätten.

- Wie zäh doch ein Mensch sein kann! - wunderte sich Potschetschujew. - Ich selbst bin beinah gestorben, als ich seine Qualen mitansah, und er tut, als wäre nichts geschehen, bedankt sich sogar bei diesem Teufel Fedjka und will ihn obendrein noch nach Moskau mitnehmen! Wunder gibt es auf dieser Welt ... wahrhaftig!

Der Redner

An einem schönen Morgen wurde der Kollegienassessor Kirill Iwanowitsch Wawilonow beerdigt, der an zwei in unserem Vaterlande so überaus verbreiteten Krankheiten zugrunde gegangen war: an einer bösen Frau und dem Alkohol. Als der Trauerzug sich von der Kirche zum Friedhof in Bewegung setzte, sprang einer der Kollegen des Verstorbenen, ein gewisser Poplawskij, in eine Droschke und jagte zu seinem Freunde Grigorij Petrowitsch Sapojkin, einem noch jungen, aber bereits äußerst populären Mann. Sapojkin besitzt, wie es vielen Lesern bekannt sein dürfte, die seltene Gabe, Hochzeits-, Jubiläums- und Beerdigungsreden aus dem Stegreif zu halten. Reden kann er, wann immer es verlangt wird: noch halb im Schlaf, auf nüchternen Magen, sternhagelbetrunken und sogar im Fieberwahn. Seine Rede fließt glatt und gleichmäßig dahin wie das Wasser aus einer Dachrinne und ist, genau wie diese, von erstaunlicher Ergiebigkeit; in seinem oratorischen Wörterbuch finden sich mehr wehleidige Ausdrücke als Schwaben in einer Kneipe. Stets spricht er beredt und ausführlich, so daß man mitunter, besonders bei Kaufmannshochzeiten, die Hilfe der Polizei in Anspruch nehmen muß, um seinen Wortschwall einzudämmen.

– Da bin ich, mein Lieber! – begann Poplawskij, als er sah, daß der Freund zu Hause war. – Zieh dich so schnell wie möglich an und komm mit. Einer der Unseren ist gestorben, wir sind gerade dabei, ihn ins bessere Jenseits zu befördern und man muß, verstehst du, zum Abschied irgend so einen Sermon halten... Du bist unsere ganze Hoffnung. Wäre einer der kleinen Beamten gestorben, würden wir dich natürlich gar nicht erst behelligen, diesmal aber ist es ein Sekretär ... eine Säule der Kanzlei gewissermaßen. Es wäre peinlich, solch eine Kanone ohne Rede zu bestatten.

– Ah, der Sekretär! – gähnte Sapojkin. – Dieser Säufer also?

– Nun ja, der Säufer. Es gibt Blini und kaltes Büffet ... auch die Droschke wird dir bezahlt. Komm doch, mein Guter! Pflanz mal eine deiner berühmten Trauerweiden à la Cicero, an Dank soll es wahrhaftig nicht fehlen!

Sapojkin willigte gerne ein. Er zerzauste sich das Haar, verlieh seinem Gesicht die nötige Melancholie und trat mit Poplawskij auf die Straße.

– Ich kenne euren Sekretär, – sagte er, während sie sich in eine Droschke setzten. – Ein ausgekochter Junge und eine Bestie, Gott gebe ihm das Himmelreich, wie es wenige gibt.

– Aber es ist doch nicht hübsch, Grischa, über Verstorbene zu schimpfen.

– Das ist wahr, aut mortuis nihil bene, aber ein Gauner war er doch.

Die Freunde holten den Leichenzug ein und schlossen sich ihm an. Man trug den Verblichenen so langsam, daß es ihnen bis zum Friedhof noch ein paarmal gelang, in einer Kneipe einzukehren und sein Seelenheil mit etlichen Gläschen zu begießen.

Auf dem Friedhof wurde ein Gottesdienst abgehalten. Schwiegermutter, Frau und Schwägerin des Verstorbenen weinten in Strömen, wie der Brauch es befiehlt. Als der Sarg in die Grube gesenkt wurde, schrie die Frau sogar: „Laßt mich zu ihm!", folgte ihrem Mann dann aber doch nicht, da ihr vermutlich noch rechtzeitig seine Pension in den Sinn kam. Sapojkin wartete, bis alles still geworden war, trat dann hervor, ließ seinen Blick über die Anwesenden schweifen und begann:

– Soll man wirklich Augen und Ohren trauen? Ist nicht alles ein furchtbarer Traum, dieser Sarg, diese verweinten Gesichter, das Stöhnen und Klagen? Doch nein, es ist kein Traum, und unser Auge trügt uns nicht! Er, der noch vor kurzem so rüstig, so jugendlich frisch und rein unter uns weilte, der noch unlängst vor unsern Augen wie eine unermüdliche Biene seinen Honig in die gemeinsamen Waben staatlicher Ordnung trug, er, der ... jener ist jetzt zu Staub verwandelt, zum Schattenbild wesenloser Materie. Der unerbittliche Tod hat seine eisige Hand auf ihn gelegt zu einer Zeit, da er, trotz seines würdigen Alters, noch in der Blüte seiner Kräfte stand, noch zu den glänzendsten Hoffnungen berechtigte. Ein unersetzlicher Verlust! Und wer könnte ihn auch ersetzen? Der braven Beamten gibt es viele, allein Prokofij Ossipytsch war einzig in seiner Art. Bis in die Tiefe seiner Seele der ehrlichen Pflichterfüllung ergeben, schonte er seine Kräfte nicht, verzichtete selbst auf den Schlaf, war uneigennützig, unbestechlich... Wie verachtete er jene Verführer, die ihn, zum Schaden der Allgemeinheit, zu bestechen suchten, ihn durch lockende Lebensfreuden zum Verrat an seinen Pflichten verleiten wollten! Ja, vor unseren Augen verteilte Prokofij Ossipytsch sein kärgliches Gehalt unter die bedürftigsten Kollegen, und ihr selbst habt soeben das Klagen der Witwen und Waisen vernommen, die von seinen milden Gaben lebten. Nur seiner Dienstpflicht und Werken der Nächstenliebe ergeben, verzichtete er auf die Freuden der Welt und versagte sich sogar das Glück des Familienlebens; es ist Ihnen bekannt, daß er bis zum Ende seiner Tage unverheiratet blieb! Und wer wird ihn uns als Kameraden ersetzen? Wie lebendig steht sein glattrasiertes, rührendes Gesicht vor mir, das sich stets mit so gütigem Lächeln zu uns wandte; noch glaube ich, seine weiche, zärtlich-freundschaftliche Stimme zu hören. Friede deiner Asche, Prokofij Ossipytsch! Ruhe sanft, du edler, ehrlicher Arbeiter!

Sapojkin redete weiter, doch die Zuschauer begannen allmählich zu tuscheln. Die Rede gefiel allen, lockte sogar einige Tränen hervor, aber vieles an ihr erschien reichlich sonderbar. Erstens war es unverständlich, warum der Redner den Verstorbenen Prokofij Ossipowytsch nannte, wo er doch Kirill Iwanowitsch hieß. Zweitens war allen zur Genüge bekannt, daß der Verblichene sein Leben lang auf Kriegsfuß mit der ihm gesetzlich angetrauten Gattin gestanden hatte, also keineswegs als unverheiratet betrachtet werden konnte. Drittens trug er einen dichten fuchsroten Bart, den er sich bis zum Tode nie hatte rasieren lassen, so daß es rätselhaft blieb, warum der Redner sein Gesicht glattrasiert nannte. Die Zuhörer staunten, sahen einander verwundert an und zuckten die Achseln.

– Prokofij Ossipytsch! – fuhr der Redner fort und blickte in schöpferischer Ekstase in die Grube hinab: – Dein Gesicht war nicht schön, ja sogar garstig, du warst mürrisch und finster, allein wir alle wußten, daß unter dieser rauhen Schale ein ehrliches Freundesherz schlug!

Bald bemerkten die Zuhörer auch etwas Sonderbares an dem Redner selbst. Er richtete seine Augen starr auf einen Punkt, begann unruhig von einem Bein aufs andere zu treten und mit dem Kopf zu schütteln. Plötzlich verstummte er ganz, riß verwundert den Mund auf und wandte sich zu Poplawskij:

– Hör mal zu, der lebt ja! – sagte er mit schreckerfüllter Miene.

– Wer lebt?

– Prokofij Ossipytsch! Da steht er ja neben dem Denkmal!

– Der ist auch nie gestorben! Tot ist Kirill Iwanowitsch!

– Aber du hast mir doch selbst gesagt, daß der Sekretär gestorben wäre!

– Kirill Iwanowitsch war doch der Sekretär. Du hast alles durcheinandergebracht, Idiot! Prokofij Ossipytsch ist tatsächlich früher mal unser Sekretär gewesen, aber bereits vor zwei Jahren als Vorsteher in die zweite Abteilung versetzt worden.

– Da soll ein Teufel draus klug werden!

– Warum bist du denn steckengeblieben? Rede doch weiter, es ist ja peinlich!

Sapojkin wendete sich wieder dem Grabe zu und setzte mit unvermindertem rhetorischen Schwung die unterbrochene Ansprache fort. Neben einem Grabstein stand tatsächlich Prokofij Ossipytsch, ein alter Beamter mit glattrasiertem Gesicht. Finster betrachtete er den Redner und runzelte zornig die Brauen.

– Was war denn heute mit dir los? – lachten die Beamten, als sie mit Sapojkin von der Beerdigung nach Hause zurückkehrten. – Einen lebendigen Menschen wolltest du begraben.

– Scheußlich von Ihnen, junger Mann! – brummte Prokofij Ossipytsch. – Ihre Rede mag vielleicht für einen Verstorbenen angebracht gewesen sein, für einen Lebendigen aber war sie der reine Hohn! Ich bitte Sie, was haben Sie da alles gesagt? Uneigennützig, unbestechlich, nimmt keine Schmiergelder! In bezug auf einen lebendigen Menschen kann man das doch nur als Spott auffassen. Auch hat Sie niemand gebeten, Verehrtester, sich lang und breit über mein Gesicht auszulassen. Häßlich, garstig — mag es vielleicht sein, aber deswegen brauchen Sie es noch längst nicht öffentlich an den Pranger zu stellen! Direkt beleidigend von Ihnen!

Roman mit dem Kontrabaß

Der Musiker Smytschkow ging aus der Stadt zur Datscha des Fürsten Bibulow, wo anläßlich einer Verlobung ein Abend mit Musik und Tanz stattfinden sollte. Auf seinem Rücken ruhte ein riesiger Kontrabaß in Lederfutteral. Smytschkow ging am Ufer eines Flusses entlang, der seine kühlen Wogen, wenn auch nicht gerade majestätisch, so doch sehr poetisch dahintrieb.

„Ob ich nicht baden sollte?" – dachte er.

Ohne lange zu überlegen, zog er sich aus und tauchte den Körper in die erfrischenden Fluten. Der Abend war herrlich. Die poetische Seele Smytschkows begann allmählich in eine der Harmonie der Umgebung entsprechende Stimmung zu geraten. Doch welch süßes Gefühl erfaßte erst sein Herz, als er, nachdem er hundert Schritte zur Seite geschwommen war, ein Mädchen erblickte, das am steilen Uferrande saß und angelte. Er hielt den Atem an und erstarrte im Überschwang mannigfaltigster Gefühle: Kindheitserinnerungen, Sehnsucht nach Vergangenem, eine neuentflammte Liebe ... Gott, und er dachte, er würde einer neuen Liebe nicht mehr fähig sein! Als er endgültig den Glauben an die Menschheit verlor (die heißgeliebte Frau brannte mit seinem Freund, dem Fagott Ssobakin durch), hatte ein Gefühl der Leere seine Seele ergriffen und aus ihm einen Misanthropen gemacht.

„Was ist unser Leben? – hatte er sich mehr als einmal gefragt. – Wofür leben wir eigentlich? Das ganze Dasein ist ein Mythos, ein Traum ... vielleicht nichts als leerer Wahn."

Doch als er nun vor der schlafenden Schönen stand (es war nicht schwer zu entdecken, daß sie schlummerte), fühlte er

47

plötzlich, ganz gegen seinen Willen, so etwas wie Liebe in der Brust aufkeimen. Lange blieb er vor ihr stehen und verschlang sie mit den Blicken.

„Jetzt aber genug... – dachte er und stieß einen tiefen Seufzer aus. – Leb wohl du herrliche Erscheinung! Es wird Zeit, zum Ball Seiner Durchlaucht zu eilen..."

Noch einmal warf er einen Blick auf das schöne Mädchen und wollte gerade zum Ufer zurückschwimmen, als ein Gedanke ihm durch den Kopf schoß.

„Ich muß ihr ein Andenken lassen! – überlegte er: – irgendetwas binde ich ihr an die Angelrute. Es soll eine Überraschung vom ‚Unbekannten' sein."

Smytschkow schwamm leise zum Ufer, pflückte einen großen Strauß Feld- und Wasserblumen, band sie mit einem Grashalm zusammen und klemmte sein Souvenir in den Angelhaken ein.

Der Strauß versank und zog den hübschen Schwimmer mit in die Tiefe.

Die menschliche Vernunft, die Gesetze der Natur sowie die soziale Stellung meines Helden verlangen, daß der Roman hiermit seinen Abschluß findet, aber — o weh! — das Schicksal eines Autors ist oft unerbittlich: aus Gründen, denen der Verfasser machtlos gegenübersteht, endete der Roman keineswegs mit dem Blumenstrauß. Entgegen dem gesunden Menschenverstand und der Natur der Dinge war es dem armen und unbekannten Kontrabassisten beschieden, eine wichtige Rolle im Leben des vornehmen und reichen Mädchens zu spielen.

Als Smytschkow ans Ufer zurückkehrte, erwartete ihn eine peinliche Überraschung: er fand seine Kleider nicht mehr. Sie waren gestohlen... Unbekannte Missetäter hatten ihm, während er in Betrachtung der Schönen versunken war, alles mit Ausnahme des Kontrabasses und seines Zylinders entwendet.

„Oh Fluch! – rief Smytschkow aus. – Oh Menschen, oh Satansbrut! Nicht so sehr der Verlust der Kleidung erfüllt mich mit Empörung (denn jede Kleidung ist vergänglich), sondern der Gedanke, daß ich entblößt werde weitergehen müssen und damit gegen die sittlichen Gesetze der Allgemeinheit verstoße."

Er setzte sich auf das Futteral und begann über einen Ausweg aus seiner furchtbaren Lage nachzugrübeln.

„Ich kann doch nicht nackt zum Fürsten Bibulow kommen! – dachte er. – Dort werden ja Damen sein! Zu allem Unglück haben die Diebe zusammen mit den Hosen auch noch das in ihnen befindliche Kolophonium gestohlen!"

Lange dachte er nach, angestrengt und qualvoll, bis ihn die Schläfen zu schmerzen begannen.

„Halt! – fiel ihm endlich ein: – nicht weit von hier gibt es im Gesträuch eine kleine Brücke... Bis zum Eintritt der Dunkelheit kann ich unter dieser Brücke Zuflucht nehmen, und am Abend, in der Dämmerung, schleiche ich mich dann zum ersten Bauernhof..."

Befriedigt von diesem Gedanken, setzte Smytschkow den Zylinder auf, warf sich den Kontrabaß über den Rücken und kroch ins Gebüsch. Nackt, mit seinem Musikinstrument auf dem Buckel, erinnerte er an einen gewissen mythischen Halbgott aus grauer Vorzeit.

Und jetzt, verehrter Leser, während mein Held allein unter der Brücke sitzt und sich seinem Kummer hingibt, verlassen wir ihn für eine Weile und wenden uns dem Mädchen zu, das am Ufer geangelt hatte. Was ist aus ihr geworden? Als die Schöne erwachte und den Schwimmer nicht mehr auf dem Wasser sah, zog sie hastig an der Angelschnur. Die Schnur spannte sich, doch weder Haken noch Schwimmer erschienen an der Oberfläche. Offenbar war Smytschkows Blumenstrauß vom Wasser aufgequollen und zu schwer geworden.

„Entweder hat ein großer Fisch angebissen, – dachte das Mädchen: – oder der Haken ist festgeklemmt."

Noch ein paarmal riß sie die Rute hin und her und merkte dann endgültig, daß sie angehakt war.

„Zu schade! – dachte sie. – Und gerade abends beißt der Fisch so gut an! Was soll ich machen?"

Ohne lange zu überlegen, warf das exzentrische Mädchen ihre ätherischen Gewänder ab und tauchte den herrlichen Körper bis an die Schultern in die Fluten. Es war nicht leicht, den Haken vom Bukett, in das sich die Leine verheddert hatte, zu lösen, aber Geduld und Mühe errangen schließlich den Sieg. Nach kaum einer Viertelstunde stieg die schöne Maid strahlend und glücklich, mit dem Haken in der Hand, aus dem Wasser.

Doch das böse Geschick lauerte auf ein neues Opfer. Die Schurken, die Smytschkows Sachen gestohlen hatten, waren auch mit ihren Kleidern davongelaufen und hatten nur die Büchse mit den Würmern zurückgelassen.

„Was soll ich jetzt anfangen? – begann sie zu weinen. – Ich kann doch unmöglich in diesem Aufzug nach Hause gehen? Nein, niemals! Lieber sterben! Ich warte bis es dunkel wird; in der Abenddämmerung schleiche ich mich zu Tante Agafja und schicke sie nach Hause, mir Kleider zu holen. Inzwischen aber will ich mich unter der kleinen Brücke verstecken."

Die Stellen benutzend, wo das Gras etwas höher wuchs, lief meine Heldin in gebückter Haltung zur Brücke. Doch als sie zwischen die Pfeiler schlüpfte, erblickte sie einen nackten Mann mit Musikantenmähne und haariger Brust, schrie auf und verlor die Besinnung. Auch Smytschkow erschrak. Im ersten Augenblick hielt er das Mädchen für eine Najade.

„Ist es vielleicht eine Flußsirene, die gekommen ist, mich zu verlocken? – dachte er, und diese Vermutung schmeichelte ihm nicht wenig, denn er war über sein Äußeres stets sehr hoher Meinung. – Wenn es aber keine Sirene, sondern ein Mensch ist, wie soll man diese sonderbare Aufmachung erklären? Warum ist sie hier, unter der Brücke? Was ist in sie gefahren?"

Während er diese Fragen überlegte, kam die Schöne allmählich wieder zu sich.

– Töten Sie mich nicht! – flüsterte sie. – Ich bin die Fürstin Bibulowa. Ich flehe Sie an! Man wird Sie reich belohnen! Als ich eben den Angelhaken im Wasser löste, stahlen unbekannte Diebe mein neues Kleid, meine Schuhe — alles!

– Meine Gnädigste! – sagte Smytschkow mit flehender Stimme. – Auch mir sind die Kleider gestohlen. Zu alledem entführte man mit den Hosen auch das in ihnen befindliche Kolophonium!

Leute, die Kontrabaß spielen oder Posaune blasen, pflegen meist wenig erfinderisch zu sein; Smytschkow indessen bildete eine wohltuende Ausnahme.

– Meine Gnädigste! – fuhr er nach einer Weile fort. – Wie ich sehe, verwirrt Sie mein äußerer Anblick. Aber Sie müssen zugeben, daß es mir aus den gleichen Gründen wie Ihnen unmöglich ist, von hier wegzugehen. Darf ich Ihnen folgenden Vorschlag machen: würden Sie nicht so gütig sein, im Futteral meines Kontrabasses Platz zu nehmen und sich mit dem Deckel zu bedecken? Das wird Sie meinen Blicken entziehen...

Nach diesen Worten holte Smytschkow den Kontrabaß aus dem Futteral. Einen Augenblick schien es ihm, als entweihe er durch diese Preisgabe des Futterals die heilige Kunst, doch sein Zaudern war von kurzer Dauer. Das schöne Mädchen kroch ins Futteral und rollte sich wie ein Igel zusammen, er aber schnallte die Riemen fest und freute sich, daß die Natur ihm solch einen Verstand verliehen hatte.

– Jetzt können Sie mich, meine Gnädigste, nicht mehr sehen, – sagte er. – Bleiben Sie nur ruhig liegen. Sobald es dunkelt, trage ich Sie ins Haus Ihrer Eltern. Meinen Kontrabaß kann ich auch später noch abholen.

Bei Anbruch der Dämmerung lud sich Smytschkow das Futteral mit der Schönen auf den Rücken und pilgerte zur Datscha Bibulow. Er hatte folgenden Plan: zunächst wollte er die erste beste Hütte aufsuchen, sich mit Kleidern versehen und dann weiterwandern...

„Jedes Übel birgt auch ein Gutes in sich... – dachte er, den Staub mit nackten Füßen aufwirbelnd und sich unter der Last zusammenkrümmend. – Für die warme Anteilnahme, die ich der Fürstin entgegengebracht habe, wird Bibulow mich ohne Zweifel freigebig belohnen."

– Meine Gnädigste, fühlen Sie sich auch wohl? – fragte er im Tone eines cavalier galant, der seine Dame zur Quadrille auffordert. Seien Sie so gut und machen Sie sich's ohne Umstände in meinem Futteral bequem, als wären Sie zu Hause!

Plötzlich schien es dem galanten Smytschkow, als gingen im Dunkel der Nacht zwei menschliche Gestalten vor ihm. Er betrachtete sie genauer und überzeugte sich, daß es keine optische Täuschung war: die Gestalten gingen tatsächlich und trugen sogar in den Händen so etwas wie Bündel...

„Sollten das am Ende die Diebe sein? – fuhr es ihm durch den Kopf. – Sie tragen ja etwas! Sicherlich sind das unsere Kleider!"

Smytschkow legte das Futteral an den Straßenrand und jagte den Gestalten nach.

– Halt! – schrie er. – Halt! Fangt sie!

Die Gestalten blickten sich um, bemerkten die Verfolgung und rückten aus... Noch lange vernahm die Fürstin laute „Halt"-Rufe und davoneilende Schritte. Endlich war alles still.

Smytschkow war ganz von der Verfolgung hingerissen, und die Schöne hätte wohl noch manche Stunde am Straßenrand auf freiem Feld verbringen müssen, wenn ihr nicht ein glücklicher Zufall zu Hilfe gekommen wäre. Ein gütiges Geschick wollte es, daß zwei Freunde Smytschkows zur gleichen Stunde den gleichen Weg zur Datscha Bibulow wanderten, die Flöte Shutschkow und die Klarinette Rasmachajkin. Sie stolperten über das Futteral, schauten einander verwundert an und schlugen die Hände zusammen.

– Ein Kontrabaß! – sagte Shutschkow. – Ha, das ist ja der Kontrabaß unseres Smytschkow! Aber wie mag er bloß hergekommen sein?

– Sicherlich ist Smytschkow etwas zugestoßen, – entschied Rasmachajkin. – Entweder war er besoffen oder man hat ihn überfallen... Wie dem auch sei, den Kontrabaß können wir hier nicht liegen lassen. Nehmen wir ihn also mit.

Shutschkow lud sich das Futteral auf den Rücken, und die Musiker setzten ihren Weg fort.

– Weiß der Teufel, ist das eine Last! – knurrte den ganzen Weg die Flöte. – Um nichts auf der Welt würde ich mich dazu hergeben, auf so einem dämlichen Klotz zu spielen... Uff!

Endlich beim Fürsten Bibulow angelangt, luden die Musiker das Futteral auf dem für das Orchester bestimmten Platz ab und begaben sich zum Büffet.

Gerade war man im Hause dabei, die Kronleuchter und Lampen anzuzünden. Der Bräutigam, Hofrat Lakejitsch, ein hübscher und sympathischer Beamter des Verkehrsministeriums, stand mitten im Saal und unterhielt sich, beide Hände in den Taschen, mit dem Grafen Schkalikow. Man sprach über Musik.

– In Neapel, Graf, – erzählte Lakejitsch: – war ich persönlich mit einem Geiger bekannt, der buchstäbliche Wunder vollbrachte. Sie werden es mir nicht glauben! Auf einem Kontrabaß... einem gewöhnlichen Kontrabaß führte er solche verteufelte Triller aus, daß einem unheimlich zumute wurde. Walzer von Strauß spielte er!

– Gehen Sie, das ist ja nicht möglich ... – zweifelte der Graf.

– Ich versichere Ihnen! Sogar Liszt-Rhapsodien konnte er ausführen! Ich wohnte mit diesem Geiger in einem Zimmer, und aus purer Langeweile lernte ich bei ihm auf dem Kontrabaß eine Rhapsodie von Liszt.

– Eine Rhapsodie von Liszt... Hm!... Sie scherzen...

– Sie glauben mir nicht? – lachte Lakejitsch. – Ich werde es Ihnen gleich beweisen! Kommen Sie zum Orchester!

Der Bräutigam und der Graf begaben sich gemeinsam zum Orchester. Beim Kontrabaß angelangt, begannen sie eilig die Riemen zu lösen ... und — oh Schreck!

Doch solange der Leser jetzt seiner Phantasie freien Lauf läßt und sich den Ausgang des musikalischen Streites ausmalt, wenden wir uns wieder Smytschkow zu ... Der arme Musiker, dem es nicht gelungen war, die Diebe einzuholen, kehrte zu dem Platz zurück, wo er das Futteral gelassen hatte, und fand dort die teure Last nicht mehr. Er verlor sich in tausend Vermutungen, lief ein paarmal die Straße auf und ab, ohne jedoch das Futteral zu entdecken und entschied, er müsse einen falschen Weg eingeschlagen haben ...

„Das ist entsetzlich! – dachte er, sich die Haare raufend und vor Schreck erstarrend. – Sie wird im Futteral ersticken! Ich bin ein Mörder!"

Bis Mitternacht irrte Smytschkow auf der Landstraße umher und suchte das Futteral; schließlich begab er sich, gänzlich entkräftet, unter die Brücke.

„Beim Morgengrauen werde ich weitersuchen", – beschloß er. Doch das Suchen in der Morgendämmerung führte zu keinem anderen Ergebnis, und Smytschkow entschloß sich, den Anbruch der nächsten Nacht unter der Brücke abzuwarten ...

„Ich werde sie finden! – flüsterte er, den Zylinder lüftend und sich verzweifelt die Haare raufend. – Wenn ich auch ein ganzes Jahr nach ihr suchen muß, aber ich finde sie doch!"

— — — — — — — — — — — — —

Noch heute erzählen die Bauern, die in der oben erwähnten Gegend wohnen, daß man nachts in der Nähe der Brücke einen nackten Mann sehen kann, reichlich mit Haaren bewachsen und mit einem Zylinder auf dem Kopf. Zuweilen ertönt unter der Brücke das Brummen eines Kontrabasses.

Wint[1])

In einer unfreundlichen Herbstnacht fuhr Andrej Stepanowitsch Peressolin aus dem Theater nach Hause. Er saß in seinem Wagen und dachte an den Nutzen, den die Theater bringen könnten, wenn in ihnen nur Stücke sittlichen Inhalts aufgeführt würden. Als er jedoch an seinem Verwaltungsgebäude vorüberfuhr, hörte er auf, über den Nutzen nachzudenken und betrachtete die Fenster des Hauses, in dem er, um die Sprache der Poeten und Schiffer zu gebrauchen, das Ruder führte. Die beiden Fenster des Dienstzimmers waren hell erleuchtet.

„Kramen die wirklich immer noch an dem Bericht herum ? – dachte Peressolin. – Vier Idioten sitzen daran und sind bis jetzt noch nicht fertig geworden! Am Ende werden die Leute noch von mir denken, ich gäbe ihnen selbst in der Nacht keine Ruhe. Ich werde mal raufgehen und sie etwas aufmuntern ... Bleib stehen, Gurij!"

Peressolin stieg aus der Equipage und betrat das Verwaltungsgebäude. Das Haustor war verschlossen, die Hintertür dagegen, deren Riegel sowieso nicht mehr hielt, stand sperrangelweit offen. Peressolin benutzte diese und befand sich eine Minute später vor dem Dienstzimmer. Die Tür war nur leicht angelehnt, und als er einen Blick durch die Spalte warf, bemerkte er etwas höchst Ungewöhnliches. An einem Tisch, der über und über mit großen Rechnungslisten bedeckt war, saßen beim Schein zweier Lampen vier Beamte und spielten Karten.

---

[1]) In Rußland beliebtes Kartenspiel, in seinen Regeln etwa dem Whist entsprechend.

Konzentriert und regungslos, mit vom Schatten der Lampenschirme grünlich gefärbten Gesichtern, erinnerten sie an märchenhafte Gnome oder, Gott behüte, an Falschmünzer...
Noch geheimnisvoller allerdings machte sie ihr Spiel. Nach den Manieren und Kartenausdrücken zu urteilen, die sie von Zeit zu Zeit lautwerden ließen, spielten sie Wint; nach dem jedoch, was Peressolin weiter zu Ohren kam, konnte man ihr Spiel weder Wint noch überhaupt ein Kartenspiel nennen. Es war etwas Unerhörtes, Merkwürdiges und Geheimnisvolles... Peressolin erkannte in den Beamten Sserafim Swisdulin, Stepan Kulakewitsch, Eremej Njedojechow und Iwan Pissulin.
– Wie spielst du denn da aus, du holländischer Teufel, – ärgerte sich Swisdulin und schaute voller Wut seinen gegenübersitzenden Partner an. – Darf man denn so spielen? Ich hatte in der Hand Dorofejew selbst, Schepeljow mit Frau und Stjopka Jerlakow, und du spielst Kofejkin aus. Da sitzen wir jetzt ohne zwei! Du Krautkopf hättest Pogankin ausspielen müssen!
– Na, was wäre schon dabei herausgekommen? – schnauzte der Partner zurück. – Ich wollte ja selbst Pogankin ausspielen, aber Iwan Andrejitsch hat doch Peressolin in der Hand.
„Meinen Namen haben sie auch noch reingebracht... – zuckte Peressolin mit den Schultern. – Versteh ich nicht!"
Pissulin gab die Karten aus und die Beamten spielten weiter:
– Staatsbank...
– Zwei – Gerichtshof...
– Ohne Trumpf...
– Du sagst ohne Trumpf?? Hm!... Gouvernementsverwaltung – zwei... Wenn schon, denn schon, hol's der Teufel! Vorhin bin ich mit der Volksaufklärung ohne eins sitzengeblieben, jetzt falle ich bestimmt mit der Gouvernementsverwaltung rein. Pfeif drauf!

– Kleinschlemm in Volksaufklärung!

„Verstehe überhaupt nichts!" – flüsterte Peressolin.

– Ich spiele einen Staatsrat aus ... wirf mal, Wanja, irgendein Titularrätchen ab oder einen Kleinen von der Gouvernementsverwaltung.

– Was brauchen wir dein Titularrätchen? Wir schlagen selbst den Peressolin los ...

– Und wir geben deinem Peressolin eins in die Fresse ... in die Fresse ... Wir haben ja Rybnikow. Ohne drei werdet ihr sitzenbleiben! Legt mal die Peressolícha auf den Tisch! Ihr braucht die Kanaille nicht solange im Ärmelaufschlag zu verstecken!

„Meine Frau haben sie angegriffen ... – dachte Peressolin ... – ich verstehe gar nichts."

Da er nicht länger im unklaren bleiben wollte, öffnete er die Tür und betrat das Dienstzimmer. Wenn der leibhaftige Teufel mit Hörnern und Schwanz den Beamten erschienen wäre, hätte er sie nicht so überrascht und erschreckt, wie ihr Vorgesetzter sie erschreckte und überraschte. Wäre der vor einem Jahr verstorbene Exekutor vor sie hingetreten und hätte mit Grabesstimme verkündet: „Folget mir, ihr Höllenbrüder, zu dem Ort, der für Kanaillen ausersehen ist," und hätte er sie selbst mit der Kälte des Todes angehaucht, sie wären nicht so erbleicht, wie sie erbleichten, als sie Peressolin erkannten. Njedojechow bekam vor Schreck Nasenbluten, bei Kulakewitsch trommelte es im linken Ohr und wie von selbst löste sich die Krawatte ... Die Beamten warfen ihre Karten auf den Tisch, erhoben sich langsam, schauten einander an und senkten die Augen zu Boden. Eine Minute lang herrschte im Dienstzimmer betretenes Schweigen ...

– Schön schreibt ihr mir da den Bericht ab! – begann Peressolin. – Jetzt verstehe ich auch, warum ihr euch so um diese Arbeit reißt ... Was habt ihr eben gemacht? ...

— Wir haben nur ein Minutchen, Euer X-lenz ... — flüsterte Swisdulin. — Haben Bilderchen angeschaut ... uns etwas ausgeruht ...

Peressolin trat an den Tisch heran und zuckte langsam die Achseln. Auf dem Tisch lagen keine Karten, sondern Photographien gewöhnlichen Formats, die von der Pappe losgelöst und auf Spielkarten aufgeklebt waren. Von diesen Bildern gab es eine ganze Menge. Beim näheren Betrachten fand Peressolin sich selbst, seine Frau, viele Untergebene und Bekannte ...

— Was für ein Quatsch ... Wie spielt ihr denn das?

— Das haben nicht wir, Euer X-lenz, ausgedacht ... Gott bewahre ... Wir haben nur ein Beispiel genommen ...

— Erklär' mal, Swisdulin! Wie habt ihr gespielt? Ich habe doch selbst gesehen und gehört, wie ihr mich mit Rybnikow geschlagen habt ... Nun, was druckst du denn herum? Ich fress dich doch nicht auf! Erzähl mal!

Swisdulin war so verlegen, daß er nicht mit der Sprache herauskonnte. Als Peressolin jedoch sich zu ärgern, zu schnaufen und im Gesicht rot anzulaufen begann, gehorchte er endlich. Nachdem er die Bilder gesammelt und gemischt hatte, breitete er sie auf dem Tisch aus und fing an zu erklären:

— Jedes Porträt, Euer X-lenz, wie auch jede Karte haben ihren Sinn ... Ihre Bedeutung. Genau wie in einem richtigen Spiel sind auch hier zweiundfünfzig Karten und vier Farben ... Die Beamten des Gerichtshofes sind Cœur, die Gouvernementsverwaltung — Treff, die Angestellten des Ministeriums für Volksaufklärung — Karo, und Pique ist die Abteilung der Staatsbank. Also ... wirkliche Staatsräte sind bei uns Asse, Staatsräte Könige, Gemahlinnen der Persönlichkeiten der IV. und V. Rangklasse Damen, Kollegienräte Buben, Hofräte Zehner usw. Ich zum Beispiel, da ist mein Bild, bin eine Drei, da ich in meiner Eigenschaft als Gouvernementssekretär ...

— Schau mal an ... Ich bin also ein As?

– Treff-As, und ihre Exzellenz — die Treff-Dame...
– Hm!... Das ist originell... Wollen wir mal versuchen! Ich werde mal sehen...

Peressolin legte den Mantel ab und setzte sich, ungläubig lächelnd, an den Tisch. Die Beamten nahmen auf seinen Befehl hin gleichfalls Platz und das Spiel begann...

Als der Wächter Nasar früh um sieben erschien, um das Dienstzimmer aufzuwischen, blieb er erstaunt stehen. Das Bild, das sich ihm bot, als er mit Bürste und Eimer das Zimmer betrat, war so ungewöhnlich, daß er es bis heute nicht vergessen hat, selbst wenn er völlig besoffen im Delirium liegt. Blaß, übernächtig und zerzaust stand Peressolin vor Njedojechow, hielt ihn am Knopf seines Rockes und sprach:

– Begreife doch endlich, daß du nicht das Recht hattest, Schepeljow auszuspielen, wenn du wußtest, daß ich mich selbst in der Hand hatte. Bei Swisdulin sind Rybnikow mit Frau, drei Lehrer vom Gymnasium und dazu noch meine Frau, bei Pissulin dagegen Bankleute und drei Kleine aus der Gouvernementsverwaltung. Du mußtest unbedingt Kryschkin abwerfen! Schau doch nicht hin, wenn sie den Gerichtshof ausspielen! Die haben ja was im Sinn!

– Ich habe, Ex-lenz, den Titularrat ausgespielt, weil ich dachte, Sie hätten einen Staatsrat in der Hand.

– Aber, mein Lieber, so darf man doch nicht denken! Das ist doch kein Spiel. So spielen ja nur Schuster. Überleg mal!... Als Kulakewitsch einen Hofrat der Gouvernementsverwaltung ausspielte, mußtest du sofort Iwan Iwanowitsch Grenlandskij abwerfen, weil du wußtest, daß in seiner Hand Natalja Dmitriewna mit Jegor Jegorytsch waren... Du hast alles verdorben! Ich werde es dir sofort beweisen. Setzt euch mal hin, Herrschaften, wir spielen noch einen Robber!

Nachdem die Beamten den erstaunten Nasar fortgeschickt hatten, setzten sie sich wieder an den Tisch und spielten weiter.

Die vertauschten Schuhe

Der Klavierstimmer Murkin, ein Mensch mit gelbem, glattrasiertem Kinn, brauner Tabaksnase und Watte in den Ohren, trat aus seinem Zimmer in den Korridor und schrie mit klirrender Stimme:
– Ssemjon! Bedienung!

Beim Anblick seines Gesichts hätte man vermuten können, daß ihm soeben die Zimmerdecke auf den Kopf gefallen oder unerwartet ein schreckliches Gespenst begegnet sei.

– Ich bitte dich, Ssemjon! – kreischte er, sobald er den herbeieilenden Hausdiener erblickte. – Was soll das bedeuten? Ich bin ein rheumatischer, kränklicher Mensch, und deinetwegen muß ich jetzt barfuß herumlaufen! Warum hast du mir meine Schuhe noch nicht gebracht? Wo sind sie?

Ssemjon ging in Murkins Zimmer, betrachtete die Ecke, wo er gewöhnlich die frischgeputzten Schuhe hinzustellen pflegte und kratzte sich den Kopf: die Schuhe waren nicht da.

– Wo könnten sie bloß sein, die Verfluchten? – brummte er endlich. – Am Abend habe ich sie, scheint's, noch geputzt und hierhergestellt... Hm!... Gestern war ich, offen gesagt, etwas angesäuselt... Sehr möglich, daß ich sie in ein anderes Zimmer gebracht habe. Ja, so wird es auch sein, Afanassij Jegorytsch, in ein anderes Zimmer! Stiefel gibt es ja eine Menge, und der Teufel mag sie alle auseinanderhalten, wenn man einen sitzen hat und die Sinne nicht so recht beisammen... Möglich, daß ich sie zu der Dame von nebenan gestellt habe... der Schauspielerin...

– Soll ich vielleicht jetzt deinetwegen die Dame stören! Soll ich vielleicht wegen so einer Lappalie eine ehrliche Frau wecken!

Seufzend und ächzend trat Murkin an die Tür des benachbarten Zimmers und klopfte behutsam.

– Wer ist da? – hörte man einen Augenblick später eine Frauenstimme.

– Das bin ich! – begann mit klagender Stimme Murkin und nahm die Haltung eines Kavaliers ein, der sich an eine Dame von Welt wendet, – verzeihen Sie gütigst die Störung, meine Gnädigste, aber ich bin ein kränklicher, rheumatischer Mensch... Die Ärzte haben mir, meine Gnädigste, befohlen, die Füße stets warm zu halten, um so mehr, als ich jetzt gleich zur Generalswitwe Schepelitzina gehen müßte, das Klavier dort zu stimmen. Ich kann doch unmöglich barfuß bei ihr erscheinen!...

– Ja, was wünschen Sie eigentlich? Was für ein Klavier?

– Kein Klavier, meine Gnädigste, sondern betreffs der Schuhe! Der unkundige Ssemjon putzte sie und brachte sie aus Versehen in Ihr Zimmer. Hätten Sie nicht, meine Gnädigste, die außerordentliche Güte, mir meine Schuhe herauszugeben!

Man vernahm Rauschen, einen Sprung vom Bett und Schlürfen mit Morgenschuhen, worauf die Tür sich sachte öffnete und ein molliger Frauenarm Murkin ein Paar Schuhe vor die Füße warf. Der Klavierstimmer dankte und begab sich zurück auf sein Zimmer.

– Sonderbar... – brummte er, während er die Schuhe anzog. – Es sieht aus, als ob gar kein Rechter dabei wäre! Das sind ja überhaupt zwei linke Schuhe! Beide sind sie links! Hör mal, Ssemjon, das sind ja gar nicht meine Schuhe! Meine waren doch mit roten Schlaufen und ohne Gummizug, und diese sind gänzlich abgetreten und haben überhaupt keine Schlaufen!

Ssemjon nahm die Schuhe in die Hand, drehte und wendete sie ein paarmal hin und her und setzte eine düstere Miene auf.

– Das sind die Schuhe von Pawel Alexandrytsch... – brummte er mit schiefem Blick.

Er schielte auf dem linken Auge.

– Was für ein Pawel Alexandrytsch?

– Der Schauspieler... jeden Dienstag kommt er her... Also hat er statt seiner Ihre angezogen... Ich habe zu ihm ins Zimmer, scheints, zwei Paar gestellt: seine und Ihre. Schöne Geschichte!

– Dann geh hin und tausche sie um!

– Leicht gesagt! – grinste Ssemjon. – Geh hin und tausche sie um. Wo soll ich ihm jetzt nachrennen? Es ist bald eine Stunde her, daß er weggegangen ist... Geh und fang den Wind im Felde!

– Wo wohnt er überhaupt?

– Wer kann das wissen? Hierher kommt er jeden Dienstag, aber wo er wohnt — können wir nicht feststellen. Er kommt, übernachtet und verduftet wieder bis zum nächsten Dienstag...

– Da siehst du, Schwein, was du angerichtet hast! Na, was soll ich nun machen! Ich komme ja zur Generalin Schepelitzina zu spät, Teufelskerl, du dämlicher! Mir sind die Füße schon ganz eingefroren!

– Die Schuhe umzutauschen ist keine große Sache. Ziehen Sie erst mal diese an, tragen Sie sie bis zum Abend, und abends können Sie dann im Theater versuchen... Fragen Sie nach dem Schauspieler Blistanow... Wenn Sie sich nicht ins Theater bemühen wollen, dann müssen Sie natürlich bis zum nächsten Dienstag warten. Nur Dienstags kommt er überhaupt her...

– Warum sind hier aber zwei linke Schuhe? – fragte der Klavierstimmer und hob sie voller Ekel in die Höhe.

– Welche Gott ihm geschickt hat, die trägt er auch. Aus Armut... Wo soll es ein Schauspieler denn hernehmen?...
„Schuhe haben Sie allerdings", sage ich, „Pawel Alexandrytsch! Die reine Schande!" Und er antwortet mir: „Verstumme," sagt er, „und erbleiche! In diesen selben Schuhen," sagt er, „habe ich Grafen und Fürsten dargestellt!" Ein sonderbares Volk! Mit einem Worte: ein Artist. Wäre ich ein Gouverneur oder ein anderer Befehlshaber, würde ich alle diese Artisten zusammenpacken und ins Kittchen stecken.

Mit unendlichem Gepuste und Getue zwängte sich Murkin zwei linke Schuhe über die Füße und begab sich hinkend zur Generalin Schepelitzina. Von früh bis spät wanderte er so in der Stadt umher, stimmte Klaviere, und es schien ihm, als schaue die ganze Welt auf seine Füße und sähe daran die fremden Schuhe mit Gummizug und abgetretenen Absätzen! Außer den seelischen Qualen aber mußte er auch noch physische erdulden: er rieb sich eine große Blase an der Ferse.

Am Abend war er im Theater. Man spielte „Ritter Blaubart". Erst vor dem letzten Aufzuge, und auch da nur dank der Protektion eines befreundeten Flötisten, gelang es ihm, hinter die Kulissen zu kommen. Als er die Herrengarderobe betrat, fand er dort das gesamte männliche Personal versammelt. Die einen legten ihre Kostüme ab, die anderen schminkten sich, die dritten rauchten. Ritter Blaubart stand mit König Bobèche und zeigte ihm einen Revolver.

– Kauf doch! – sagte Blaubart. – Ich selbst habe ihn in Kursk als Gelegenheit für acht Rubel erstanden und dir gebe ich ihn für sechs... Fabelhafte Zündung!

– Wirst du mal vorsichtig sein... er ist doch geladen!

– Könnte ich vielleicht Herrn Blistanow sprechen? – fragte der hereintretende Klavierstimmer.

– Ich bin es selbst! – drehte sich Ritter Blaubart zu ihm.
– Was wünschen Sie?

– Verzeihen Sie, mein Herr, die Störung, – begann flehend der Klavierstimmer: – aber glauben Sie mir ... ich bin ein kränklicher, rheumatischer Mensch ... Die Ärzte haben mir befohlen, die Füße stets warm zu halten ...

– Ja, was wünschen Sie denn eigentlich?

– Sehen Sie bitte ... – fuhr der Klavierstimmer fort und wandte sich zu Blaubart. – Sozusagen ... die letzte Nacht beliebten Sie in den möblierten Zimmern des Kaufmanns Buchtejew zu verbringen ... in Nr. 64 ...

– Na, wozu der Unsinn! – grinste König Bobèche. – In Nr. 64 wohnt doch meine Frau!

– Ihre Frau? Sehr angenehm ... – Murkin lächelte. – Ihre Frau Gemahlin haben mir im Grunde genommen die Schuhe auch herausgegeben ... Als der Herr, – der Klavierstimmer zeigte auf Blistanow: – von ihr weggingen, suchte ich meine Schuhe ... ich rufe, wissen Sie, nach dem Hausdiener und dieser sagt mir: „Ich habe Ihre Schuhe, mein Herr, ins Nachbarzimmer gestellt!" Aus Versehen, da er sich im Zustande der Trunkenheit befand, hatte er in Nr. 64 meine und Ihre Schuhe gestellt, – Murkin wandte sich zu Blistanow: – und Sie, als Sie die Gattin des Herrn verließen, zogen dann meine an ...

– Was wollen Sie damit sagen? – sprach Blistanow und machte ein finsteres Gesicht. – Wollen Sie Klatschereien in die Welt setzen oder? ...

– Keineswegs! Gott soll mich bewahren! Sie haben mich nicht richtig verstanden ... Was meinte ich denn? Doch nur betreffs der Schuhe! Sie geruhten doch in Nr. 64 zu übernachten?

– Wann?

– Diese Nacht.

– Haben Sie mich dort gesehen?

– Ich nicht, natürlich, keinesfalls, – antwortete Murkin in großer Verlegenheit, setzte sich hin und zog schleunigst die

Schuhe aus. – Ich habe Sie nicht gesehen, aber Ihre Schuhe hat mir doch die Gattin des Herrn herausgeworfen... Das heißt, an Stelle von meinen.

– Und was gibt Ihnen das Recht, Verehrtester, derartige Sachen zu behaupten? Ich spreche nicht einmal von mir, aber Sie beleidigen eine Dame, dazu noch in Gegenwart ihres Mannes!

Hinter den Kulissen entstand ein unbeschreiblicher Lärm. König Bobèche, der gekränkte Ehegatte, lief plötzlich rot an und schlug voller Wucht mit der Faust auf den Tisch, so daß in der Garderobe nebenan zwei Schauspielerinnen in Ohnmacht fielen.

– Und du glaubst ihm? – brüllte Ritter Blaubart. – Du glaubst diesem Halunken? Oh — oh! Willst du, daß ich ihn wie einen Hund umbringe? Willst du? Ich mache Beefsteak aus ihm! Ich schlage ihm den Schädel ein!

Alle, die an jenem Abend in der Nähe des Sommertheaters im Stadtpark spazieren gingen, erzählen noch heute, wie vor dem vierten Akt ein Mann mit gelbem Gesicht und schreckerfüllten Augen barfuß aus dem Theater stürzte und die Große Allee herunterjagte. Hinter ihm her rannte ein Mann als Ritter Blaubart verkleidet und fuchtelte mit einem Revolver in der Hand. Was weiter geschah — hat niemand mehr gesehen. Es ist bekannt, daß Murkin nach seiner Begegnung mit Blistanow zwei Wochen krank im Bett lag und den Worten: „Ich bin ein kränklicher, rheumatischer Mensch", seit jener Zeit immer hinzufügt: – „ich bin ein verletzter Mensch"...

Der Schriftsteller

Im Kontor neben dem Teeladen des Kaufmanns Jerschakow stand an einem hohen Schreibpult Jerschakow persönlich, ein junger, nach der letzten Mode gekleideter Mann, der den Eindruck erweckte, als hätte er schon mehr als einen Lebenssturm hinter sich, und bereits leicht ramponiert aussah. Nach seiner schwungvollen Handschrift mit Schnörkeln und Kringeln, seiner Krawatte und dem feinen Zigarrenduft zu urteilen, stand er der europäischen Kultur durchaus nicht ablehnend gegenüber. Aber noch spürbarer atmete es Kultur um ihn, als aus dem Laden ein Laufbursche erschien und meldete:

— Der Schriftsteller ist gekommen!

— Ah... Ruf ihn herein! Sag ihm aber, er soll seine Galoschen im Laden lassen.

Einen Augenblick später betrat das Zimmer ein alter, kahlköpfiger Mann in rostbraunem, stark abgenutztem Mantel, mit rotem, verfrorenem Gesicht und jenem Ausdruck von Schwäche und Unsicherheit auf den Zügen, der meist bei Menschen zu finden ist, die, wenn auch wenig, so doch regelmäßig trinken.

— Ah, meine Verehrung... — sagte Jerschakow, ohne den Eintretenden eines Blickes zu würdigen. — Was bringen Sie Schönes, Herr Heinim? — Jerschakow schwebte bei dieser Benennung irgendeine dunkle Erinnerung an den Dichter Heine vor, dessen Namen er mit Jefim, dem Vornamen „seines" Schriftstellers, in ein einziges „Heinim" zusammenzog, wobei er sich außerordentlich literarisch vorkam.

— Ich habe da die Bestellung gebracht, — antwortete Heinim. — Sie ist schon fertig...

— So schnell?

– In drei Tagen kann man, Sachar Ssemjonytsch, nicht nur eine Reklame, sondern einen ganzen Roman abfassen. Für eine Reklame genügt auch eine Stunde.

– Das ist alles? Und handeln tust du, als ob du eine Jahresarbeit übernehmen solltest. Na, also zeigen Sie mal, was Sie da erfunden haben?

Heinim zog ein paar zerknüllte, bleistiftbekritzelte Papierfetzen aus der Tasche und trat ans Schreibpult.

– Es ist erst ein Entwurf, ... sozusagen in großen Zügen... – erklärte er zögernd. – Ich werde es Ihnen vorlesen, und Sie können sich hineinvertiefen und mich auf Fehler hinweisen, falls Ihnen solche begegnen sollten. Es wäre ja kein Wunder, Sachar Ssemjonytsch, wenn man sich bei sowas vergaloppieren würde ... Wollen Sie es mir glauben? Für drei Geschäfte habe ich gleichzeitig die Reklame verfaßt ... Darüber hätte ja selbst Shakespeare den Kopf verloren.

Heinim zog seine Brille heraus, hob die Augenbrauen und begann mit trauriger Stimme, als ob er ein Gedicht zu deklamieren hätte, vorzutragen:

„Saison 1885/86. Lieferant aller chinesischen Teesorten in sämtliche Städte des europäischen und asiatischen Rußlands sowie auch ins Ausland, S. S. Jerschakow. Die Firma besteht seit 1804." — Die ganze Einleitung, verstehen Sie, wird von Ornamenten umrahmt, noch besser vielleicht von Wappen. Ein Kaufmann, dem ich ebenfalls die Reklame liefere, wählte für sein letztes Inserat die Wappen verschiedener Städte. Auch Sie könnten es so machen, und ich habe da, Sachar Ssemjonytsch, bereits etwas Exquisites ins Auge gefaßt: ein Löwe ... und in seinen Zähnen hält er eine Lyra. Jetzt weiter: „Zwei Worte an unsere Kundschaft. Hochverehrte Herrschaften! Weder die politischen Ereignisse der letzten Zeit, weder der kalte Indifferentismus, der mehr und mehr in alle Schichten unserer Gesellschaft eindringt, noch die ununterbrochene Verflachung der Wolga, auf die erst kürzlich der beste Teil unserer Presse hingewiesen hat, vermögen uns aus der Fassung zu bringen. Das langjährige Bestehen unseres Hauses und die Sympathien, die wir uns allerseits erworben haben, versetzen uns in die angenehme Lage, uns auf den Boden der Tatsachen zu stellen und den altrenommierten Geschäftsprinzipien treu zu bleiben, sowohl im Verkehr mit den Plantagenbesitzern als auch in der prompten Erledigung sämtlicher Aufträge. Unsere Devise ist hinreichend bekannt. Sie findet ihren Ausdruck in den kurzen, aber vielsagenden Worten: gewissenhaft, preiswert, schnell!!!"

– Gut! Sehr gut! – unterbrach ihn Jerschakow und zappelte unruhig auf dem Stuhl. – Ich habe gar nicht erwartet, daß Sie es so schön machen würden. Fein! Nur wissen Sie, lieber Freund, ... an dieser Stelle müßte man ... sozusagen ... einen Schleier über die Sache werfen, sie etwas vernebeln, ... irgendeinen Hokuspokus erfinden ... Wir publizieren doch, daß bei der Firma soeben eine Lieferung frischgepflückter Frühjahrsernte der Saison 1885 eingetroffen sei ... nicht wahr? Darüber hinaus aber müßten wir noch irgendwie zum Ausdruck bringen, daß dieser gerade eingetroffene Tee schon drei Jahre bei uns lagert, trotzdem er erst vor einer Woche ganz frisch aus China hereingekommen ist.

– Verstehe ... Das Publikum wird übrigens den Widerspruch gar nicht merken. Zu Beginn der Ankündigung schreiben wir, daß der Tee soeben eingetroffen ist, und am Schluß sagen wir dann so: „Da wir noch über ein großes Lager von Teesorten zu alten Zolltarifen verfügen, sehen wir uns in der bevorzugten Lage, ohne den eigenen Interessen Abbruch zu tun, dieselben auch weiterhin nach dem Preisverzeichnis der letzten Jahre zu verkaufen" ... und so weiter. Na also, auf der anderen Seite steht dann die Preisliste. Da kommen wieder erst mal Wappen und Ornamente, ... darunter in fetter Schrift: „Preiskurant erlesener aromatischer Teesorten aus Fu-tschan und Ki-ach-tin, erste Frühjahrsernte, soeben aus eigener Plantage eingetroffen"... Weiter: „Wir lenken die Aufmerksamkeit wahrer Enthusiasten speziell auf das Sortiment von Li-an-tsin, dessen hochfeine Mischung ‚Das Sinnbild Chinas oder die Konkurrenz platzt' für 3 Rubel 50 sich allerseits größter und wohlwollendster Anerkennung erfreut. Unter den Blütensorten empfehlen wir besonders ‚Die Rose des Bogdo-Chan' 2 Rubel und ‚Augen einer Chinesin' 1 Rubel 80." Nach den Preisen kommt in Petitschrift einiges über Abwiegen und Versand der Waren; daneben über den Rabatt und bezüglich der Prämien: „Die Mehrzahl unserer Konkurrenten, im Bestreben, die pp. Kundschaft anzulocken, macht den Versuch sie durch ein trügerisches Prämiensystem zu ködern. Wir unsererseits protestieren auf das entschiedenste gegen solchen unlauteren Wettbewerb und bieten der verehrten Kundschaft nicht in Form von Prämien, sondern ganz unentgeltlich alle Lockungen, mit denen die Konkurrenz ihre Opfer einfängt. Jeder, der bei uns für die Summe von 50 Rubel und darüber einkauft, erhält gratis einen der folgenden fünf Gegenstände nach Wahl: eine Teekanne aus britischem Metall, hundert Visitenkarten, den Plan der Stadt Moskau, eine Teebüchse in Form einer nackten Chinesin und das Buch ‚Der Bräutigam staunt oder die Braut unterm Waschtrog' eine Erzählung des scherzhaften Witzbolds."

Nachdem Heinim das Lesen beendet und noch einige Verbesserungen vorgenommen hatte, schrieb er schnell die Reklame ins reine und übergab sie Jerschakow. Es folgte ein langes Schweigen... Beiden war einigermaßen peinlich zumute, als ob sie soeben irgendeine kapitale Schweinerei begangen hätten.

– Erlauben Sie mir, das Geld für die Arbeit gleich zu erhalten oder erst später? – fragte Heinim zögernd.

– Wenn Sie wollen, meinetwegen gleich... – antwortete

nachlässig Jerschakow. – Geh in den Laden und nimm dir, was du willst für fünf fünfzig.

– Lieber hätte ich es in bar, Sachar Ssemjonytsch.

– Bei mir gibt es keine solche Mode, in bar zu bezahlen. Alle entlohne ich mit Tee und Zucker: Euresgleichen, die Sänger vom Kirchenchor, in welchem ich Vorsteher bin, und auch die Hausknechte. So gibt es wenigstens keine Sauferei.

– Wie können Sie, Sachar Ssemjonytsch, meine Arbeit mit Hausknechten und Kirchensängern auf eine Stufe stellen. Bei mir handelt es sich doch um ein geistiges Produkt.

– Auch ein Produkt! Große Sache, hast dich hingesetzt und einfach aufgeschrieben. Solch ein Schreibfetzen braucht weder Essen noch Trinken ... nicht der Rede wert! Ein Rubel ist schon fast zuviel dafür!

– Hm ... Wie Sie über die Schreibkunst urteilen ... – fühlte sich Heinim gekränkt. – Weder Essen noch Trinken ... Sie verstehen ja gar nicht, wie ich beim Verfassen solch einer Reklame vielleicht in der Seele gelitten habe. Ich schreibe und fühle, daß ich ganz Rußland hinters Licht führe. Geben Sie mir Geld, Sachar Ssemjonytsch!

– Du bist langweilig, mein Lieber. Es ist nicht nett von dir, mich so zu belästigen.

– Na, schon gut. Dann nehme ich eben Streuzucker. Ihre Burschen werden ihn mir für acht Kopeken pro Pfund zurückkaufen. Fast vierzig Kopeken verliere ich an dieser Operation, na, ist ja nichts zu machen! Leben Sie wohl!

Heinim wandte sich zur Tür, blieb aber am Ausgang stehen, seufzte und sagte finster:

– Rußland betrüge ich! Ganz Rußland! Für einen Bissen Brot betrüge ich das Vaterland! Ach!

Er verschwand. Jerschakow zündete sich eine Havanna an, und in seinem Zimmer duftete es noch heftiger als zuvor nach Feinheit, Wohlstand und Kultur.

Das Gewinnlos

Iwan Dmitrytsch, ein Mann von bescheidenen Ansprüchen, der samt seiner Familie ein Einkommen von eintausendzweihundert Rubel im Jahr zu verzehren hatte und mit seinem Schicksal durchaus zufrieden war, setzte sich eines Tages nach dem Abendessen auf den Diwan und nahm die Zeitung zur Hand.

– Ich habe ganz vergessen, heut' in die Zeitung zu sehen, – sagte seine Frau, während sie den Tisch abdeckte. – Schau mal nach, ob nicht vielleicht die Ziehungsliste drinsteht!

– Ja, sie ist da, – antwortete Iwan Dmitrytsch. – Ist aber dein Los nicht schon längst im Leihhaus verfallen?

– Nein, erst Dienstag habe ich die Zinsen eingezahlt.

– Wie war noch die Nummer?

– Serie 9.499, Losnummer 26.

– Schön ... Wollen mal nachsehen ... 9 499 und 26.

Iwan Dmitrytsch glaubte nicht an Lotterieglück, und zu keiner anderen Zeit würde er sich die Mühe genommen haben, eine Ziehungsliste durchzusehen, jetzt aber, da er sowieso nichts zu tun hatte — und die Zeitung ihm gerade vor Augen lag – fuhr er mit dem Finger von oben nach unten die Nummern der Serie entlang. Und sofort, wie zum Hohn für seinen Unglauben, nicht weiter als auf der zweiten Zeile von oben, sprang ihm mit aller Deutlichkeit die Ziffer 9.499 in die Augen! Ohne nach der Nummer des Loses zu blicken, ohne sich noch einmal zu prüfen, ließ er die Zeitung auf die Knie fallen und, als wenn ihm jemand einen Kübel kalten Wassers über den Bauch ge-

gossen hätte, verspürte er unter der Herzgrube eine angenehme Kühle: es war zugleich prickelnd, unheimlich und süß!
– Mascha, 9 499 ist da! – sagte er dumpf.
Die Frau betrachtete sein erstauntes, erschrockenes Gesicht und merkte, daß es kein Spaß sei.
– 9 499? – fragte sie erbleichend und ließ das zusammengefaltete Tischtuch auf den Tisch sinken.
– Ja, ja... Im Ernst, es ist da!
– Und die Nummer des Billetts?
– Natürlich! Noch die Nummer des Billetts. Übrigens, warte... einen Moment. Nein, trotz allem, was sagst du dazu? Es ist ja immerhin die Nummer unserer Serie! Immerhin, verstehst du...
Iwan Dmitrytsch sah seine Frau an und lächelte breit und gedankenlos wie ein Kind, dem man einen glitzernden Gegenstand vor die Augen hält. Auch seine Frau lächelte: genau wie ihm, war es auch ihr angenehm, daß er nur die Serie genannt hatte und sich gar nicht beeilte, die Nummer des Glückloses zu erfahren. Sich gleichzeitig in Hoffnungen auf ein mögliches Glück zu wiegen und mit Zweifeln zu quälen — ist so aufregend und angenehm!
– Unsere Serie ist da, – begann Iwan Dmitrytsch nach langem Schweigen. – Also besteht doch eine Wahrscheinlichkeit, daß wir gewonnen haben. Nur eine Wahrscheinlichkeit, aber sie ist jedenfalls vorhanden!
– Na, sieh jetzt mal nach!
– Warte. Für eine Enttäuschung ist es nie zu spät. Es steht in der zweiten Zeile von oben, also beträgt der Gewinn 75 000 Rubel. Das ist kein Geld mehr, sondern eine Macht, ein Kapital! Und wenn ich jetzt in die Liste schaue und dort steht — 26! Na? Hör mal, was ist, wenn wir tatsächlich gewonnen haben?
Die Ehegatten begannen zu lachen und sahen einander lange schweigend in die Augen. Die Möglichkeit des Glücks hatte

sie betäubt, sie wagten noch gar nicht davon zu träumen, geschweige denn, es laut auszusprechen, wozu sie eigentlich diese 75.000 gebrauchen, was sie sich anschaffen, wohin sie reisen würden. Sie dachten nur an die Zahlen 9.499 und 75.000 und malten sie schwärmerisch in ihrer Phantasie aus, aber das Glück selbst, das doch im Bereich der Möglichkeit lag, kam ihnen irgendwie gar nicht so recht zum Bewußtsein. Iwan Dmitrytsch ging mit der Zeitung in der Hand ein paarmal im Zimmer auf und ab, und erst nachdem er sich von der plötzlichen Aufregung einigermaßen erholt hatte, begann er allmählich vor sich hinzuträumen.

– Und wenn wir wirklich gewonnen haben? – sagte er.

– Das bedeutet doch ein neues Leben, einen vollständigen Bruch, eine Katastrophe! Das Los gehört dir, wäre es aber meins, dann würde ich natürlich vor allem so für etwa 25 000 irgendeinen Grundbesitz, vielleicht ein Gut kaufen; 10 000 für einmalige Ausgaben: eine neue Einrichtung, eine Reise, Bezahlung von Schulden und dergleichen...; die übrigen 40 000 festverzinslich auf die Bank...

– Ja, ein Gut — das ist schön, – sagte die Frau, setzte sich hin und stützte ihre Arme auf die Knie.

– Irgendwo im Gouvernement Tula oder Orjol... Erstens brauchen wir dann keine Datscha, zweitens ist es immerhin auch eine Einnahme.

Und nun drängen sich in seiner Phantasie Bilder, eines immer verlockender und poetischer als das andere, und in all diesen Bildern sieht er immer sich selbst — wohlgenährt, sorgenlos und gesund, fühlt, wie behaglich ihm ist, wie warm und angenehm. Eben hat er eine eisgekühlte Kaltschale verspeist und liegt jetzt mit dem Bauch nach oben auf glühendem Sand dicht am Flusse oder im Garten unter einer Linde... Es ist heiß... Sein Söhnchen und die Tochter krabbeln in der Nähe, buddeln im Sande oder fangen Käfer im Gras. Er liegt in

süßem Halbschlummer, denkt an nichts und fühlt mit allen
Fasern seines Leibes, daß er nicht mehr in den Dienst zu gehen
braucht, weder heute noch morgen noch übermorgen. Langweilt ihn das Liegen, geht er zur Heuernte oder in den Wald
Pilze suchen oder schaut zu, wie die Bauern mit dem Schleppnetz Fische fangen. Wenn die Sonne sich neigt, nimmt er
Seife und Laken und schlendert langsam zum Badehäuschen,
wo er sich in aller Ruhe entkleidet, wohlig und lange die
nackte Brust mit den Handflächen streicht und dann ins Wasser
steigt. Im Wasser, neben den trüben Seifenblasen, tummeln
sich tausend kleine Fische, schwanken grüne Algen. Nach dem
Bad trinkt er Tee mit Sahne und hausgebackenen Butterkringeln . . . Den Abend beschließt ein Spaziergang oder eine
Partie Wint mit den Nachbarn.

– Ja, es wäre schön, ein Gut zu kaufen, – sagt die Frau,
gleichfalls in Gedanken versunken, und man kann es ihrem
Gesicht ansehen, daß auch sie die Träume ganz bezaubert
haben.

Iwan Dmitrytsch malt sich den Herbst aus mit seinem endlosen Regen, den kalten Abenden, dem Altweibersommer. In
dieser Jahreszeit ist es angenehm, ausgedehnte Spaziergänge
zu machen im Garten, auf dem Felde, am Ufer des Flusses, um
ordentlich durchzufrieren, dann ein großes Gläschen Wodka
zu genehmigen und schnell einen eingemachten Reizker nachzuessen oder eine Dillgurke und . . . ein zweites Gläschen! Die
Kinder kommen aus dem Gemüsegarten gelaufen und schleppen Mohrrüben und Rettich herbei, die noch ganz nach frischer
Erde duften . . . Dann streckt man sich auf den Diwan,
betrachtet in aller Gemütsruhe irgendein illustriertes Journal,
breitet zu guter Letzt die Zeitung übers Gesicht, knöpft die
Weste auf und verfällt in süßen Schlummer . . .

Nach dem Altweibersommer folgt trübes, garstiges Wetter.
Tag und Nacht geht der Regen hernieder, die kahlen Bäume

scheinen zu weinen, der Wind ist feucht und kalt. Hunde, Pferde, Hühner — alles ist naß, niedergeschlagen, eingeschüchtert. Vom Spazierengehen kann keine Rede mehr sein, man wagt sich nicht aus dem Hause, den ganzen Tag ist man gezwungen, von einer Ecke in die andere zu wandern und wehmütig durch die trüben Fenster zu blicken. Langweilig!

Iwan Dmitrytsch hielt inne und blickte auf seine Frau.

– Weißt du, Mascha, ich würde vielleicht ins Ausland fahren, – sagte er.

Und er begann davon zu träumen, wie hübsch es wäre, im Spätherbst ins Ausland zu reisen, irgendwohin nach Südfrankreich, Italien ... Indien!

– Auch ich würde unbedingt ins Ausland fahren, – sagte die Frau. – Na, jetzt sieh mal nach der Nummer!

– Warte noch! Warte ...

Er ging im Zimmer auf und ab und träumte weiter. Und plötzlich kam es ihm in den Sinn: was würde geschehen, wenn seine Frau tatsächlich mit ins Ausland führe? Am angenehmsten reist man allein oder in Gesellschaft leichter, sorgloser Frauen, die vom Augenblick leben, nicht aber solcher, die während der ganzen Reise an die Kinder denken, jammern, sich ängstigen und über jede Kopeke wachen. Iwan Dmitrytsch stellte sich seine Frau vor, wie sie im Waggon sitzt, umgeben von einer Unmenge Bündel, Schachteln, Pakete; ewig hat sie zu stöhnen und zu seufzen, beklagt sich, daß sie von der langen Fahrt schon wieder Kopfschmerzen bekommen habe, daß soviel Geld verbraucht sei; fortwährend muß er ihr auf den Stationen heißes Wasser, Butterbrote, Tee besorgen ... In den Speisewagen geht sie nicht, weil es zu teuer ist ...

„Sie würde mir doch jede Kopeke nachrechnen, – dachte er und blickte auf seine Frau. – Das Los gehört ja ihr und nicht mir! Wozu braucht sie denn überhaupt ins Ausland zu fahren?

Was hat sie dort verloren? Wird im Hotelzimmer sitzen und mich nicht von ihrer Seite lassen... Das kenne ich schon!"

Zum erstenmal im Leben fiel es ihm auf, daß die Frau alt und häßlich geworden war, penetrant nach Küche roch, daß er selbst jung, gesund, frisch sei und meinetwegen auf der Stelle noch einmal heiraten könnte.

„Natürlich ist das alles dummes Zeug und Unsinn, – dachte er: – aber... was hat sie überhaupt im Ausland zu suchen? Was versteht sie schon davon? Trotzdem: mitkommen würde sie... Kann mir schon denken... Und dabei ist ihr Neapel oder Klin Jacke wie Hose. Nur mir würde sie im Wege sein. Und ich wäre dauernd von ihrer Gnade abhängig. Ich kann mir vorstellen, wie sie das Geld bekommt und gleich hinter sechs Schlössern verwahrt wie ein altes Weib... Nur vor mir wird sie es verbergen... Den Verwandten würde sie es zustecken und mir jede Kopeke nachrechnen.

Iwan Dmitrytsch erinnerte sich an die Verwandtschaft. All diese lieben Brüder und Schwestern, Onkel und Tanten werden herangekrochen kommen, sobald sie etwas vom Gewinn erfahren, werden betteln und winseln, honigsüß lächeln und heucheln. Widerliche, elende Bande! Gibt man ihnen einmal, kommen sie immer wieder; und schmeißt man sie raus — werden sie fluchen, klatschen und einen verwünschen.

Iwan Dmitrytsch dachte an seine Verwandtschaft, und die Gesichter, die er früher mit Gleichgültigkeit betrachtet hatte, schienen ihm jezt widerlich und abstoßend.

„Gemeines Pack!" – fluchte er.

Auch das Gesicht der Frau kam ihm plötzlich abstoßend und widerlich vor, in seiner Seele stieg allmählich kalte Wut auf, und voller Bitterkeit dachte er:

„Hat keine Ahnung, was Geld bedeutet, deswegen ist sie ja so geizig. Wenn sie gewinnen sollte, würde sie mir hundert Rubel geben und den Rest — in den Strumpf."

Nicht mehr mit dem früheren Lächeln, sondern schon beinahe gehässig blickt er jetzt auf seine Frau. Sie schaute ihn an, gleichfalls voller Haß und Wut. Auch sie hatte sich farbenfrohe Zukunftsbilder ausgemalt, eigene Pläne entworfen, eigene Erwägungen angestellt, sie verstand es recht wohl, wovon ihr Mann träumte. Sie wußte, wer als erster seine Pfote nach dem Geld ausstrecken würde.

„Auf fremde Kosten ist es billig, Pläne zu schmieden! – sprach deutlich ihr Gesicht. – Nein, daß du dich nicht unterstehst!"

Der Mann erriet ihre Gedanken. Wut kochte in seiner Brust, und, um seiner Frau eins auszuwischen, warf er einen hastigen Blick auf die vierte Seite der Zeitung und verkündete triumphierend:

– Serie 9 499, Losnummer 46! Und nicht 26!

Hoffnung und Haß – beide verschwanden mit einem Schlag, und plötzlich hatten sowohl Iwan Dmitrytsch als auch seine Frau die Empfindung, daß ihre Zimmer dunkel, klein und eng seien, daß das Abendbrot, das sie verzehrt hatten, nicht satt mache, sondern nur auf den Magen drücke, daß die Abende lang und lastend wären...

– Weiß der Teufel, – sagte Iwan Dmitrytsch, allmählich in üble Laune geratend. – Wohin man tritt, überall hat man Papierfetzen unter den Füßen, Krümel, dämliche Schalen... Nie wird in diesen Zimmern aufgeräumt! Man jagt mich ja direkt aus dem Hause, daß mich der Teufel hole. Am besten, ich hänge mich gleich an der nächsten Espe auf.

Die Sirene

Nach einer der Sitzungen des N.'schen Friedensgerichts versammelten sich die Richter im Beratungszimmer, um ihre Amtsroben abzulegen, einen Augenblick zu verschnaufen und dann nach Hause zum Mittagessen zu fahren. Der Vorsitzende, ein stattlicher Herr mit bauschigem Backenbart, der bei einer soeben zur Verhandlung gelangten Angelegenheit „bei besonderer Meinung" verblieben war, saß am Tisch und beeilte sich, diese Meinung zu Papier zu bringen. Der Friedensrichter Milkin, ein junger Mann mit mattem, melancholischem Gesicht, der den Ruf eines mit seiner Umgebung unzufriedenen und neue Lebensziele suchenden Philosophen genoß, stand am Fenster und schaute traurig auf den Hof. Der zweite Richter und einer der Ehrenvorsitzenden waren bereits fortgegangen. Der noch anwesende Ehrenrichter, ein aufgedunsener, schwer nach Atem ringender dicker Kerl sowie der Gehilfe des Staatsanwalts, ein junger Deutscher mit katarrhalischem Gesichtsausdruck, saßen auf einem Diwan und warteten, bis der Vorsitzende sein Schreiben beendet haben würde, um dann gemeinsam zum Mittagessen zu fahren. Vor ihnen stand der Sekretär der Tagung Shilin, ein kleines Männchen mit dicht an den Ohren sitzendem Backenbärtchen und verzücktem Gesichtsausdruck. Honigsüß lächelnd schaute er den Dicken an und sprach halblaut:

– Wir alle haben jetzt den Wunsch zu speisen, weil wir müde sind und es bereits auf die vierte Stunde geht, aber das ist, mein Seelchen Grigorij Ssawwitsch, noch nicht der wahre Appetit. Der richtige Wolfshunger, wenn man beinah den leiblichen Vater aufessen könnte, kommt nur nach einer physischen Strapaze, nach einer Hetzjagd zum Beispiel oder wenn Sie mit einem Bauerngespann ohne zu verschnaufen hundert Werst herunterjagen. Eine große Rolle spielt allerdings dabei auch die Phantasie. Wenn Sie zum Beispiel von einer Jagd nach Hause fahren und mit Appetit Mittag essen möchten, dürfen Sie nie an etwas Gescheites denken; das Gescheite und Gelehrte verjagt stets den Appetit. Sie belieben ja sicherlich zu wissen, daß Philosophen und Gelehrte betreffs des Essens die allerletzten Menschen sind und schlechter als sie nicht einmal, verzeihen Sie, die Schweine essen. Beim Nachhausefahren muß man sich bemühen, daß der Kopf nur noch an das Fläschchen und die Vorspeisen denkt. Ich habe mal unterwegs die Augen geschlossen und mir ein Spanferkelchen mit Meerrettich vorgestellt, da bekam ich vor Appetit einen hysterischen Anfall. Na, und wenn Sie bei sich in den Hof einfahren, dann muß es gerade aus der Küche nach so etwas duften, wissen Sie...

– Gebratene Gänse sind die ersten Meister des Duftes, – sagte schwer atmend der Ehrenrichter.

– Sagen Sie das nicht, mein Seelchen Grigorij Ssawwitsch, Ente oder Schnepfe können hierin einer Gans zehn Punkte vorgeben. Dem Bukett der Gans fehlt das Zärtliche und Delikate. Am heftigsten aber riecht eine junge Zwiebel, wenn sie, wissen Sie, gerade zu braten beginnt und das Luder, verstehen Sie, durchs ganze Haus zischt. Nun, wenn Sie dann ins Haus eintreten, muß der Tisch bereits gedeckt sein, und wenn Sie sich hinsetzen, stecken Sie sogleich die Serviette hinter die Halsbinde und strecken ohne Eile Ihren Arm nach dem Wodkafläschchen aus. Und Sie gießen es, das Mütterchen, nicht in ein Gläschen, sondern in irgendeinen vorsintflutlichen Becher aus Großvaters Zeiten oder in so ein dickbäuchiges Ding mit der Aufschrift: „Solch einen genehmigen selbst Mönche", und schütten es nicht etwa gleich herunter, sondern seufzen erst einmal, reiben sich die Hände, schauen gleichgültig zur Zimmerdecke empor, und erst dann führen Sie das Schnäpschen langsam an die Lippen und — sofort schießen Ihnen vom Magen aus über den ganzen Körper Funken...

Das süßliche Gesicht des Sekretärs drückte höchste Seligkeit aus.

– Funken... – wiederholte er, die Augen zudrückend.
– Sowie Sie ausgetrunken haben, müssen Sie sofort etwas nachessen.

– Hören Sie mal, – sagte der Vorsitzende und richtete seine Augen auf den Sekretär: – reden Sie doch leiser! Ihretwegen verderbe ich bereits den zweiten Bogen.

– Ach, verzeihen Sie, Pjotr Nikolajitsch! Ich bin schon still, – sagte der Sekretär und fuhr flüsternd fort: – Nun, und die Vorspeisen muß man, mein Seelchen Grigorij Ssawwitsch, auch mit Verstand essen. Die schönste Vorspeise ist, wenn Sie es wissen wollen, der Hering. Haben Sie ein Stückchen mit Zwiebel und Senfsoße zu sich genommen, machen Sie sich, mein Wohltäter, solange Sie noch Funken im Magen spüren, an den Kaviar heran, erst ohne etwas dazu und dann, wenn Sie wünschen, mit Zitrone; hierauf versuchen Sie einfachen Rettich mit Salz, dann wiederum Hering, am allerbesten schmecken aber, mein Wohltäter, eingemachte Reizker, feingeschnitten wie Kaviar und, verstehen Sie, mit Zwiebel, Provenceröl... direkt zum Kaputtessen! Doch die Leber eines Nalim — das ist geradezu eine Tragödie!

– Mm — ja... – stimmte der Ehrenrichter bei, und kniff die Augen zusammen. Vortrefflich als Vorspeise sind auch die... sozusagen... geschmorten Steinpilze.

– Ja, ja, ja, mit Zwiebel, wissen Sie, mit Lorbeerblatt und allerlei Ingredienzen. Man öffnet die Kasserolle und ein Dampf schlägt Ihnen entgegen, ein Pilzduft... sogar Tränen steigen zuweilen in die Augen! Nun, und sobald aus der Küche die Pirogge gebracht wird, muß man ohne Zaudern ein zweites Gläschen genehmigen.

– Iwan Gurjitsch! – sagte mit weinerlicher Stimme der Vorsitzende. – Ihretwegen habe ich schon den dritten Bogen verdorben!

– Weiß der Teufel, außer Essen hat er wohl keine anderen Gedanken! – brummte der Philosoph Milkin und schnitt eine verächtliche Grimasse, – gibt es wirklich außer Pilzen und Piroggen keine Interessen im Leben?

– Na also, vor der Pirogge muß man austrinken, – fuhr halblaut der Sekretär fort. Er war bereits so hingerissen, daß er, wie eine singende Nachtigall, nichts als die eigene Stimme hörte. – Appetitlich muß die Pirogge sein, schamlos in ihrer ganzen Nacktheit, wenn sie einen verführen soll. Man zwinkert ihr mit dem Auge zu, schneidet sich so einen Riesenhappen ab und möchte sie im Übermaß der Gefühle am liebsten mit den Händen streicheln. Und wenn man sie zu essen beginnt, tropft die Butter wie dicke Tränen herunter und die Füllung ist fett, saftig, mit Eiern, Gekröse, Zwiebeln ...

Der Sekretär verdrehte die Augen und zog den Mund schief bis ans Ohr. Der Ehrenrichter ächzte und bewegte, wie in lebhafter Vergegenwärtigung der Pirogge, die Finger.

– Teufel, das ist ja nicht auszuhalten ... – brummte der Friedensrichter und trat an ein anderes Fenster.

– Zwei Stück haben Sie verspeist und ein drittes sich für die Kohlsuppe aufgehoben, – fuhr der Sekretär begeistert fort. – Sobald Sie mit der Pirogge fertig sind, lassen Sie schnellstens, um den Appetit nicht zu verjagen, die Suppe reichen ... Kohlsuppe muß glühend sein ... feurig. Aber am allerbesten ist, mein Wohltäter, ein Borschtsch aus roten Rüben auf kleinrussische Art, mit Schinken und Saucischen. Dazu reicht man saure Sahne, frische Petersilie und Dill. Herrlich ist auch eine

Geflügelkleinsuppe mit jungen Nieren, lieben Sie aber Bouillon, so ist am schönsten eine Brühe, reich verziert mit Wurzeln und Gemüsen: Mohrrüben, Spargel, Blumenkohl und aller nur ähnlichen Jurisprudenz.

– Ja, eine herrliche Sache... – seufzte der Vorsitzende, die Augen vom Papier hebend, doch er besann sich sogleich und stöhnte: – Fürchten Sie Gott! So werde ich bis zum Abend mit der besonderen Meinung nicht fertig! Den vierten Bogen schmeiße ich bereits weg!

– Ich tu's nicht, ich tu's nicht! Verzeihen Sie! – entschuldigte sich der Sekretär und fuhr flüsternd fort: – Sobald Sie den Borschtsch oder die Suppe gegessen haben, lassen Sie, mein Wohltäter, sogleich den Fisch servieren. Von den Fischen, den lautlosen, ist am allerschönsten eine gebratene Karausche in saurer Sahne; damit sie aber nicht nach Schlamm riecht und die nötige Feinheit bekommt, muß man sie vierundzwanzig Stunden lang lebend in Milch halten.

– Nicht übel ist auch ein geringelter Sterlett, – sagte der Ehrenrichter, die Augen schließend, doch gänzlich unvermutet riß er sich plötzlich von seinem Platz los, machte ein tierisches Gesicht und brüllte zum Präsidenten herüber: – Pjotr Nikolajitsch, wie weit sind Sie? Ich kann nicht mehr warten! Ich kann nicht!

– Lassen Sie mich nur fertigschreiben!

– Na, dann fahre ich eben allein! Hol Sie der Teufel!

Der Dicke winkte resigniert mit der Hand, ergriff seinen Hut und lief, ohne sich zu verabschieden, aus dem Zimmer. Der Sekretär seufzte, bückte sich zum Ohr des Gehilfen des Staatsanwalts und fuhr leise fort:

– Gut ist auch ein Zander oder ein Karpfen mit Soße aus Tomaten und Pilzchen. Aber Fisch vermag nicht zu sättigen, Stepan Franzytsch; das ist keine wesentliche Speise, die Hauptsache beim Mittagessen sind nicht Fisch oder Soßen, sondern der Braten. Welchen Vogel verehren Sie am meisten?

Der Gehilfe des Staatsanwalts machte eine saure Miene und erwiderte seufzend:

– Leider vermag ich Ihre Gefühle nicht zu teilen, ich leide an Magenkatarrh.

– Aber woher denn, Verehrtester! Magenkatarrh ist ja nur eine Erfindung der Ärzte! Aus purer Freigeisterei und aus Hochmut entsteht diese Krankheit. Beachten Sie sie erst gar nicht. Nehmen wir an, Sie haben keinen Appetit oder Ihnen ist nicht ganz wohl — tun Sie, als ob Sie es nicht merken und essen Sie einfach. Nehmen wir an, man serviert Ihnen als Braten ein Pärchen Doppelschnepfen und legt dazu ein Rebhühnchen oder ein Paar fette Wachteln, da vergessen Sie jeden Katarrh, mein heiliges Ehrenwort. Und eine gebratene Pute? So weiß, fett, saftig, wissen Sie, — ganz wie eine Nymphe...

– Ja, wahrscheinlich müßte das schmecken, – sagte der Gehilfe des Staatsanwalts schmerzlich lächelnd: – eine Pute hätte ich sicherlich gegessen.

– Herrgott, und eine Ente? Wenn man eine junge Ente nimmt, die gerade den ersten Frost abbekommen hat, und sie in einer Pfanne zusammen mit Kartoffeln brät und daß die Kartoffeln feingeschnitten, etwas braun geröstet und so recht vom Entenfett durchtränkt sind und daß...

Der Philosoph Milkin blickte grimmig drein wie ein wildes Tier, erweckte den Anschein, als ob er etwas sagen wollte, schmatzte aber plötzlich mit den Lippen, offenbar in der lebhaften Vorstellung einer gebratenen Ente, und ohne ein Wort zu verlieren, von einer unbekannten Macht getrieben, ergriff er den Hut und stürzte davon.

– Ja, eine Ente würde ich am Ende auch essen... – seufzte der Gehilfe des Staatsanwalts.

Der Vorsitzende stand auf, ging ein paarmal auf und ab und setzte sich wieder hin.

– Nach dem Braten wird der Mensch satt und verfällt in den Zustand wonniger Benebelung, – fuhr der Sekretär fort. – In diesem Zustand fühlt sich der Körper wohl, und auch die Seele ist von Rührung erfüllt. Zur Ergötzung kann man dann noch zwei bis drei Gläschen selbstgebrannten Kräuterschnaps genehmigen.

Der Vorsitzende ächzte und strich den Bogen durch.

– Ich verpatze den sechsten Bogen, – sagte er ärgerlich.
– Das ist direkt schamlos von Ihnen.

– Schreiben Sie nur, schreiben Sie, mein Wohltäter! – flüsterte der Sekretär. – Ich tu's nicht mehr, ich werde leiser sein. Ich kann es Ihnen auf Ehre versichern, Stepan Franzytsch, – fuhr er kaum hörbar fort: – ein zu Hause gebrannter Schnaps ist besser als jeder Champagner. Nach dem ersten Gläschen erfaßt Ihre Seele so etwas wie Geruchssinn, so eine Art Traumbild, und Sie fühlen sich, als säßen Sie nicht zu Hause in Ihrem Sessel, sondern irgendwo in Australien, auf irgendeinem allerweichsten Strauß ...

– Ach, kommen Sie doch endlich, Pjotr Nikolajitsch! – sagte der Gehilfe des Staatsanwalts, ungeduldig mit dem Fuße zuckend.

– Ja, – fuhr der Sekretär fort: – während des Schnäpschens ist es gut, eine Zigarre zu rauchen und Ringe zu blasen, und dabei kommen Ihnen die schwärmerischsten Gedanken in den Sinn, als wären Sie ein Generalissimus oder mit der schönsten Frau der Welt verheiratet und als schwämme diese Schöne den ganzen Tag vor Ihren Fenstern in so einem Bassin mit Goldfischchen. Sie schwimmt und Sie sagen ihr: „Mein Seelchen, komm und küsse mich!"

– Pjotr Nikolajitsch! – stöhnte der Gehilfe des Staatsanwalts.

– Ja und dann, – fuhr der Sekretär fort, – wenn Sie ausgeraucht haben, heben Sie die Schöße Ihres Schlafrocks und hoppla! ins Bettchen. Legen Sie sich auf den Rücken,

Bäuchelchen nach oben, und nehmen Sie die Zeitung in die Hand. Wenn die Augen zufallen und süßer Schlummer allmählich den Körper überwältigt, ist es angenehm, von Politik zu lesen: schau mal an, da hat Österreich einen Bock geschossen, hier Frankreich einem wieder was nicht recht gemacht, dort ist der römische Papst jemandem in die Quere gekommen — man liest und ist vergnügt.

Der Vorsitzende sprang auf, warf die Feder in die Ecke und griff mit beiden Händen nach dem Hut. Der Gehilfe des Staatsanwalts, der seinen Katarrh vergessen hatte und vor Ungeduld verging, sprang gleichfalls auf.

– Los! – schrie er.

– Pjotr Nikolajitsch, und was ist mit der besonderen Meinung? – erschrak der Sekretär. – Wann wollen Sie die, mein Wohltäter, aufschreiben? Um sechs Uhr müssen Sie ja in die Stadt fahren!

Der Vorsitzende winkte resigniert mit der Hand und stürzte zur Tür. Der Gehilfe des Staatsanwalts winkte ebenfalls, ergriff seine Aktentasche und verschwand hinter dem Vorsitzenden. Der Sekretär seufzte, schaute vorwurfsvoll den beiden nach und machte sich daran, die Papiere zu ordnen.

Der Rächer

Bald nachdem Fjodor Fjodorowitsch Ssigajew seine Frau in flagranti des Ehebruchs überführt hatte, stand er im Waffenladen von Schmucks & Co. und hielt nach einem passenden Revolver Umschau. Sein Gesicht drückte Zorn, Qual und unbeugsame Entschlossenheit aus.

„Ich weiß, was ich zu tun habe... – dachte er. – Die Grundpfeiler des Familienlebens sind erschüttert, die Ehre in den Schmutz getreten, das Laster triumphiert, darum muß ich in meiner Eigenschaft als Bürger und Edelmann ihnen zum Rächer werden. Zuerst töte ich sie und ihren Liebhaber — und dann mich selbst..."

Er hatte sich noch keinen Revolver ausgesucht und noch niemanden getötet, aber seine Phantasie malte sich bereits drei blutüberströmte Leichen aus, zerschmetterte Schädel, herausquellendes Hirn, das wilde Durcheinander, den Schwarm von Gaffern, die Sektion... Mit der Schadenfreude eines bis ins tiefste Beleidigten stellte er sich den Schrecken der Verwandtschaft und des Publikums vor, die Agonie der Treulosen, las im Geiste schon die Leitartikel der Zeitungen, die von der Zersetzung der Familiengrundlagen schrieben.

Der Verkäufer im Waffenladen — ein bewegliches, franzosenähnliches Figürchen mit Embonpoint und weißer Weste — breitete verschiedene Waffen vor ihm aus, lächelte ehrerbietig und sprach mit respektvoller Verbeugung:

– Ich würde Ihnen raten, Msieur, hier diesen vorzüglichen Revolver zu nehmen. System Smith & Wesson. Der letzte Schrei der Schußwaffenwissenschaft. Dreifacher Effekt, mit

Extraktor, trifft aus sechshundert Schritt, Zentralzündung. Ich lenke Ihre Aufmerksamkeit, Msieur, auf die Sauberkeit der Ausführung. Das allermodernste System, Msieur ... Täglich verkaufen wir Dutzende davon gegen Räuber, Wölfe und Liebhaber. Äußerst zuverlässige und kräftige Zündung, schießt auf weite Distanz, tötet durchschlagend Frau und Liebhaber. Und was Selbstmörder anbetrifft, Msieur, so kenne ich kein besseres System ...

Der Verkäufer spannte und drückte die Hähne ab, hauchte die Läufe an, zielte und gebärdete sich, als vergehe er schier vor Begeisterung. Beim Anblick seines hingerissenen Gesichts konnte man meinen, er würde sich selber gern eine Kugel durch den Kopf jagen, wenn er nur einen Revolver so vorzüglichen Systems besäße wie Smith & Wesson.

– Und wie ist der Preis? – fragte Ssigajew.

– Fünfundvierzig Rubel, Msieur.

– Hm! ... Etwas teuer!

– In diesem Fall, Msieur, kann ich Ihnen mit einem anderen System dienen, etwas billiger. Würden Sie nicht die Güte haben, jenen Revolver anzusehen? Wir führen eine enorme Auswahl in allen Preislagen ... Zum Beispiel dieser hier, System Lefaucher, kostet nur achtzehn Rubel, aber ... (der Verkäufer runzelte verächtlich die Stirn), aber, Msieur, das System ist veraltet. Ihn kaufen nur noch geistige Proletarier und Psychopathinnen. Sich selbst oder die Frau aus einem Lefaucher zu erschießen, gilt heutzutage als Zeichen schlechten Geschmacks. Der gute Ton erkennt nur Smith & Wesson an.

– Ich habe es nicht nötig, mich zu erschießen oder andere umzubringen, – log Ssigajew finster. – Ich brauche eine Waffe fürs Land, für die Datscha ... um die Diebe zu verscheuchen ...

– Es geht uns gar nichts an, wofür Sie sie brauchen, – lächelte der Verkäufer und schlug diskret die Augen nieder.

– Wenn wir in jedem Fall nach den Gründen forschen würden, so müßten wir, Msieur, unseren Laden schließen. Zum Verscheuchen der Diebe eignet sich ein Lefaucher schlecht, weil er nur einen dumpfen, zu wenig starken Knall verursacht; da würde ich Ihnen schon lieber eine gewöhnliche Zündhütchenpistole, Marke Mortimer, vorschlagen, die sogenannte Duellpistole...
„Sollte ich ihn vielleicht zum Duell fordern? – schoß es Ssigajew durch den Kopf. – Übrigens zuviel der Ehre ... Solche Viechskerle schießt man einfach wie Hunde über den Haufen..."
Sich graziös in den Hüften wiegend, unaufhörlich hin und her trippelnd, hörte der Verkäufer nicht auf zu lächeln und zu plappern und legte einen neuen Berg von Revolvern auf den Ladentisch. Am appetitlichsten und imposantesten sah allerdings der Smith & Wesson aus. Ssigajew nahm einen Revolver dieses Systems in die Hand, starrte ihn stumpfsinnig an und versank in Gedanken. Die Phantasie malte ihm aus, wie er den Schädel zertrümmert, wie das Blut in Strömen über Parkett und Teppich fließt, wie die sterbende Verräterin zum letztenmal mit den Füßen zuckt... Aber seine empörte Seele verlangte noch mehr. Blutrünstige Bilder, Wimmern und Schrecken befriedigten ihn nicht... Man müßte etwas weit Grausameres erfinden.
„Besser, ich töte ihn und mich, – fiel es ihm ein: – und lasse sie am Leben. Mag sie an ihren Gewissensbissen und der Verachtung der Welt zugrunde gehen. Für eine so nervöse Natur wie sie ist das viel qualvoller als der Tod..."
Und er stellte sich sein eigenes Begräbnis vor: er, der gekränkte Ehemann, liegt im Sarge, mit einem sanften Lächeln auf den Lippen, und sie, blaß, von Gewissensqualen zerfressen, schreitet hinter dem Sarge wie Niobe und weiß nicht, wo sie sich vor den vernichtenden Blicken der erregten Volksmenge verbergen soll...

– Ich sehe, Msieur, daß Ihnen der Smith & Wesson gefällt, – unterbrach der Verkäufer seine Träume. – Wenn er Ihnen zu teuer scheint, bin ich gerne bereit, Ihnen ausnahmsweise entgegenzukommen und fünf Rubel abzulassen... Übrigens, wir haben auch andere billigere Systeme.

Das französelnde Figürchen drehte sich graziös auf dem Absatz und holte von den Regalen ein Dutzend neuer Futterale mit Revolvern.

– Hier, Msieur, für nur dreißig Rubel! Das ist wirklich nicht zu teuer, um so mehr, als der Kurs enorm gefallen ist, die Zolltarife dagegen, Msieur, von Stunde zu Stunde steigen. Bei Gott, Msieur, ich bin durchaus konservativ, aber auch ich beginne schon zu murren! Ich bitte Sie, der Kurs und die Zolltarife haben es so weit gebracht, daß eine Schußwaffe heutzutage nur noch für reiche Leute erschwinglich ist! Den Armen stehen höchstens noch Tulaer Fabrikate zur Verfügung oder — Phosphorhölzer, und Tulaer Waffen sind das reine Unglück! Man schießt aus einem Tula-Revolver auf seine Frau und trifft sich selbst ins Schulterblatt...

Ssigajew fühlte sich plötzlich gekränkt und benachteiligt in dem Gedanken, daß er dann tot sein würde und die Qualen der Treulosen nicht mehr miterleben könnte. Rache ist nur dann süß, wenn man auch die Möglichkeit hat, ihre Früchte zu sehen und zu genießen, was aber hat es für einen Sinn, im Grabe zu liegen und nichts mehr zu empfinden!

„Sollte ich es nicht besser so machen, – überlegte er: – erst töte ich ihn, werde dann bei seinem Begräbnis zugegen sein, mir die ganze Sache etwas näher betrachten und nach der Beerdigung mich selbst töten... Übrigens, man wird mich noch vorher arretieren und mir die Waffe entreißen... Also besser so: ich töte ihn, sie bleibt am Leben, und ich... ich töte mich fürs erste noch nicht, sondern lasse mich festnehmen. Zum Umbringen finde ich immer noch Zeit. Die Haft ist schon deswegen vorzuziehen, weil ich dann während der Voruntersuchung die Möglichkeit habe, vor Behörde und Öffentlichkeit die ganze Niedrigkeit ihrer Handlungsweise aufzudecken. Wenn ich mich töte, so wird sie vielleicht mit der ihr eigenen Verlogenheit und Frechheit die ganze Schuld auf mich abwälzen, und die Gesellschaft könnte dann ihren Schritt rechtfertigen und sich womöglich noch gar über mich lustig machen; wenn ich dagegen am Leben bleibe, dann..."

Einen Augenblick später aber dachte er:

„Ja, wenn ich mich töte, wird man sicherlich mir die Schuld in die Schuhe schieben und mich kleinlicher Gefühle bezichtigen... Und vor allem, warum überhaupt sich das Leben nehmen? Das wäre Punkt eins. Punkt zwei: sich erschießen — heißt feige sein. Also: ich töte ihn, lasse sie am Leben und stelle mich selbst der Justiz. Während der Gerichtsverhandlung wird sie als Zeugin vernommen... Ich kann mir schon jetzt ihre Verlegenheit, ihre Beschämung vorstellen, wenn sie mein Verteidiger ins Verhör nimmt! Die Sympathie des Gerichts, des Publikums und der Presse ist selbstverständlich auf meiner Seite..."

So malte er sich alles in den grellsten Farben aus, während der Verkäufer unermüdlich die Ware vor ihm hinbreitete und es für seine Pflicht hielt, den Kunden zu unterhalten.

– Dies sind englische Revolver neuesten Fabrikats, erst kürzlich eingetroffen, – schwatzte er immer weiter. – Ich mache Sie jedoch darauf aufmerksam, Msieur, daß alle diese Systeme Smith & Wesson nicht das Wasser reichen können. Erst vor wenigen Tagen — Sie haben es sicherlich gelesen — hat ein Offizier bei uns einen Revolver von Smith & Wesson gekauft. Er schoß auf den Liebhaber und — was glauben Sie? — die Kugel schlug glatt durch, zertrümmerte eine Bronzelampe, das Klavier, prallte vom Klavier ab, tötete den Schoßhund und streifte noch die Frau. Ein glänzender Effekt, der unserer Firma alle Ehre macht. Der Offizier ist bereits verhaftet...

Natürlich wird man ihn verurteilen und zur Zwangsarbeit schicken! Denn erstens ist unsere Gesetzgebung reichlich veraltet; zweitens, Msieur, steht das Gericht immer auf seiten des Liebhabers. Weswegen? Ganz einfach, Msieur! Sowohl die Richter als auch die Geschworenen, der Staatsanwalt und die Verteidigung leben selbst mit fremden Frauen und fühlen sich höchstens erleichtert, wenn es einen Ehemann weniger in Rußland gibt. Der Gesellschaft wäre es nur recht, wenn die Regierung sämtliche Ehemänner nach Sachalin verschickte. Oh, Msieur, Sie wissen gar nicht, mit welcher Entrüstung mich der Sittenverfall unserer Zeit erfüllt! Fremde Ehefrauen zu lieben, ist heutzutage genau so selbstverständlich, wie fremde Zigaretten zu rauchen oder fremde Bücher zu lesen. Mit jedem Jahr geht bei uns der Absatz unaufhörlich zurück, – das bedeutet nicht, daß es immer weniger Liebhaber gibt, sondern daß die Männer sich mit ihrer Lage abfinden und sich vor Gericht und Zwangsarbeit drücken.

Der Verkäufer sah sich scheu um und flüsterte:

– Und wer ist schuld daran, Msieur? Die Regierung!

„Um eines Schweinehundes willen nach Sibirien zu wandern, wäre auch dämlich, – überlegte Ssigajew. – Wenn ich zur Zwangsarbeit verschickt werde, dann bekommt ja meine Frau die Möglichkeit, ein zweites Mal zu heiraten und den nächsten Mann zu betrügen. Sie wird triumphieren ... Also bleiben wir dabei: s i e will ich am Leben lassen, mich selbst töte ich nicht, und i h n ... ihn werde ich auch nicht töten. Man müßte etwas Vernünftigeres und Gefühlvolleres ausdenken. Ich werde sie mit Verachtung strafen und einen skandalösen Ehescheidungsprozeß anstrengen..."

– Hier, Msieur, ist wieder ein anderes System, – sagte der Verkäufer und holte vom Regal ein frisches Dutzend. – Ich lenke Ihre Aufmerksamkeit auf den originellen Mechanismus des Schlosses...

Nach seinem letzten Entschluß schien Ssigajew ein Revolver bereits überflüssig, der Verkäufer dagegen geriet in immer größere Begeisterung und hörte nicht auf, neue Ware vor ihm auszubreiten. Dem gekränkten Ehegatten wurde es peinlich, daß der Verkäufer sich seinetwegen so viel unnötige Mühe machte, sich vergeblich enthusiasmierte, lächelte und seine Zeit verlor...

– Schön, dann will ich... – stotterte er: – vielleicht später nochmal wiederkommen oder... oder jemanden schicken.

Er beobachtete nicht, was der Verkäufer für ein Gesicht dazu machte, doch um wenigstens einigermaßen die peinliche Situation zu retten, schien es ihm notwendig, schnell etwas anderes zu kaufen. Was aber sollte er nehmen? Er betrachtete die Wände des Geschäfts, um etwas besonders Billiges ausfindig zu machen und heftete seinen Blick auf ein grünes Netz, das neben der Tür hing.

– Da... was ist das da? – fragte er.
– Ein Netz für die Wachteljagd.
– Und was kostet es?
– Acht Rubel, Msieur.
– Wickeln Sie es ein...

Der gekränkte Ehemann zahlte acht Rubel, nahm das Netz unter den Arm und verließ den Laden noch gekränkter, als er ihn betreten hatte.

Der Orden

Der Lehrer an der Militär-Vorbereitungsschule, Kollegienregistrator Lew Pustjakow, wohnte Wand an Wand mit seinem Freund, dem Leutnant Ledenzow. Zu diesem lenkte er am Neujahrsmorgen seine Schritte.

– Sieh mal, es handelt sich nämlich um folgendes, Grischa, – sagte er zu dem Leutnant nach den üblichen Neujahrswünschen. – Ich würde dich bestimmt nicht behelligen, wenn es nicht so dringend wäre. Borg mir, mein Lieber, für einen Tag deinen Stanislaw. Ich esse heute, verstehst du, beim Kaufmann Spitschkin zu Mittag. Und du kennst doch diesen Gauner Spitschkin: er hat ja an Orden direkt einen Narren gefressen und hält jeden fast für einen Schurken, bei dem nicht irgend etwas am Halse oder im Knopfloch baumelt. Und außerdem hat er ja zwei Töchter... Nastja, weißt du, und Sina... Ich spreche zu dir als Freund... Du verstehst mich, mein Lieber. Gib mir schon... tu mir den Gefallen!

Dies alles brachte Pustjakow stotternd und errötend hervor, wobei er verlegen nach der Tür blickte. Der Leutnant fluchte zwar, aber willigte ein.

Um zwei Uhr mittags fuhr Pustjakow in einer Droschke zu Spitschkin und betrachtete, den Pelz ein klein wenig zurückgeschlagen, wohlgefällig seine Brust. Dort funkelte das Gold und schillerte die Emaille eines fremden Stanislaw.

„Irgendwie hat man doch mehr Achtung vor sich! – dachte der Lehrer und räusperte sich zufrieden. – So ein kleines Ding, nicht mehr als fünf Rubel wert, aber was macht es für Furore!"

Vor dem Haus Spitschkins angelangt, schlug er den Pelz weit auseinander und begann umständlich den Droschkenkutscher zu bezahlen. Es schien ihm, als sei der Kutscher beim Anblick seiner Achselstücke, Knöpfe und des Stanislaw vor Ehrfurcht zu Stein erstarrt. Pustjakow hüstelte selbstgefällig und trat ins Haus. Während er im Vorzimmer seinen Pelz ablegte, warf er einen Blick in den Saal. Dort saßen an einer langen Tafel bereits etwa fünfzehn Personen beim Mittagessen. Man vernahm Reden und Tellerklirren.

– Wer hat denn da geläutet? – hörte man die Stimme des Hausherrn. – Ha, Lew Nikolajitsch! Sehr willkommen. Sie haben sich zwar etwas verspätet, aber das macht nichts... Wir sind gerade erst zu Tisch gegangen.

Pustjakow streckte die Brust heraus, hob den Kopf und betrat, sich die Hände reibend, den Saal. Doch hier entdeckte er etwas Entsetzliches. Am Tische, neben Sina, saß sein Amtsgenosse, der französische Lehrer Tremblant. Dem Franzosen den Orden zu zeigen — bedeutete eine Menge höchst unangenehmer Fragen heraufzubeschwören, bedeutete, sich auf ewig zu blamieren, zu entehren... Der erste Gedanke Pustjakows war, den Orden abzureißen und sich aus dem Staube zu machen, doch der Orden war fest angenäht und ein Rückzug nicht mehr möglich. Schleunigst verdeckte er ihn mit der rechten Hand, kroch in sich zusammen, machte ungeschickt eine allgemeine Verbeugung und sank schwerfällig, ohne jemandem die Hand zu reichen, auf einen freien Stuhl, direkt seinem französischen Kollegen gegenüber.

„Offenbar angesäuselt!" – dachte Spitschkin, als er sein verlegenes Gesicht sah.

Man stellte vor Pustjakow einen Teller Suppe. Er nahm den Löffel in die linke Hand, besann sich jedoch, daß es in guter Gesellschaft nicht üblich sei, mit der Linken zu essen, und erklärte, daß er bereits gespeist hätte und wirklich nichts mehr essen könne.

– Ich habe schon gegessen... Merci... – stotterte er. Ich machte meinem Onkel, dem Erzpriester Elejew, eine Visite, und er überredete mich, bei ihm... sozusagen... zum Mittag zu bleiben.

Nagende Sehnsucht und wütender Verdruß erfüllten allmählich die Seele Pustjakows: die Suppe gab einen verlockenden Duft von sich, und vom gedämpften Stör stieg ein ungewöhnlich appetitlicher Dampf auf. Der Lehrer versuchte, seine rechte Hand freizubekommen und den Orden mit der Linken zu verdecken, aber dies schien ihm doch zu bedenklich.

„Man wird es merken... Auch wird dann die Hand über die ganze Brust gestreckt sein, als ob ich eine Arie zum besten geben wollte. Herrgott, wenn nur das Essen bald vorüber wäre! In einer Kneipe bestelle ich mir dann etwas!"

Nach dem dritten Gang blickte er schüchtern mit einem Auge auf den Franzosen. Tremblant saß irgendwie verdattert da, schaute ihn an und aß ebenfalls nicht. Nachdem sich ihre Blicke gekreuzt hatten, gerieten beide in noch größere Verlegenheit und senkten die Augen auf ihre leeren Teller.

„Er hat's gemerkt, der Gauner! – dachte Pustjakow. – Ich sehe an seiner Visage, daß er es gemerkt hat. Und dabei ist der Schurke ein Intrigant. Morgen wird er mich beim Direktor verpetzen!"

Gastgeber und Gäste beendeten den vierten Gang und machten sich in Gottes Namen an den fünften...

Irgendein langer Herr mit breiten, haarigen Nüstern, gebogener Nase und von Natur zugekniffenen Augen, stand auf, fuhr sich über den Kopf und verkündete:

– Eh — eh... i... ich schlage vor, auf das Wohl der anwesenden Damen zu trinken.

Geräuschvoll erhoben sich die Gäste vom Tisch und ergriffen

ihre Gläser. Die Damen strahlten und streckten die Arme aus, um anzustoßen. Pustjakow erhob sich gleichfalls und nahm sein Glas in die linke Hand.

– Lew Nikolajitsch, hätten Sie die Güte, diesen Becher Nastassja Timofejewna weiterzureichen! – wandte sich ein Herr an ihn und hielt ihm einen Pokal hin. – Sorgen Sie aber dafür, daß sie auch wirklich austrinkt!

Diesmal sah sich Pustjakow zu seinem Entsetzen genötigt, die rechte Hand in Gebrauch zu nehmen. Der Stanislaw mit dem zerknitterten roten Bändchen erblickte endlich das Licht der Welt und strahlte. Der Lehrer erblaßte, senkte den Kopf und schielte ängstlich auf den Franzosen. Dieser sah ihn mit erstaunten, fragenden Augen an. Seine Lippen lächelten schelmisch, und von seinem Antlitz schwand langsam der Ausdruck der Verlegenheit ...

– Julij Awgustowitsch! – wandte sich der Hausherr an den Franzosen. – Lassen Sie doch bitte das Fläschchen kreisen!

Tremblant streckte zögernd die rechte Hand der Flasche entgegen und ... oh Glück! Pustjakow erblickte auf seiner Brust einen Orden. Und das war kein Stanislaw, sondern eine ganze Anna! Also hat auch der Franzose geschwindelt! Pustjakow begann vor Vergnügen zu lachen, fiel in seinen Stuhl zurück und streckte alle Viere von sich ... Jetzt war es nicht mehr nötig, den Stanislaw zu verbergen! Beide hatten die gleiche Sünde begangen, und keiner brauchte den anderen zu denunzieren und zu entehren ...

– Ah — ah — ah ... hm! ... grunzte Spitschkin, als er den Orden auf der Brust des Lehrers sah.

– Jawohl! – sagte Pustjakow. – Eine erstaunliche Sache, Julij Awgustowitsch! Wie wenige sind in diesem Jahr zu den Feiertagen ausgezeichnet worden! Was haben wir doch für eine Unmenge Leute, und bekommen haben nur Sie und ich! Eine er—staunliche Sache!

Tremblant nickte fröhlich mit dem Kopf und schob seinen linken Rockaufschlag vor, auf dem eine Anna dritter Klasse prangte.

Nach dem Essen schlenderte Pustjakow durch alle Zimmer und zeigte den jungen Damen seinen Orden. Die Seele war ihm befreit und erleichtert, wenn auch der Hunger bedenklich unter der Herzgrube kniff.

„Hätte ich das bloß geahnt, – dachte er voller Neid, auf Tremblant blickend, der gerade mit Spitschkin ein Gespräch über Orden führte: – ich würde mir einen Wladimir angesteckt haben. Bah! — bin nicht draufgekommen!"

Nur dieser eine Gedanke wurmte ihn noch bisweilen. Im übrigen war er restlos glücklich.

Inkognito

Unter Wahrung des strengsten Inkognito, auf versteckten Landstraßen und heimlichen Feldwegen, eilte Pjotr Pawlowitsch Possudin ins Kreisstädtchen N., wohin ihn ein anonymer Brief gerufen hatte.

„Überrumpeln... Wie ein Blitz aus heiterem Himmel... – grübelte er vor sich hin und verbarg sein Gesicht im Mantelkragen. – Nette Schweinereien haben sie angerichtet, die Kanaillen, und triumphieren womöglich noch, glauben vielleicht, daß niemand dahinterkommen wird... Ha-ha... Ich kann mir den Schreck und die Überraschung vorstellen, wenn es mitten im Freudentaumel plötzlich heißen wird: „Kommt mal her, ihr lieben Kinder!" Das gibt eine schöne Bescherung! Ha-ha..."

Nachdem Possudin seiner Phantasie ausgiebig die Zügel hatte schießen lassen, begann er ein Gespräch mit dem Fuhrmann. Als ein Mensch, der stets auf Popularität bedacht ist, erkundigte er sich zunächst nach sich selbst:

– Und kennst du auch den Possudin?

– Wie sollte ich den nicht kennen? – schmunzelte der Fuhrmann. – Den kennen wir!

– Was lachst du denn so?

– Komische Frage! Den letzten Schreiber kennt unsereiner, und Possudin sollte ich plötzlich nicht kennen! Deswegen ist er ja auch hergeschickt, damit ihn alle kennen.

– Das ist richtig... Nun, und wie? Was hältst du von ihm? Taugt er was?

– Es geht... – gähnte der Fuhrmann. – Ein guter Herr, er versteht seine Sache... Es sind noch keine zwei Jahre her, daß er zu uns geschickt wurde, aber er hat schon allerhand ausgerichtet.

– Was hat er denn schon besonderes gemacht?

– Viel Gutes getan, Gott schenke ihm Gesundheit. Eine Eisenbahn hat er uns verschafft, den Chochrjukow aus unserem Bezirk rausgeschmissen... Kein Ende nahmen die Schweinereien dieses Chochrjukow... Ein Schuft war das, ein Schurke, alle unsere Spitzbuben arbeiteten Hand in Hand mit ihm, doch als Possudin kam — flog Chochrjukow so zum Teufel, als ob er niemals dagewesen wäre... So ist es, mein Lieber! Den Possudin kann man nicht bestechen, nee-nee! Gib ihm hundert, gib ihm meinetwegen tausend, der lädt keine Sünde auf sein Gewissen... Ne—e!

„Gott sei Dank, wenigstens von dieser Seite hat man mich richtig verstanden, – dachte Possudin frohlockend. – Das ist schön."

– Ein gebildeter Herr... – fuhr der Kutscher fort: – nicht stolz, nicht hochmütig... Unsere sind mal zu ihm gefahren, um sich zu beschweren, da ging er mit ihnen ganz wie mit Herrschaften um: allen gab er die Hand, „nehmen Sie bitte Platz"... Heftig ist er und schnell... Vernünftig kann er kein Wort mit einem sprechen, immer nur — los! los! Daß er was in Ruhe erledigt, oder so — kommt gar nicht in Frage, es muß gleich immer im Galopp gehen! Die Unseren haben ihm gar nicht erst alles zu Ende erzählen können, da schrie er schon: „Pferde!!" und raste hierher... kam, erledigte alles... und nicht eine Kopeke hat er dafür genommen. Viel besser als der Vorige! Gewiß, auch der Vorige war gut. So stattlich, würdevoll, im ganzen Gouvernement konnte keiner so klangvoll brüllen wie er... Wenn er manchmal auf Reisen ging, hörte man ihn schon zehn Werst weit; aber was das Äußere anbelangt oder die inneren Angelegenheiten, so ist der Jetzige viel flinker! Der Jetzige hat hundertmal mehr Grütze im Kopf... Bloß etwas ist schlimm... Alles in allem ist er ein guter Mensch, nur eines ist scheußlich: er säuft!

„Da haben wir den Salat!" – dachte Possudin.

– Woher weißt du denn, – fragte er: – daß ich... daß er säuft.

– Es ist wahr, Euer Hochwohlgeboren, selbst habe ich ihn nicht betrunken gesehen, ich will nicht lügen, aber die Leute haben es erzählt. Auch die Leute haben ihn nicht betrunken gesehen, aber es geht so ein Gerücht um ihn... Vor Menschen, oder wenn er zu Besuch geht, auf den Ball oder irgendwo in Gesellschaft, — trinkt er nie. Zu Hause säuft er... Morgens, wenn er aufsteht, hat er sich die Augen noch nicht fertig gerieben, da brüllt er schon — Wodka! Der Kammerdiener bringt ihm ein Glas, und er verlangt schon ein zweites... So geht es den ganzen Tag. Aber sag nur einer an: er trinkt, und nicht an einem Auge kann man es ihm anmerken! Also versteht er es, sich in der Gewalt zu haben. Früher, wenn unser Chochrjukow zu saufen begann, dann heulten sogar die Hunde, von den Menschen garnicht erst zu reden. Possudin dagegen — wenn ihm doch wenigstens die Nase davon rot würde! In seinem Kabinett schließt er sich ein und schlürft... Damit es die Leute nicht merken, hat er sich im Tisch so ein Kästchen zurechtgezimmert, mit einem Röhrchen. In diesem Kasten ist immer Schnaps drin... Er bückt sich zum Röhrchen, saugt daran und ist betrunken... Auch in seinem Wagen, in der Aktenmappe...

„Woher wissen sie das? – erschrak Possudin. – Mein Gott, auch das sogar ist bekannt! Wie ekelhaft..."

– Auch betreffs des weiblichen Geschlechts... Ein geriebener Junge! (Der Fuhrmann lachte und schüttelte den Kopf.) Eine wahre Schande, weiter nichts! Zehn Stück hat er von diesen ... selbigen ... Weibsbildern ... Zwei wohnen bei ihm im Hause ... Die eine, Nastassja Iwanowna, ist bei ihm so ähnlich wie eine Haushälterin, die andere — wie heißt sie gleich, Teufel? — Ludmila Ssemjonowna, sowas wie eine Schreiberin ... Die wichtigste ist Nastassja. Was die sich vornimmt, das wird auch gemacht ... Die springt mit ihm um, wickelt ihn um den kleinen Finger! Eine große Macht besitzt das Weib. Vor ihm hat man nicht so eine Angst wie vor ihr ... Ha-ha ... Und das dritte Dämchen wohnt in der Katschalnajastraße ... Direkt eine Schande!

„Sogar die Namen kennt er, – dachte Possudin errötend. – Und was ist er? Ein Bauer, ein einfacher Fuhrmann ... der selbst nie in die Stadt kommt! ... Wie grauenvoll ... gemein ... scheußlich!"

– Woher weißt du denn das alles? – fragte er mit gereizter Stimme.

– Die Leute erzählen es ... Ich selbst habe es nicht gesehen, aber von den Leuten schon öfters gehört. Ist es denn so schwer, etwas zu erfahren? Dem Kammerdiener oder Kutscher kann man die Zunge nicht abschneiden ... Auch geht sicherlich Nastassja selbst in allen Gassen umher und prahlt mit ihrem Weiberglück. Vor den Augen der Menschen kann man sich nicht verbergen ... Da hat dieser Possudin zum Beispiel die Manier angenommen, sich heimlich auf seine Inspektionsreisen zu machen ... Der Frühere, wenn er irgendwohin fahren wollte, redete schon einen Monat vorher darüber, und wenn er fuhr, da gab es einen Lärm, ein Gedonnere und Geläute ... daß Gott erbarme! Vor ihm galoppieren Leute, hinter ihm und von allen Seiten! Kam er irgendwo an, schlief er sich erst mal aus, aß sich satt und trank sich voll und brüllte sich betreffs der Dienstgeschäfte die Kehle aus dem Leibe. Schreit sich heiser, trampelt mit den Füßen, schläft sich wieder aus — und zurück auf dieselbe Weise ... Der Jetzige aber, wenn er was erfährt, versucht erst mal heimlich zu überraschen, schnell, daß ihn keiner sieht und erkennt... Zum Kaputtlachen! Er schleicht sich aus dem Hause, daß es die Beamten nicht sehen — und los auf die Bahn... Fährt bis zur Station, die er sich aufs Korn genommen hat, und mietet dann nicht irgendwelche Postpferde oder etwas Vornehmes, sondern versucht, ein Bauerngespann zu erwischen. Wickelt sich ein wie ein altes Weib und keucht den ganzen Weg wie ein oller Köter, damit man seine Stimme nicht erkennt. Die Eingeweide können einem vor Lachen platzen, wenn es die Leute erzählen. Der Dämlack fährt und denkt, daß ihn keiner erkennen kann. Und dabei ist für jeden, der etwas Grips hat, im Handumdrehen alles klar...

– Wie erkennt man ihn denn?

– Ganz einfach. Früher, als unser Chochrjukow reiste, erkannten wir ihn an seinen schweren Händen. Wenn der Fahrgast einem gleich in die Fresse schlägt, dann ist es klar, das kann nur Chochrjukow sein. Auch Possudin kann man sofort erkennen... Ein einfacher Passagier benimmt sich auch einfach, aber Possudin ist nicht einer, der sich zurückhalten kann. Nehmen wir an, er kommt auf eine Poststation, — und gleich geht die Sache los!... Es stinkt ihm, ist ihm zu heiß, zu kalt, schlechte Luft... Du mußt ihm ein Hühnchen reichen, Früchte und verschiedene Marmeladen... Das weiß man schon genau auf den Stationen: wenn jemand im Winter ein Hühnchen und Früchte verlangt, dann ist es bestimmt Possudin. Wenn jemand den Aufseher anredet „mein lieber Freund" und die Leute um jeden Quark umherjagt, so kann man schwören, daß es Possudin ist. Und riechen tut es sogar von ihm anders, wie von gewöhnlichen Menschen, und schlafen geht er auf eigene Manier... Er legt sich auf einer Station auf den Diwan, sprengt mit Parföngg um sich herum und läßt drei Kerzen ans Kopfkissen stellen. So liegt er und liest in den Papieren...

Da merkt ja jede Katze, wievielmehr erst der Aufseher, was das für ein Mensch ist...

„Wirklich, wirklich, – dachte Possudin. – Wie ist mir das bloß früher nicht eingefallen!"

– Und wer es wissen muß, der erkennt ihn auch ohne Früchte und Hühnchen. Durch den Telegraph wird einem alles bekannt... Da kannst du deine Schnauze noch so sehr einwickeln, kannst dich verbergen wie du willst, aber hier wissen schon alle, daß du kommst. Man wartet direkt auf ihn. Possudin hat vielleicht sein Haus noch gar nicht verlassen, und hier — bitte seien Sie so freundlich! — ist schon alles bereit. Er kommt angeflogen, um sie zu überrumpeln, vor Gericht zu stellen oder gar abzusetzen, und sie lachen sich eins ins Fäustchen. Wenn du, Euer Exzellenz, sagen sie, auch unerwartet gekommen bist, aber schau her: bei uns ist alles in Ordnung!... Er dreht und wendet sich, riecht und schnüffelt und fährt genau so ab, wie er gekommen ist... Und wird sogar noch danke sagen müssen, ihnen die Hand drücken und um Entschuldigung bitten für die Störung... So ist das! Und was dachtest du? Ho-ho, Euer Hochwohlgeboren! Ein flinkes Volk lebt hier, einer ausgekochter als der andere!... Eine wahre Freude, was das für geriebene Teufel sind! Zum Beispiel, nehmen wir nur den heutigen Fall. Ich fahre also heute früh noch ohne Fahrgast meines Wegs, da jagt mir von der Station her der Jude entgegen, der Büfettier. „Wohin," frage ich, „fährst du, Euer jüdisches Wohlgeboren?" und er sagt mir: „Ich bringe Wein und kalten Imbiß nach der Stadt N. Dort wird heute Possudin erwartet." Fein, was? Possudin macht sich vielleicht jetzt erst auf den Weg oder wickelt sein Gesicht ein, damit man ihn nicht erkenne. Vielleicht fährt er schon und denkt sich, keiner weiß was davon, daß er unterwegs ist, und für ihn, schau mal einer an, ist schon alles bereit, und Wein und Stör und Käse, und verschiedene Vorspeisen.

Ah? Er fährt und denkt sich: „Aus ist es mit euch, ihr Kinderchen!" Aber die Kinderchen lachen sich ins Fäustchen und wissen von nichts Bösem! Soll er nur kommen! Bei ihnen ist schon längst alles beiseitegebracht!

– Zurück! – brüllte Possudin mit heiserer Stimme. – Fahr zurück, du Rindvieh!

Der verdutzte Fuhrmann drehte um.

Das Kunstwerk

Ssascha Smirnow, der einzige Sohn seiner Mutter, betrat mit saurem Gesicht das Arbeitszimmer des Arztes Koscheljkow; unter dem Arm hielt er einen Gegenstand, der in die Nummes 223 der „Börsennachrichten" eingewickelt war.

– Ah, lieber junger Mann! – empfing ihn der Arzt. – Nun, wie fühlen wir uns? Was haben Sie mir Schönes mitzuteilen?

Ssascha blinzelte mit den Augen, drückte die Hand aufs Herz und sagte mit vor Aufregung zitternder Stimme:

– Mamachen läßt Sie grüßen, Iwan Nikolajewitsch, und hat mich beauftragt, Ihnen unsern Dank auszusprechen... Ich bin der einzige Sohn meiner Mutter, und Sie haben mir das Leben gerettet... mich von einer gefährlichen Krankheit kuriert, und... wir wissen beide nicht, wie wir Ihnen danken sollen.

– Aber nicht doch, mein Junge! – unterbrach ihn der Arzt sichtlich geschmeichelt. – Ich tat nur das, was auch jeder andere an meiner Stelle getan haben würde.

– Ich bin der einzige Sohn meiner Mutter... Wir sind arme Leute und können Ihnen natürlich Ihre Mühe nicht bezahlen, und... es ist uns wirklich peinlich, Herr Doktor, obgleich, übrigens, Mamachen und ich... der einzige Sohn meiner Mutter, Sie inständigst bitten, als Zeichen unserer Dankbarkeit... diesen Gegenstand hier... anzunehmen, der... Er ist sehr kostbar, aus alter Bronze... ein seltenes Kunstwerk.

– Wirklich überflüssig! – rümpfte der Arzt die Nase. – Na, wozu denn das?

– Nein, bitte, Sie dürfen es nicht ablehnen, – fuhr Ssascha flüsternd fort, während er sich anschickte, das Bündel auszupacken. – Ihre Ablehnung würde mich und Mamachen kränken... Es ist ein sehr schönes Stück... aus alter Bronze... Wir haben es vom verstorbenen Papachen geerbt und stets als teures Andenken gehütet... Mein Papachen kaufte alte Bronzen auf und verkaufte sie an Liebhaber weiter... Mamachen und ich haben jetzt das Geschäft übernommen...

Ssascha enthüllte den Gegenstand und stellte ihn feierlich auf den Tisch. Es war ein mittelgroßer Leuchter aus alter Bronze, in der Tat sehr kunstvoll gearbeitet. Er stellte eine Gruppe dar: auf dem Postament standen zwei weibliche Gestalten in Evakostüm und einer Haltung, die zu beschreiben ich weder die Kühnheit noch das entsprechende Temperament besitze. Die Gestalten lächelten kokett und machten überhaupt den Eindruck, als würden sie, hätten sie nicht die Pflicht, den Leuchter zu halten, am liebsten vom Postament herunterspringen und ein Durcheinander im Zimmer anstiften, an das selbst zu denken, geehrter Leser, schon recht unanständig ist.

Nachdem der Arzt das Geschenk hinreichend bewundert hatte, kratzte er sich langsam hinterm Ohr, ächzte und schneuzte sich unschlüssig die Nase.

– Ja, das Ding ist natürlich wunderbar, – murmelte er: – aber wie soll ich mich ausdrücken, nicht... sozusagen... nicht gerade salonfähig... Das ist ja kein Dekolleté mehr, sondern weiß der Teufel was...

– Das heißt, wieso denn?

– Selbst die Schlange im Paradies hätte sich nichts Schlimmeres ausdenken können... Eine solche Phantasmagorie auf den Tisch zu stellen, hieße doch die ganze Wohnung besudeln!

– Mit welch sonderbaren Augen Sie die Kunst betrachten, Herr Doktor! – kränkte sich Ssascha. – Das ist doch ein hochkünstlerisches Erzeugnis, schauen Sie es nur richtig an! Soviel Schönheit und Grazie, daß ein Gefühl der Ehrfurcht die Seele erfüllt und Tränen einem in die Kehle steigen! Wenn

man solche Schönheit betrachtet, vergißt man alles Irdische ...
Schauen Sie nur, welche Anmut der Bewegung, wieviel Atmosphäre und Expression!

– Ich verstehe das alles ausgezeichnet, mein Lieber, – unterbrach ihn der Arzt: – aber ich bin doch Familienvater, bei mir laufen hier Kinderchen herum, kommen öfters Damen ...

– Natürlich, wenn Sie es vom Standpunkt der Masse betrachten, – sagte Ssascha: – dann freilich erscheint dieses hochkünstlerische Erzeugnis in einem anderen Licht ... Aber, Herr Doktor, erheben Sie sich doch über den Standpunkt der Menge, um so mehr, da Sie durch Ihre Ablehnung mich und Mamachen tief kränken würden. Ich bin der einzige Sohn meiner Mutter, Sie haben mir das Leben gerettet ... Wir geben Ihnen das Teuerste, was wir besitzen, und ... und ich bedaure nur, daß wir kein Pendant zu diesem Leuchter haben ...

– Danke, mein Guter, ich bin Ihnen wirklich dankbar ... Grüßen Sie Ihr Mamachen, aber Ehrenwort, überlegen Sie doch selbst, bei mir laufen Kinderchen herum, kommen öfters Damen ... Na, übrigens, mag er nur bleiben! Ihnen kann man es ja doch nicht ausreden.

– Da gibt es gar nichts auszureden, – sagte Ssascha erfreut.
– Stellen Sie den Leuchter nur hierher, hier neben die Vase. Wie schade, daß wir kein Pendant haben! Jammerschade! Nun, leben Sie wohl, Herr Doktor.

Nachdem Ssascha fortgegangen war, betrachtete der Arzt lange den Leuchter, kratzte sich hinterm Ohr und überlegte:

„Ein herrliches Ding, ohne Zweifel, zum Rausschmeißen viel zu schade ... Doch es in der Wohnung zu behalten, ist auch unmöglich ... Hm! ... Verzwickte Geschichte! Wem könnte ich es nur schenken oder dedizieren?"

Nach langem Überlegen erinnerte er sich an seinen guten Freund, den Rechtsanwalt Uchow, dem er noch für die Führung eines Prozesses das Honorar schuldig war.

„Ausgezeichnet, – beschloß der Arzt. – Ihm, als meinem Freund, ist es vielleicht peinlich, Geld von mir anzunehmen, so wird es nur angebracht sein, wenn ich ihm statt dessen dieses Ding da präsentiere. Am besten, ich bringe ihm die Teufelei gleich selber hin! Übrigens ist er ja unverheiratet und sowieso ziemlich leichtsinnig" ...

Ohne die Sache auf die lange Bank zu schieben, zog sich der Arzt an und fuhr zu Uchow.

– Guten Tag, lieber Freund! – sagte er, als er den Rechtsanwalt erblickte. – Da bin ich ... Ich bin gekommen, mein Bester, dir für deine Mühe zu danken ... Wenn du schon kein Geld nehmen willst, laß mich dir wenigstens diese Kleinigkeit hier übergeben ... Da, mein Lieber ... Das Stück ist eine Perle!

Als der Rechtsanwalt die „Perle" sah, geriet er in unbeschreibliches Entzücken.

– Das nenne ich ein Ding! – begann er laut zu lachen. – Ach, hol's der Teufel wirklich, was sich diese Satanskerle nicht alles ausdenken! Wunderbar! Fabelhaft! Wo hast du denn das reizende Stück her?

Nachdem der Rechtsanwalt seine Begeisterung ausgetobt hatte, schaute er ängstlich nach der Tür und sagte:

– Nun nimm aber, mein Lieber, dein Geschenk gleich wieder mit. Ich kann's nicht annehmen ...

– Wieso denn? – erschrak der Arzt.

– Ja weil ... Mich besucht öfters meine Mutter, es kommen Klienten ... außerdem geniere ich mich vor den Dienstboten.

– Nein — nein — nein ... Ablehnen gibt es nicht! – winkte der Arzt energisch mit der Hand, – das wäre eine Schweinerei von dir! Das Werk ist hochkünstlerisch ... wieviel Bewegung ... Expression ... Kein Wort mehr davon! Du würdest mich kränken!

– Wenn es wenigstens überklebt wäre oder man Feigenblätter drüberhängen könnte...

Der Arzt jedoch winkte noch heftiger mit den Armen, verließ schleunigst die Wohnung des Freundes und fuhr nach Hause, zufrieden, daß es ihm geglückt war, sich das Geschenk vom Halse zu schaffen...

Nach seinem Weggang betrachtete der Rechtsanwalt den Leuchter, betastete ihn von allen Seiten mit den Fingern und zerbrach sich, genau wie der Arzt, lange den Kopf über die Frage, was er um Gottes willen mit dem Geschenk anfangen sollte?

„Ein herrliches Stück, – überlegte er: – zu schade zum Rausschmeißen, aber zum Behalten wiederum zu unanständig. Das beste wäre, es jemandem zu schenken... Aha — ich weiß schon, ich lasse meinen Leuchter heute abend dem Komiker Schaschkin überreichen. Die Kanaille liebt ja dergleichen Sachen, übrigens ist heute gerade sein Benefiz..."

Gesagt — getan. In der Pause wurde der sorgfältig verpackte Leuchter feierlich dem Komiker Schaschkin überreicht. Den ganzen Abend war die Garderobe des Komikers von Herren belagert, die unbedingt das Kunstwerk mit eigenen Augen bewundern wollten; die Garderobe dröhnte von jubelndem Getose und Gegröhle, das stark an das Wiehern von Pferden erinnerte. Sobald eine Schauspielerin an die Tür klopfte und fragte: – Darf ich reinkommen? – hörte man sogleich die heisere Stimme Schaschkins: – Nein, nein, Mütterchen! Ich bin nicht angezogen!

Nach der Vorstellung zuckte der Komiker die Achseln, schlug ratlos die Hände zusammen und sagte:

– Na, was soll ich bloß mit dieser Schweinerei anfangen? Ich wohne doch möbliert! Mich besuchen Schauspielerinnen! Das ist ja schließlich keine Photographie, die man einfach im Schreibtisch versteckt!

– Verkaufen Sie doch das Ding, Meister, – riet ihm beim Abschminken der Friseur. – Hier in der Vorstadt lebt eine alte Frau, die Bronzen aufkauft... Fahren Sie hin und fragen Sie einfach nach der Smirnowa... Jede Katze kennt sie dort.

Der Komiker folgte dem Rat... Ein paar Tage später saß Doktor Koscheljkow in seinem Arbeitszimmer, hielt einen Finger gegen die Stirn und brütete über dem Problem der Gallensäure. Plötzlich öffnete sich die Tür und ins Zimmer stürzte Ssascha Smirnow. Er lächelte, strahlte, seine ganze Gestalt atmete Glückseligkeit... In den Händen hielt er etwas, das sorgfältig in Zeitungspapier eingewickelt war.

– Herr Doktor! – rief er atemlos. – Stellen Sie sich meine Freude vor! Zu Ihrem Glück ist es uns gelungen, ein Pendant zu dem Leuchter aufzutreiben!... Mamachen ist so glücklich... Ich bin der einzige Sohn meiner Mutter... Sie haben mir das Leben gerettet...

Zitternd im Überschwang dankbarer Gefühle stellte Ssascha den Leuchter vor den Arzt hin. Der Arzt riß den Mund auf, wollte etwas sagen, brachte jedoch nicht einen Ton hervor: die Zunge versagte ihm den Dienst.

Überflüssige Menschen

Es war um die siebente Stunde eines Juniabends. Von der Zwischenstation „Chilkowo" wandert eine Schar soeben dem Zuge entstiegener Sommerfrischler — meist Familienväter, bepackt mit Bündeln, Mappen und Hutkartons — träge der Siedlung zu. Alle sehen übermüdet, hungrig und böse aus, als ob nicht für sie die Sonne strahlte und das Gras grünte.

Unter ihnen wandert auch Pawel Matwejewitsch Sajkin, Mitglied des Kreisgerichts, ein hoher Mann von leichtgekrümmter Körperhaltung, im billigen Leinenkittel und mit einer Kokarde auf der verschossenen Dienstmütze. Er ist erhitzt, rot und finster.

– Belieben Sie, jeden Tag zur Datscha hinauszufahren? – wendet sich ein Sommerfrischler in rotbraunen Hosen an ihn.

– Nein, nicht jeden, – antwortet Sajkin griesgrämig. – Meine Frau und mein Sohn wohnen ständig hier, ich aber komme nur zweimal in der Woche heraus. Ich habe keine Zeit, täglich zu fahren, auch ist es zu teuer.

– Das stimmt, daß es teuer ist, – seufzen die braunen Hosen. – In der Stadt geht man ja nicht zu Fuß zum Bahnhof, man braucht eine Droschke, dann kostet die Fahrkarte zweiundvierzig Kopeken... eine Zeitung kauft man unterwegs, ein Gläschen Wodka kippt man aus Charakterschwäche. Alles in allem sind es ja winzige Ausgaben, nicht der Rede wert, rechnet man aber nach, dann sammeln sich im Laufe des Sommers an die zweihundert Rubel. Ohne Zweifel, der Busen der Natur ist mehr wert, ich will es nicht abstreiten... Idyll, Romantik usw., aber bei unserem mageren Beamtengehalt ist jede Kopeke, wie Sie wissen, Geld. Wenn man unvorsichtigerweise mal einen Groschen mehr ausgibt, schläft man zuweilen darüber die ganze Nacht nicht ein ... Jawohl ... Ich verdiene, sehr verehrter Herr — ich habe nicht die Ehre, Ihren Namen zu kennen — rund zweitausend Rubel im Jahr, bekleide den Rang eines Staatsrats, rauche jedoch Tabak zweiter Sorte und besitze keinen freien Rubel, um mir eine Flasche Vichy-Wasser zu kaufen, das mir die Ärzte gegen Gallensteine verordnet haben.

– Kurz und gut, es ist scheußlich, – bemerkt Sajkin nach längerem Schweigen. – Ich vertrete die Meinung, mein Herr, daß die Sommerfrische der Teufel und die Frauen erfunden haben. Den Teufel bestimmte dabei die Wut, die Frauen dagegen äußerster Leichtsinn. Ich bitte Sie, das ist ja kein Leben mehr, das ist Zwangsarbeit, Hölle! Hier ist es heiß und schwül, daß man nicht atmen kann, man treibt sich ruhelos umher wie ein Sünder im Fegefeuer und findet nirgends eine Zuflucht. Dort, in der Stadt, hat man keine Möbel, keine Bedienung ... alles wurde mit auf die Datscha genommen ... man ernährt sich weiß der Teufel wie, trinkt keinen Tee, weil niemand da ist, um einen Samowar aufzustellen, wäscht sich kaum, und kommt man hierher zum Busen der Natur, muß man in diesem Staub, in dieser Hitze wandern ... ekelhaft! Sind Sie verheiratet?

– Jawohl ... Drei Kinderchen ... – seufzen die braunen Hosen.

– Überhaupt miserabel ... Ich wundere mich tatsächlich, daß wir noch am Leben sind.

Endlich erreichen die Sommerfrischler die Siedlung. Sajkin verabschiedet sich von den braunen Hosen und geht zu sich auf die Datscha. Zu Hause empfängt ihn Grabesstille. Man hört nur, wie die Mücken summen und eine Fliege um Hilfe fleht, die gerade von einer Spinne zum Mittag verspeist wird. An den Fenstern hängen billige Musselingardinen, durch die ein paar welke Geraniumtöpfe rötlich schimmern. Auf den ungestrichenen Holzwänden neben den Öldrucken schlummern die Fliegen. Im Vorraum, in der Küche, im Speisezimmer — keine Seele. In dem Zimmer, das gleichzeitig Salon und Saal genannt wird, findet Sajkin seinen Sohn Petja, einen kleinen, sechsjährigen Jungen. Petja sitzt am Tisch, hat die Unterlippe vorgeschoben und schneidet laut pustend mit der Schere aus einer Spielkarte den Cœur-Buben aus.

– Ah, das bist du, Papa! – sagt er, ohne sich umzudrehen.
– Guten Tag!
– Guten Tag... Und wo ist die Mutter?
– Mama? Sie ist mit Olga Kirillowna zur Probe gefahren, Theaterspielen. Übermorgen haben sie Vorstellung. Man wird mich mitnehmen... Kommst du auch hin?
– Hm!... Wann kommt sie zurück?
– Sie sagte, daß sie am Abend zurück sein würde.
– Und wo ist Natalja?
– Natalja hat Mama mitgenommen, damit sie ihr während der Vorstellung beim Umkleiden hilft, und Akulina ist in den Wald gegangen, Pilze suchen. Papa, warum kriegen die Mücken rote Bäuche, wenn sie uns beißen?
– Weiß nicht... Weil sie Blut saugen. Also niemand ist zu Hause?
– Niemand. Ich bin allein zu Hause.

Sajkin setzt sich in einen Sessel und starrt einen Augenblick stumpfsinnig zum Fenster hinaus.

– Wer wird uns denn Mittag geben? – fragt er.
– Mittag hat man heute gar nicht gekocht, Papa! Mama dachte, du würdest nicht kommen, und ließ darum kein Mittag machen. Sie wird mit Olga Kirillowna in der Probe essen.
– Herzlichen Dank, und was hast du gegessen?

– Ich habe Milch getrunken. Man hat mir für sechs Kopeken Milch geholt. Papa, warum saugen denn die Mücken Blut?

Sajkin fühlt plötzlich, wie etwas Schweres an seine Leber heranrollt und an ihr zu nagen beginnt. Es wird ihm so ärgerlich, peinlich und bitter zumute, daß er laut zu schnaufen beginnt und vor Empörung zittert; am liebsten würde er aufspringen, irgendeinen schweren Gegenstand zu Boden schmettern und seine Seele durch einen saftigen Fluch erleichtern, doch er erinnert sich, daß die Ärzte ihm strengstens jede Aufregung untersagt haben, steht auf und zwingt sich, mit gleichmütiger Miene ein Motiv aus den ,,Hugenotten" zu pfeifen.

– Papa, kannst du Theater spielen? – hört er die Stimme Petjas.

– Ach, laß mich endlich mit deinen albernen Fragen in Ruhe! – ärgert sich Sajkin. – Klebst wie eine Klette an mir! Sechs Jahre bist du schon, aber noch genau so dumm, wie mit drei Jahren ... Blöder, unmanierlicher Bengel! Warum verdirbst du zum Beispiel diese Karten? Wer gibt dir das Recht, sie zu verderben?

– Das sind ja nicht deine Karten, – sagt Petja und dreht sich um. – Natalja hat sie mir gegeben.

– Du lügst! Du lügst wie immer, elender Bengel! – heizt sich Sajkin immer mehr ein. – Du lügst jetzt immerzu! Verprügeln sollte man dich, dämliches Schweinchen! Ich werde dir die Ohren abreißen!

Petja springt auf, reckt seinen Hals und starrt auf das rote, zornige Gesicht des Vaters. Seine großen Augen blinzeln erst, füllen sich dann langsam mit Tränen, und das kleine Gesicht verzieht sich weinerlich.

– Was schimpfst du denn schon wieder? – schluchzt Petja. – Warum piesackst du mich, dummer Kerl? Ich lüge niemanden an, bin folgsam, artig, und du ... ärgerst dich! Warum beschimpfst du mich?

Der Junge spricht überzeugend und weint so bitterlich, daß Sajkin verlegen wird.

„Es ist wahr, was will ich denn von ihm", – denkt er. – Nun, schon gut ... schon gut ... – sagt er und klopft Petja auf die Schulter. – Entschuldige, Pjetjucha ... verzeih. Du bist ein guter, braver Kerl, ich hab dich ja lieb.

Petja wischt mit dem Ärmel die Augen ab, setzt sich mit einem tiefen Seufzer auf seinen alten Platz und beginnt eine Dame auszuschneiden. Sajkin geht in sein Kabinett. Er wirft sich auf den Diwan, legt die Arme unter den Kopf und versinkt in Gedanken. Die Tränen des Knaben haben seinen Zorn besänftigt, und der Druck auf der Leber beginnt allmählich zu weichen. Übrig blieben nur noch Müdigkeit und Hunger.

– Papa! – hört Sajkin hinter der Tür. – Soll ich dir meine insektische Kollektion zeigen?

– Zeig mal!

Petja tritt ins Kabinett und reicht dem Vater ein langes grünes Kästchen. Ohne es ans Ohr zu halten, hört Sajkin ein verzweifeltes Summen und Kratzen unzähliger Füßchen gegen die Seitenwände. Er hebt den Deckel auf und sieht eine Unmenge Schmetterlinge, Käfer, Grillen und Fliegen, die mit Stecknadeln an den Boden des Kästchens festgenagelt sind. Mit Ausnahme von zwei, drei Schmetterlingen waren sie alle noch am Leben und bewegten sich.

– Diese kleine Grille lebt immer noch! – wundert sich Petja.
– Gestern morgen habe ich sie gefangen, und sie ist bis jetzt noch nicht tot!

– Wer hat dir denn beigebracht, sie so anzustecken? – sagt Sajkin voller Ekel. – Trag es raus von hier! Du solltest dich schämen, die Tiere so zu quälen.

„Gott, wie wird er scheußlich erzogen", – denkt er, nachdem Petja hinausgegangen ist.

Pawel Matwejewitsch hatte Müdigkeit und Hunger vergessen und dachte nur noch an das Schicksal seines Sohnes. Draußen hinter den Fenstern begann das Tageslicht allmählich zu dämmern ... Man hört, wie eine fröhliche Gesellschaft vom abendlichen Bade zurückkehrt. Irgend jemand bleibt am offenen Fenster des Eßzimmers stehen, schreit: – Pilzchen gefällig? – und schlendert, da keine Antwort erfolgt, mit nackten Füßen weiter ... Endlich, als sich die Abenddämmerung so weit verdichtet, daß die Geraniumtöpfe hinter den Musselingardinen ihre Umrisse verlieren und die Kühle der Nacht durchs Fenster zu dringen beginnt, geht lärmend im Vorzimmer die Tür auf und man vernimmt schnelle Schritte, Reden, Lachen ...

– Mama! – jauchzt Petja.

Sajkin steckt den Kopf aus dem Kabinett und sieht seine Frau Nadjeshda Stepanowna, gesund und rosig wie immer ... Neben ihr steht Olga Kirillowna, eine trockene Blondine mit starken Sommersprossen, und zwei gänzlich unbekannte Männer: Der eine jung, hager, mit fuchsrotem Krauskopf und großem Adamsapfel, der andere klein, untersetzt, mit glattrasierter Artistenvisage und bläulichem, schiefem Kinn.

– Natalja, stell den Samowar auf! – schreit Nadjeshda Stepanowna und raschelt geräuschvoll mit den Kleidern. – Man sagt, Pawel Matwejewitsch ist gekommen? Pawel, wo bist du? Guten Tag, Pawel! – sagt sie atemlos ins Kabinett stürzend. – Bist du gekommen? Wie nett von dir ... Ich habe zwei unserer Liebhaber mitgebracht ... komm, ich werde dich ihnen vorstellen ... Der da, der Längere, ist Koromyslow ... herrliche Stimme, und der andere, der Kleine ... ein gewisser Smerkalow, ein richtiger Schauspieler ... deklamiert phantastisch. Uff, bin ich müde! Heute hatten wir eine Probe ... Es geht glänzend! Wir spielen „Der Mieter mit der Posaune" und „Sie erwartet ihn" ... Übermorgen ist die Vorstellung ...

– Warum hast du sie bloß mitgebracht? – fragt Sajkin.

– Das war unbedingt notwendig, Papachen! Nach dem Tee müssen wir noch dringend unsere Rollen wiederholen und einiges durchspielen... Ich werde ein Duett mit Koromyslow singen... ja, daß ich es nur nicht vergesse! Schick doch, mein Lieber, Natalja nach Sardinen, Wodka, Käse und sowas ähnlichem. Sicherlich werden sie auch zum Abendbrot bleiben... Ach, bin ich müde!
– Hm!... ich habe ja kein Geld!
– Nein, das geht nicht, Papachen! Das ist ja peinlich! Laß mich bitte nicht rot werden!

Eine halbe Stunde später besorgte Natalja Wodka und kalten Imbiß; nachdem Sajkin Tee getrunken und ein ganzes französisches Brot aufgegessen hat, geht er ins Schlafzimmer und legt sich zu Bett, während Nadjeshda Stepanowna und ihre Gäste sich lärmend und lachend an die Wiederholung der Rollen machen. Pawel Matwejewitsch hört noch lange die näselnde Deklamation Koromyslows und die fachsimpelnden Ausrufe Smerkalows... Nach der Deklamation folgt eine Unterhaltung, die bisweilen vom kichernden Lachen Olga Kirillownas unterbrochen wird. Smerkalow erklärt mit Feuereifer und dem Selbstbewußtsein eines richtigen Schauspielers die Rollen.

Dann folgt ein Duett, nach dem Duett Tellerklirren... Sajkin hört im Halbschlaf, wie Smerkalow überredet wird, die „Sünderin" zu rezitieren und wie er nach einigem Zieren zu deklamieren beginnt. Er kreischt, schlägt sich in die Brust, lacht mit heiserem Baß... Sajkin zieht eine Grimasse und versteckt den Kopf unter die Decke.

– Sie haben einen weiten und dunklen Weg, – hört er eine Stunde später die Stimme Nadjeshda Stepanownas. – Warum wollen Sie nicht bei uns über Nacht bleiben? Koromyslow legt sich hier im Salon auf den Diwan und Sie, Smerkalow, in Petjas Bett... Petja kann man zu meinem Mann ins Kabinett legen... Wirklich, bleiben Sie doch hier!

Endlich schlägt die Uhr zwei, alles ist still geworden...
Leise öffnet sich die Tür zum Schlafzimmer und Nadjeshda Stepanowna erscheint.
- Pawel, schläfst du? - flüstert sie.
- Nein, was ist denn?
- Geh doch, mein Lieber, zu dir ins Kabinett, leg dich auf den Diwan, hier in deinem Bett möchte ich Olga Kirillowna einquartieren. Geh doch, mein Guter! Ich würde sie ja gern im Kabinett unterbringen, aber sie hat Angst, allein zu schlafen... Steh doch auf!

Sajkin erhebt sich, wirft den Morgenrock über und wandert mit dem Kissen unterm Arm in sein Kabinett... Er tastet sich zum Diwan hin, zündet ein Streichholz an und sieht: auf dem Diwan liegt Petja. Der Junge schläft nicht und starrt mit großen Augen auf das flackernde Streichholz.
- Papa, warum schlafen die Mücken nicht in der Nacht? - fragt er.
- Deswegen, weil... weil, - flüstert Sajkin: - weil wir beide hier überflüssig sind... Nicht einmal einen Platz zum Schlafen haben wir!
- Papa, und warum hat Olga Kirillowna Sommersprossen?
- Ach, laß mich in Ruhe! Bist langweilig!

Nach einigem Überlegen zieht sich Sajkin an und geht auf die Landstraße, um sich ein wenig zu erfrischen... Er schaut auf den grauen Morgenhimmel, auf die unbeweglichen Wolken, hört den trägen Ruf des schläfrigen Wachtelkönigs und beginnt, sich den morgigen Tag auszumalen, wenn er in die Stadt fahren und als erstes nach dem Gericht sich ins Bett stürzen wird. Plötzlich taucht hinter der Straßenecke eine menschliche Gestalt auf.

„Sicherlich der Nachtwächter", - denkt Sajkin.

Als die Gestalt an ihn herangetreten ist, erkennt er nach längerem Hinschauen den Sommerfrischler in den braunen Hosen.

– Sie schlafen nicht? – fragt er.

– Ja, es schläft sich irgendwie nicht ... – seufzen die braunen Hosen. – Ich genieße die Natur ... ich habe, wissen Sie, mit dem Nachtzug lieben Besuch bekommen ... die Mutter meiner Frau. Mit ihr sind auch meine Nichten eingetroffen ... vortreffliche Mädchen. Ich bin sehr erfreut, obgleich es ... reichlich feucht ist! Und Sie belieben auch die Natur zu genießen?

– Ja, – brummt Sajkin: – auch die Natur... Wissen Sie nicht, ob es hier irgendwo in der Nähe eine Kneipe oder ein Gasthaus gibt?

Die braunen Hosen heben die Augen zum Himmel und versinken in tiefsinnige Gedanken...

Das Drama

– Pawel Wassiljitsch, da ist irgendeine Dame gekommen, sie fragt nach Ihnen, – meldete Luka. – Bereits eine ganze Stunde wartet sie ...

Pawel Wassiljewitsch hatte soeben gefrühstückt. Als er von einer Dame hörte, verzog er mißmutig das Gesicht:

– Hol sie der Teufel! Sag ihr, ich wäre beschäftigt.

– Ja, Pawel Wassiljitsch, sie ist am Morgen schon einmal hier gewesen. Sie behauptet, sie müsse Sie unbedingt sprechen ... sie weint schon beinahe.

– Hm ... Na, schön, bitte sie in mein Kabinett.

Pawel Wassiljewitsch zog langsam seinen Rock über, nahm in eine Hand eine Schreibfeder, in die andere ein Buch und ging in sein Kabinett mit dem Ausdruck, als wäre er gerade ungewöhnlich beschäftigt. Dort erwartete ihn bereits der Gast — eine hohe, stattliche Dame mit rotem, fleischigem Gesicht und einer Brille, — dem Äußeren nach sehr ehrenwert und anständig gekleidet (sie trug eine vierfach geraffte Tournüre und einen hohen Hut mit braunem Vogel). Als sie den Hausherrn erblickte, verdrehte sie entzückt die Augen und faltete ihre Hände, als ob sie beten wollte.

– Sie werden sich meiner bestimmt nicht mehr erinnern, – begann sie sichtbar erregt in hohem männlichen Tenor. – Ich ... ich hatte das Vergnügen, Sie bei Chrutzkys kennenzulernen ... Ich heiße Muraschkina ...

– Ah—ah—ah ... mm ... nehmen Sie Platz! Womit kann ich dienen?

– Sehen Sie, ich ... ich ... – fuhr die Dame noch erregter

fort und setzte sich auf einen Stuhl. – Sie entsinnen sich meiner nicht mehr... Ich heiße Muraschkina... Sehen Sie, ich bin eine große Verehrerin Ihres Talents und lese stets mit besonderem Vergnügen Ihre Artikel... Glauben Sie nur ja nicht, daß ich Ihnen schmeicheln will – Gott behüte – Ehre wem Ehre gebührt... Ich versäume nie, Ihre Neuerscheinungen zu lesen! Teilweise stehe ich übrigens diesem Beruf selbst nicht ganz fremd gegenüber, das heißt, natürlich... ich wage nicht, mich eine Schriftstellerin zu nennen, aber... trotzdem, einen Tropfen Honig habe auch ich schon in den Bienenstock getragen. Ich habe zu verschiedenen Zeiten drei Kindererzählungen untergebracht, – Sie haben Sie nicht gelesen, natürlich... viel übersetzt und... und mein verstorbener Bruder war Mitarbeiter an der Zeitschrift „Das Werk".

– So—so... eh—eh—eh... Womit kann ich dienen?

– Sehen Sie... (Muraschkina senkte die Augen und eine schamhafte Röte überzog ihre Wangen). Ich kenne Ihr Talent... Ihre Anschauungen, Pawel Wassiljewitsch, und hätte gern Ihre Meinung erfahren oder vielmehr... Sie um Rat gebeten. Ich muß Ihnen gestehen, ich habe, pardon pour l'expression, einem Drama das Leben geschenkt, und ehe ich es der Zensur einreiche, würde ich gern Ihre Meinung hören.

Muraschkina kramte hastig, mit dem Ausdruck eines gefangenen Vogels, in ihrem Kleid und holte ein Heft von bedenklichem Umfang hervor.

Pawel Wassiljewitsch liebte nur seine eigenen Artikel, fremde hingegen, die er durchlesen oder gar anhören mußte, erweckten in ihm immer die Vorstellung eines Kanonenrohrs, das direkt auf sein Gesicht gerichtet war. Als er das Heft sah, erschrak er und beeilte sich zu sagen:

– Schön, lassen Sie es hier... ich werde es durchlesen.

– Pawel Wassiljewitsch! – sagte Muraschkina, erhob sich und legte wieder ihre Hände wie zum Gebet zusammen. – Ich weiß, Sie sind beschäftigt... jede Minute ist Ihnen kostbar, und ich weiß, in Ihrer Seele möchten Sie mich jetzt zum Teufel schicken, aber... seien Sie so gütig, erlauben Sie mir, Ihnen gleich auf der Stelle mein Drama vorzulesen... Seien Sie so lieb!

– Ich bin sehr erfreut... – druckste Pawel Wassiljewitsch: – aber, gnädige Frau, ich... ich bin sehr besetzt... ich muß dringend fort.

– Pawel Wassiljewitsch! – stöhnte die Dame, und ihre Augen füllten sich mit Tränen. – Ich bitte um ein Opfer! Ich bin unverschämt, ich bin aufdringlich, aber seien Sie großmütig! Morgen verreise ich nach Kasanj und möchte so gerne noch heute Ihre Meinung erfahren. Schenken Sie mir eine halbe Stunde Ihre Aufmerksamkeit... nur eine halbe Stunde! Ich flehe Sie an!

Pawel Wassiljewitsch war im Grunde ein Waschlappen und verstand es nicht, Menschen abzuweisen. Als es ihm schien, daß die Dame nahe daran war, loszuheulen und auf die Knie zu fallen, wurde er gänzlich verwirrt und flüsterte verlegen:

– Schön, wenn Sie es wünschen... ich werde zuhören... für eine halbe Stunde bin ich bereit.

Hocherfreut schrie Muraschkina auf, nahm ihren Hut ab, setzte sich wieder hin und begann zu lesen. Zuerst berichtete sie, wie ein Lakai und ein Stubenmädchen einen hochherrschaftlichen Salon aufräumten und sich langatmig über das gnädige Fräulein Anna Ssergejewna unterhielten, das vor kurzem im Dorfe eine Schule und ein Krankenhaus hatte errichten lassen. Als der Lakai abgetreten war, sprach das Stubenmädchen einen Monolog über das Thema, daß Wissen — Licht, Unwissenheit dagegen Finsternis sei; dann ließ Muraschkina den Lakai wieder eintreten und ihn einen langen Monolog über den gnädigen Herrn halten, den General, der die Ansichten seiner Tochter durchaus nicht dulde, diese mit einem reichen Kammerjunker zu verheiraten gedenke und der Auffassung sei, daß die Seligkeit des Volkes in seiner völligen Unaufgeklärtheit bestünde. Als die Dienstboten wieder abgetreten waren, erschien das gnädige Fräulein persönlich und teilte den erstaunten Zuhörern mit, daß sie die ganze Nacht nicht geschlafen und an Walentin Iwanowitsch gedacht hätte, den Sohn eines armen Lehrers, der selbstlos seinen kranken Vater pflege. Walentin habe alle Wissenschaften studiert, glaube aber weder an Freundschaft noch an Liebe, kenne kein Ziel im Leben und suche den Tod, weswegen sie, das gnädige Fräulein, ihn unbedingt erretten müsse.

Pawel Wassiljewitsch hörte zu und dachte mit Sehnsucht an seinen Diwan. Voller Wut blickte er auf Muraschkina, fühlte, wie ihr männlicher Tenor gegen sein Trommelfell hämmerte, verstand nicht ein Wort und dachte:

„Der Teufel hat dich hergeführt... Warum muß ich mir nur deinen Quatsch anhören!... Na, was kann denn ich dafür, daß du ein Drama geschrieben hast? Gott, was ist das für ein dickes Heft! Der Himmel will mich wohl strafen!"

Pawel Wassiljewitsch hob den Blick zur Wand, wo das Bild seiner Frau hing, und erinnerte sich, daß sie ihn beauftragt hatte, fünf Meter Band, ein Pfund Käse und Zahnpulver zu besorgen und auf die Datscha mitzubringen.

„Daß ich nur das Muster vom Band nicht verliere, – dachte er. – Wo habe ich es bloß hingetan? Ich glaube, es steckt im blauen Rock... Und die verfluchten Fliegen haben das Bild meiner Frau mit lauter Punkten beschmutzt... Olga muß unbedingt das Glas morgen abwaschen... Die liest jetzt den zwölften Auftritt, also ist der erste Aufzug bald zu Ende. Wie ist überhaupt bei solch einer Hitze und dem Umfang, den die Alte hat, noch irgendeine Eingebung möglich? Statt Dramen zu schreiben, sollte sie lieber eine Kaltschale essen und in den Keller schlafengehen..."

– Finden Sie nicht, daß dieser Monolog etwas breit aus-

gefallen ist? – fragte plötzlich Muraschkina und hob die Augen.
Pawel Wassiljewitsch hatte kein Wort vom Monolog gehört. Er wurde verlegen und antwortete mit schuldbewußter Stimme, als ob nicht die Dame, sondern er selbst diesen Monolog verfaßt hätte:
– Nein, nein, keineswegs... Er ist reizend...
Muraschkina strahlte vor Glück und fuhr fort:
– Anna: „Sie werden von Analyse zerfressen. Zu früh haben Sie aufgehört, mit dem Herzen zu leben und vertrauen nur noch Ihrem Verstand." — Walentin: „Was heißt Herz? Das ist für mich ein anatomischer Begriff. Als relativen Ausdruck dessen, was wir als Gefühle bezeichnen, erkenne ich es nicht an." —Anna (verlegen): „Und die Liebe? Ist auch sie wirklich nur ein Produkt der Ideen-Assoziation? Sagen Sie aufrichtig: haben Sie je geliebt?" — Walentin (mit Bitterkeit): „Wollen wir nicht an alten, noch nicht geheilten Wunden rühren (Pause). Worüber denken Sie nach?" — Anna: „Es scheint mir, Sie sind unglücklich".
Während des sechzehnten Auftritts gähnte Pawel Wassiljewitsch und gab unversehens mit den Zähnen einen Laut von sich, wie Hunde, wenn sie nach Fliegen schnappen. Er erschrak über dieses unanständige Geräusch und, um es zu vertuschen, verlieh er seinem Gesicht den Ausdruck rührender Aufmerksamkeit.
„Sechzehnter Auftritt... Wann ist denn endlich Schluß? – dachte er. – Oh, mein Gott! Wenn diese Qual noch zehn Minuten dauert, schrei ich um Hilfe... unerträglich!"
Aber endlich begann die Dame immer schneller und lauter zu lesen, erhob ihre Stimme und verkündete: – Vorhang. –
Pawel Wassiljewitsch atmete erleichtert auf und wollte sich gerade erheben, doch Muraschkina blätterte schnell weiter und fuhr fort...
– Zweiter Aufzug. Die Bühne stellt eine Dorfstraße dar.

Rechts sieht man die Schule, links das Krankenhaus. Auf den Stufen des letzteren sitzen Dorfbewohner und -bewohnerinnen.
– Verzeihung... – unterbrach Pawel Wassiljewitsch. – Wieviel Aufzüge sind es im ganzen?
– Fünf, – antwortete Muraschkina und las schnell weiter, in der Befürchtung, der Zuhörer könne ihr davonlaufen. – Aus einem Fenster der Schule erblickt man Walentin. Im Hintergrunde der Bühne schleppen die Bauern ihr Hab und Gut in die Kneipe.

Wie jemand, der zum Tode verurteilt ist und jeden Glauben an Begnadigung längst verloren hat, wartete Pawel Wassiljewitsch nicht mehr auf das Ende des Dramas, hoffte auf nichts mehr und bemühte sich nur, daß ihm die Augen nicht zufielen und von seinem Gesicht der Ausdruck der Aufmerksamkeit nicht entschwände. Die Zeit, wo die Dame mit dem Lesen des Dramas fertig und fortgegangen sein würde, schien ihm in so nebelhafter Ferne zu liegen, daß er kaum mehr daran zu glauben wagte.

– Tru-tu-tu-tu... – dröhnte in sein Ohr die Stimme der Muraschkina. – Tu-tu-tu... Sch-sch-sch...

„Ich habe doch vergessen, Natron zu nehmen, – fiel es ihm ein. – Woran dachte ich eben? Ja, richtig, an Natron... Aller Wahrscheinlichkeit nach habe ich Magenkatarrh... Sonderbar: Smirnowsky säuft wie ein Loch und hat bis heute noch keinen Katarrh... Aufs Fensterbrett hat sich ein Vögelchen gesetzt... ein Spatz..."

Pawel Wassiljewitsch bemühte sich krampfhaft, seine angestrengten, schwergewordenen Augenlider aufzureißen, gähnte, ohne den Mund zu öffnen und schaute auf Muraschkina. Diese begann allmählich in einer Nebelwolke zu verschwinden, schaukelte vor seinen Augen hin und her, bekam plötzlich drei Köpfe, von denen sich einer gegen die Decke stemmte...

Walentin: „Nein, Sie müssen mir erlauben, wegzufahren..." — Anna (entsetzt): „Warum?" — Walentin (zur Seite): „Sie ist erbleicht! (Zu ihr) Zwingen Sie mich nicht, Ihnen die Gründe auseinanderzusetzen. Eher werde ich sterben, aber die Gründe erfahren Sie nie." — Anna (nach einer Pause): „Sie dürfen nicht wegfahren..."

Muraschkina begann anzuschwellen, wurde zu einem Koloß und löste sich schließlich in der grauen Luft des Kabinetts auf; sichtbar blieb nur noch ihr sich unablässig bewegender Mund; dann wurde sie plötzlich winzig wie ein Stecknadelkopf, schwankte und verschwand zusammen mit dem Tisch in der Tiefe des Zimmers...

Walentin (Anna in seinen Armen haltend): „Du hast mich ins Leben zurückgerufen, du hast mir ein Ziel gezeigt! Du hast mich belebt wie ein Frühlingsregen die erwachende Erde! Aber... es ist zu spät, zu spät! Ein unheilbares Leiden zerfrißt meine Brust..."

Pawel Wassiljewitsch fuhr zusammen und schaute mit trüben, benommenen Blicken auf die Muraschkina; eine Weile starrte er regungslos, ohne zu fassen, was vor sich ging...

– Elfter Auftritt. Dieselben, der Baron und der Polizeivorsteher mit Begleitung... Walentin: „Ergreift mich!" — Anna: „Ich gehöre ihm! Nehmt auch mich! Ja, nehmt auch mich! Ich liebe ihn, liebe ihn mehr als mein Leben!" — Der Baron: „Anna Ssergejewna, Sie vergessen, daß Sie damit Ihren Vater zugrunde richten..."

Muraschkina begann wieder anzuschwellen... Wild um sich blickend fuhr Pawel Wassiljewitsch vom Sessel empor, schrie mit erstickter, unnatürlicher Stimme auf, ergriff vom Schreibtisch den großen Briefbeschwerer und ohne zu fassen, was er tat, schlug er mit aller Gewalt Muraschkina auf den Kopf...

– Fesselt mich, ich habe sie getötet! – sagte er einen Augenblick später der herbeieilenden Dienerschaft.

Die Geschworenen sprachen ihn frei.

Geeignete Maßnahmen

Ein kleines, weltverlorenes Städtchen, das nach dem Ausspruch des dortigen Gefängnisaufsehers „nicht mal mit dem Teleskop auf der Landkarte zu finden ist", liegt träumend in der prallen Mittagssonne. Ruhe und Stille überall. Von dem Stadthaus in der Richtung nach den Markthallen zu bewegt sich langsam eine hygienische Untersuchungskommission, die aus dem städtischen Arzt, dem Polizeiaufseher, zwei Stadtverordneten und einem Handelsdelegierten besteht. In achtungsvoller Entfernung marschieren zwei Polizisten hinterdrein... Der Weg der Kommission ist, wie der Weg zur Hölle, mit guten Vorsätzen gepflastert. Die „Hygieniker" gehen, fuchteln mit den Händen in der Luft und unterhalten sich über Unsauberkeit, schlechte Gerüche, geeignete Maßnahmen und ähnliche „pestialische" Materien. Die Gespräche werden allmählich derart gescheit, daß der voranschreitende Polizeiaufseher plötzlich in Begeisterung gerät und sich umdrehend verkündet:

– So sollten wir, Herrschaften, doch öfters zusammenkommen und Gespräche miteinander führen! Erstens ist es angenehm, und außerdem fühlt man sich in Gesellschaft; sonst kennen wir ja doch nichts anderes, als uns dauernd zu zanken. Ja wirklich, Ehrenwort!

– Mit wem könnten wir den Anfang machen? – wendet sich der Handelsdelegierte im Tone eines Henkers, der sich sein Opfer aussucht, zum Arzt. – Sollten wir nicht, Anikita Nikolajitsch, mit der Bude des Oschejnikow beginnen? Ein Gauner ist er, und ... übrigens wäre es schon längst an der Zeit, ihm auf die Finger zu klopfen. Neulich bringt man mir Buchweizengrütze aus seinem Laden, und darin ist, verzeihen Sie, Rattendreck... Meine Frau hat sie gar nicht erst angerührt!

– Nun, wie Sie wünschen! Meinetwegen mit dem Oschejnikow, – antwortet teilnahmslos der Arzt.

Die „Hygieniker" treten in das „Geschäft für Tee, Zucker, Kaffee und ähnliche Kolonneal-Waren von A. M. Oschejnikow" und begeben sich ohne lange Vorreden an die Revision.

– M — jawohl... – sagt der Arzt und betrachtet die kunstvoll aufgestapelten Pyramiden aus Kasaner-Seife. – Was du dir hier für Babylone aus Seife errichtet hast! Auch eine Erfindungsgabe, kann man sagen! Eh... eh... eh... Was ist denn das? Schaut mal her, Herrschaften! Demjan Gawrilytsch geruht Seife und Brot mit ein und demselben Messer zu schneiden!

– Daraus entsteht noch lange keine Cholera, Anikita Nikolajitsch! – wendet der Budiker entwaffnend ein.

– Mag schon sein, aber es ist doch widerlich! Auch ich kaufe ja mein Brot bei dir.

– Für die besseren Herrschaften halten wir ein besonderes Messer. Seien Sie unbesorgt... bitte sehr...

Der Polizeiaufseher schielt mit seinen kurzsichtigen Augen nach einem mächtigen Schinken, kratzt lange mit dem Nagel darauf herum, beschnüffelt ihn laut von allen Seiten, schnipst schließlich mit dem Finger dagegen und fragt:

– Und Strichninen hat man wohl bei dir in keinem gefunden?

– Aber ich bitte Sie... Wieso denn... ausgeschlossen!

Der Polizeiaufseher wird verlegen, wendet sich vom Schinken ab und starrt auf den Preiskurant der Firma Asmolow & Co. Der Handelsdelegierte fährt mit der Hand in eine Tonne voll Buchweizengrütze und stößt dort auf etwas Sammetweiches, Molliges... Er schaut hin, und über sein Gesicht breitet sich ein zärtliches Lächeln.

– Mieze... Miezchen! Kätzchen, meine Süßen! – stammelt er. – Liegen in der Grütze und haben die Schnäuzchen gehoben... schlummern sanft... Du könntest mir, Demjan Gawrilytsch, gelegentlich mal eins herüberschicken!

– Das wird sich machen lassen... Und hier, meine Herrschaften, ist die Auslage mit den Vorspeisen... wenn Sie vielleicht untersuchen möchten... Da ist Hering, Käse... Stör, wenn ich empfehlen darf... den Stör habe ich gerade am Donnerstag bekommen, allererste Sorte... Mischka, bring mal ein Messer!

Die „Hygieniker" schneiden sich je ein Stück ab, riechen zögernd daran und beginnen zu kosten.

– Eigentlich könnte ich auch bei der Gelegenheit frühstücken... – brummt der Besitzer der Bude Demjan Gawrilytsch leise in seinen Bart. – Irgendwo hatte ich doch übrigens noch ein Fläschchen stehen. Vielleicht sollte man vor dem Stör... Ganz anderer Geschmack dann... Mischka, gib mal die Pulle her.

Mischka entkorkt mit aufgeplusterten Backen und rollenden Augen die Flasche und stellt sie mit lautem Knall auf den Ladentisch.

– So auf nüchternen Magen... – sagt der Polizeivorsteher und kratzt sich unschlüssig den Nacken. – Na, übrigens, ein Gläschen... Mach aber fix, Demjan Gawrilytsch, wir können mit deinem Schnaps hier nicht übernachten!

Eine Viertelstunde später schreiten die „Hygieniker", sich die Lippen wischend und mit Streichhölzern in den Zähnen stochernd, zum Geschäft von Golorybenko. Hier kann man, wie verhext, weder herein noch heraus... Fünf stramme Kerle mit roten, verschwitzten Gesichtern, rollen aus dem Laden ein stattliches Butterfaß.

– Halt doch mehr rechts!... Schieb von der Seite... zieh doch... zieh! Leg ein Brett unter... ah, Teufel! Gehen Sie weiter, Euer Hochwohlgeboren, wir werden Ihnen noch die Füße abquetschen!

Das Butterfaß bleibt in der Tür stecken und — rührt sich nicht mehr vom Fleck ... Die Kerle stemmen sich dagegen, stoßen aus Leibeskräften, schnaufen laut und fluchen über den ganzen Marktplatz. Nach solcher Anstrengung, wobei infolge des anhaltenden Geschnaufes die Luft ihre Reinheit beträchtlich einbüßt, rollt das Fäßchen endlich weiter und aus unerklärlichen Gründen, gegen alle Gesetze der Natur, wieder zurück, wo es abermals in der Tür steckenbleibt. Das Geschnaufe beginnt von neuem.

– Tjfu! – spuckt der Aufseher wütend aus. – Kommen Sie zu Schibukin. Diese Teufel werden ja noch bis zum Abend hier herumpusten.

Den Laden von Schibukin finden die „Hygieniker" verschlossen.

– Aber er war doch eben noch offen! – wundern sie sich und schauen einander verständnislos an. – Als wir zu Oschejnikow gingen, stand doch Schibukin auf der Schwelle und spülte seinen kupfernen Teekessel. Wo ist er bloß? – wenden sie sich an einen Bettler, der vor der verschlossenen Tür hockt.

– Gebt doch ein kleines Almosen, in Christi Namen, – krächzt der Bettler: – dem armen Krüppel, daß Eure Gnade, gütige Herrschaften ... auch Euren Eltern ...

Die „Hygieniker" wehren mit der Hand ab und gehen weiter, ausgenommen der Bevollmächtigte der Stadtverwaltung, Pljunin. Dieser reicht dem Bettler eine Kopeke, bekreuzigt sich hastig, als ob ihn irgend etwas erschreckt hätte, und holt schleunigst die Gesellschaft wieder ein.

Zwei Stunden später tritt die Kommission den Rückweg an. Die „Hygieniker" sehen ungewöhnlich erschöpft und mitgenommen aus. Ihre Arbeit war nicht vergeblich: einer von den Polizisten trägt in feierlichem Schritt eine bis über den Rand mit faulen Äpfeln gefüllte Mulde.

– Jetzt, nach ehrlichem Bemühen, wäre es nicht übel, sich ein Gläschen zu genehmigen, – sagt der Aufseher und schielt auf das Aushängeschild „Rheinischer Keller für Weine und Schnäpse". – Man müßte sich doch ein wenig stärken.

– M — ja, das könnte wohl nichts schaden. Gehen wir hin, wenn Sie wollen.

Die „Hygieniker" steigen die Stufen zum Weinkeller hinunter und setzen sich um einen runden Tisch mit wackligen Beinen. Der Aufseher winkt dem Küfer zu, und auf dem Tisch erscheint ein Fläschchen.

– Schade, daß wir nichts dazu haben, – sagt der Handelsdelegierte, seinen Schnaps austrinkend und das Gesicht verziehend. – Eine Gurke sollte man wenigstens, oder ... Übrigens ...

Der Abgeordnete dreht sich zum Polizisten mit der Mulde um, sucht einen noch einigermaßen erhaltenen Apfel heraus und beißt ab.

– Ach ... hier sind ja auch weniger faule! – sagt mit sichtlichem Erstaunen der Aufseher. – Gib mal her, ich will mir auch einen aussuchen! Stell doch einfach die ganze Mulde auf den Tisch ... Die besseren werden wir heraussuchen und reinigen, den Rest kannst du dann vernichten. Anikita Nikolajitsch, gießen Sie ein! So sollten wir wirklich öfters zusammenkommen und uns unterhalten. Sonst lebt man in diesem Urwald, ohne Klub, ohne Geselligkeit — rein wie in Australien, weiter nichts! Gießt ein, Herrschaften! Herr Doktor, ein Äpfelchen! Eigenhändig für Sie geschält ...

— — — — — — — — — — — — — — — —

– Euer Hochwohlgeboren, was befehlen Sie mit der Mulde zu machen? – fragt der Polizist den Aufseher, der mit seinen Zechkumpanen aus dem Keller hinaufsteigt.

– Mu... Mulde? Was für eine Mulde? V—verstehe! Vernichte sie mitsamt den Äpfeln... wegen — Ansteckung!

– Die Äpfel geruhten Sie zu verspeisen!

– Ah — ah... sehr angenehm! Hörrr... du... geh zu mir nach Hause und sag Marja Wassiljewna, sie möchte nicht böse sein... Ich gehe nur für ein Stündchen... zu Pljunin schlafen... Verstehst du? Schlafen... in Morpheus Armen. Parlez-vous frankzejitsch, Iwan Andrejitsch!

Die Augen zum Himmel gerichtet, schüttelt der Aufseher bitter sein Haupt, breitet die Arme weit auseinander und sagt:

– Und so ist unser ganzes Leben!

Im Dunkeln

Eine Fliege mittlerer Größe verirrte sich in die Nase des Gehilfen des Staatsanwalts, Hofrat Gagin. Ob Neugier sie plagte, ob Leichtfertigkeit sie dorthin geraten ließ oder ob es ganz einfach die Dunkelheit war — allein die Nase vertrug die Anwesenheit eines Fremdkörpers nicht und gab das Signal zum Niesen. Gagin nieste, nieste voll Gefühl, mit einem durchdringenden Pfeifen und so laut, daß das Bett erzitterte und den Ton einer aufgescheuchten Sprungfeder von sich gab. Gagins Frau, Marja Michajlowna, eine stattliche, üppige Blondine, fuhr gleichfalls zusammen und erwachte. Sie schaute sich in der Dunkelheit um, seufzte und drehte sich auf die andere Seite. Nach etwa fünf Minuten drehte sie sich nochmals um, schloß die Augen fester, doch der Schlummer wollte nicht wiederkommen. Nachdem sie eine Weile geseufzt und sich von einer Seite auf die andere gewälzt hatte, stand sie auf, kletterte über den Gatten hinweg, suchte ihre Pantoffeln und ging zum Fenster.

Draußen war es dunkel. Man sah nichts als die Umrisse der Bäume und die schwarzen Dächer der Scheunen. Im Osten begann ganz langsam der Tag zu dämmern, doch schon schickten sich dunkle Wolken an, diesen ersten blassen Streifen zu überschatten. Die Luft, regungslos und von Nebel verhüllt, schien zu schlafen. Selbst der Nachtwächter schwieg, der doch für die Unterbrechung der nächtlichen Stille bezahlt wird, es schwieg auch der Wachtelkönig — der einzige Wildvogel, der die Nachbarschaft mit den großstädtischen Datschenbewohnern nicht scheut.

Diese Stille jedoch wurde nun von Marja Michajlowna selbst unterbrochen. Während sie am Fenster stand und in den Hof herabblickte, schrie sie plötzlich auf. Es schien ihr, als löse sich aus dem Rondell mit den dürftigen, geschorenen Pappeln eine dunkle Gestalt. Anfangs glaubte sie, es sei eine Kuh oder ein Pferd, als sie sich aber nochmals die Augen gerieben hatte, begann sie deutlich die Umrisse eines Menschen zu erkennen.

Gleich darauf kam es ihr vor, als ob die dunkle Gestalt an das Küchenfenster herangetreten sei, einen Moment unschlüssig davorgestanden, dann zögernd einen Fuß auf das Gesims gesetzt hätte und — im Dunkeln der Küche verschwunden war.

„Ein Dieb!" - schoß es ihr durch den Kopf, und tödliche Blässe überzog ihr Gesicht.

Blitzschnell malte sich ihre Phantasie jenes Bild aus, das von jeher das Schreckgespenst aller Datschenbewohnerinnen gewesen ist: Der Dieb steigt in die Küche, aus der Küche ins Eßzimmer ... das Silber liegt im Schrank ... jetzt kommt er ins Schlafzimmer ... ein Beil ... ein Räubergesicht ... die Wertsachen ... Ihre Knie knickten ein, über den Rücken rieselten ihr kalte Schauer.

– Wassja! – begann sie ihren Mann aufzurütteln. – Basil! Wassilij Prokofjitsch! Ach, mein Gott, da liegt er wie ein Toter! Wach doch endlich auf, Basil, ich flehe dich an!

– N—nu ? – brummte der Gehilfe des Staatsanwalts, zog tief die Luft durch die Nase und gab schmatzende Geräusche von sich.

– So wache doch endlich auf, im Namen des Schöpfers! Zu uns in die Küche ist soeben ein Dieb eingedrungen! Ich stehe am Fenster, schaue herab und sehe, wie jemand gerade über die Brüstung klettert. Aus der Küche kann er leicht ins Eßzimmer kommen ... die Löffel liegen im Büfett! Basil! Genau so wurde vor einem Jahr bei Mawra Jegorowna eingebrochen.

– Wa—as willst du ?

– Mein Gott, er hört nicht! Versteh doch endlich, du Holzklotz, daß ich eben gesehen habe, wie irgendein Mensch zu uns in die Küche eingestiegen ist! Pelageja wird sich erschrecken und ... und das Silber liegt im Schrank!
– Quatsch!
– Basil, das ist unerträglich! Ich spreche von einer Gefahr und du schläfst und brummst nur! Was denkst du dir eigentlich? Willst du, daß wir bestohlen oder gar umgebracht werden?

Der Gehilfe des Staatsanwalts richtete sich langsam auf, setzte sich im Bett zurecht und erfüllte die Luft mit lautem Gegähne.

– Weiß der Teufel, was seid ihr doch für ein Volk! – murrte er. Kann man nicht einmal in der Nacht seine Ruhe haben? Um jeden Quark wird man geweckt.
– Aber ich schwöre dir, Basil, ich habe gesehen, wie ein Mann durchs Fenster kroch!
– Nun, und was ist schon dabei? Laß ihn doch kriechen ... Wahrscheinlich war es der Feuerwehrmann, der zu seiner Pelageja wollte.
– Wa—a—as? Was hast du gesagt?
– Ich habe gesagt, daß zu Pelageja ihr Feuerwehrmann gekommen ist.
– Um so schlimmer! – kreischte Marja Michajlowna auf. – Das ist noch schlimmer als ein Dieb! In meinem Hause dulde ich keinen Zynismus!
– Schau mal diese Tugend an ... Ich dulde keinen Zynismus ... Wieso ist denn das Zynismus? Wozu denn sinnlos mit Fremdwörtern um sich schmeißen! Das ist, Mütterchen, seit Anbeginn der Welt nicht anders gewesen, ist sozusagen durch Tradition geheiligt. Dafür ist er ja Feuerwehrmann, um zu den Köchinnen zu gehen.
– Nein, Basil! Das beweist mir nur, wie wenig du mich kennst. Ich kann es einfach nicht zulassen, daß in meinem

Hause plötzlich... so etwas... derartiges... Geh mal schleunigst in die Küche und befiehl ihm, sich auf der Stelle zu packen! Augenblicklich! Und morgen werde ich Pelageja sagen, daß sie in Zukunft solche Sachen gefälligst zu unterlassen hat. Wenn ich tot bin, könnt ihr einen derartigen Zynismus in meinem Hause einführen, jetzt aber habt ihr kein Recht dazu. Also los, bitte!

– Verr—flucht... – knurrte Gagin verdrießlich. – Überleg dir doch mal mit deinem mikroskopischen Weibergehirn, warum ich da eigentlich hingehen soll?

– Basil, ich falle in Ohnmacht!

Gagin spuckte aus, zog seine Nachtschuhe an, spuckte noch einmal und begab sich in die Küche. Dunkel war es auf dem Korridor wie in einem verspundeten Faß, und der Gehilfe des Staatsanwalts konnte sich nur tastend vorwärtsbewegen. Unterwegs stieß er auf die Tür zum Kinderzimmer und weckte die Wärterin.

– Wassilissa, – sagte er: – du hast doch gestern meinen Schlafrock zum Bürsten genommen, wo ist er?

– Ich habe ihn Pelageja zum Ausklopfen gegeben, gnädiger Herr.

– Ewig diese Schlamperei! Nehmen könnt ihr die Sachen, aber zurückhängen ist euch schon zuviel... Jetzt soll ich wohl ohne Schlafrock herumspazieren!

Als er die Küche betrat, ging er auf die Stelle zu, wo auf einem Kasten unter dem Wandbrett mit Kochtöpfen die Köchin schlief.

– Pelageja! – begann er, als er tastend ihre Schulter fand und sie aufrüttelte: – du! Pelageja! Na, stell dich nicht so an! Du schläfst ja nicht! Wer ist eben zu dir ins Fenster gekrochen?

– Hm!... Na sowas. Ins Fenster gekrochen! Wer soll denn da kriechen?

– Na laß mal... nur keine faulen Ausreden! Sag lieber

deinem Schweinehund, er soll schleunigst verduften, solange er noch heil ist. Hörst du? Er hat hier nichts zu suchen!

— Sind Sie bei Trost, Herr? Na sowas... Sie möchten mich wohl für eine Dumme kaufen... Den lieben langen Tag schindet man sich ab, läuft sich zu Tode, gönnt sich keine Ruhe — und nachts dann solche Worte... Für vier Rubel im Monat lebt man... bei eignem Tee und Zucker, und außer solchen Worten kennt man keine Anerkennung... Bei Kaufleuten habe ich gedient, aber solch eine Schande ist mir noch nicht vorgekommen...

— Na, na... hör schon auf zu stöhnen! Dein Soldat soll sich besser auf der Stelle davonmachen! Hörst du?

— Schämen müßten Sie sich, Herr! — sagte Pelageja, und in ihrer Stimme klang eine Träne. — Gebildete Herrschaften... vornehme... und können es nicht verstehen, daß, vielleicht, bei unserem Elend... bei unserem unglücklichen Leben... — Sie begann zu weinen. — Uns kann jeder kränken. Keiner nimmt uns in Schutz.

— Na, na... mir ist es ja gleich! Die gnädige Frau hat mich hergeschickt. Meinetwegen kannst du den Teufel selbst durchs Fenster lassen, mir soll es auch recht sein.

Dem Gehilfen des Staatsanwalts blieb nichts anderes übrig, als sich einzugestehen, daß er mit seinem Verhör hereingefallen war, und zu seiner Gattin zurückzukehren.

— Hör mal, Pelageja, — sagte er: — du hast doch meinen Schlafrock zum Bürsten genommen, wo ist er?

— Ach, Herr, verzeihen Sie, ich vergaß ihn wieder auf den Stuhl zu legen. Er hängt neben dem Ofen am Nagel...

Gagin tastete die Wand am Ofen ab, fand seinen Schlafrock, zog ihn an und schlürfte langsam ins Schlafzimmer zurück.

Marja Michajlowna hatte sich, nachdem ihr Mann fortgegangen war, wieder zu Bett gelegt und wartete. Die ersten drei Minuten lag sie still, dann aber begann die Unruhe sie immer heftiger zu plagen.

„Wie lange bleibt er eigentlich! – dachte sie. – Schön, wenn dort nur dieser ... Zyniker ist, was aber, wenn nun doch ein Dieb?" ...

Und wieder malte ihr die Phantasie ein gräßliches Bild aus: Ihr Mann kommt in die dunkle Küche ... ein Hieb mit dem Beil ... er stirbt, ohne auch nur einen Laut von sich zu geben ... eine Blutlache ...

Es vergingen fünf Minuten, fünfeinhalb, schließlich sechs ... Kalter Schweiß trat auf ihre Stirn.

– Basil! – kreischte sie. – Basil!

– Na, was schreist du denn, ich bin ja hier ... – hörte sie die Stimme und die Schritte ihres Mannes. – Du wirst wohl umgebracht, was?

– Der Gehilfe des Staatsanwalts trat an ihr Bett und setzte sich auf den Rand.

– Kein Mensch ist da, – sagte er. – Du siehst ja Gespenster, Dummchen ... Kannst dich beruhigen, deine Putz, die Pelageja, ist genau so tugendhaft wie ihre Herrin. Was bist du doch für eine Memme. Wirklich, du ...

Und der Gehilfe des Staatsanwalts begann seine Frau zu necken. Er wurde ganz munter dabei und wollte schließlich gar nicht mehr ins Bett zurück.

– So ein Hasenfuß! – lachte er. – Morgen mußt du zum Arzt gehen, um endlich deine Halluzinationen loszuwerden. Du wirst ja ganz psychopathisch!

– Es riecht plötzlich so komisch nach Teer ... – sagte die Frau. – Nach Teer oder irgend sowas ... nach Zwiebeln ... oder Kohlsuppe ...

– M—ja ... Irgendwas ist in der Luft. Schlafen will ich sowieso nicht mehr! Weißt du was, ich werde mal eine Kerze anstecken ... Wo liegen die Streichhölzer? Bei der Gelegenheit kann ich dir gleich die Photographie unseres Oberstaatsanwalts zeigen. Gestern hat er sich verabschiedet und jedem von uns ein Bild geschenkt. Mit Unterschrift.

Gagin rieb ein Streichholz gegen die Wand und zündete die Kerze an. Aber ehe er sich noch einen Schritt vom Bett entfernt hatte, um das Bild zu holen, ertönte hinter seinem Rücken ein gellender, herzzerreißender Schrei. Er drehte sich um und sah die weitaufgerissenen Augen seiner Frau, die voller Staunen, Zorn und Schrecken auf ihn gerichtet waren ...

– Hast du in der Küche deinen Schlafrock abgelegt? – fragte sie erbleichend.

– Wieso?

– Schau dich doch an!

Der Gehilfe des Staatsanwalts schaute sich an und erstarrte. Auf seinen Schultern baumelte statt des Schlafrocks der Mantel eines Feuerwehrmannes. Wie war der bloß um Gottes willen dahin geraten? Während er noch diese Frage zu lösen suchte, malte sich die Phantasie seiner Frau ein neues gräßliches Bild aus, ein entsetzliches, ein kaum vorstellbares: Finsternis, Stille, Flüstern ... und so weiter und so weiter ...

Aus dem Tagebuch eines Buchhalters

1863, den 11. Mai. Unser sechzigjähriger Oberbuchhalter Glotkin hat anläßlich eines Hustenanfalls Milch mit Kognak getrunken und ist bei dieser Gelegenheit an Delirium erkrankt. Die Ärzte behaupten mit der ihnen eigenen Unbeirrbarkeit, daß er morgen sterben müsse. Endlich also werde ich Oberbuchhalter. Diese Stellung ist mir schon lange versprochen.

Der Sekretär Kleschtschjow kommt vor Gericht wegen tätlicher Beleidigung eines Bittstellers, der ihn vor aller Öffentlichkeit einen Bürokraten schimpfte. Es scheint eine beschlossene Sache zu sein.

Ich habe angefangen, gegen Magenkatarrh Kräutertee einzunehmen.

1865, den 3. August. Der Oberbuchhalter klagt schon wieder über Brustschmerzen. Er hustet und trinkt Milch mit Kognak. Falls er stirbt, ist seine Stellung mir sicher. Ich hege Hoffnungen, wenn auch nur schwache, denn Delirium scheint nicht immer tödlich zu verlaufen!

Kleschtschjow hat einem Armenier einen Wechsel aus der Hand geschlagen und in Fetzen gerissen. Es ist möglich, daß die Sache noch ihr gerichtliches Nachspiel findet.

Ein altes Mütterchen (Gurjewna) sagte mir heute, ich hätte überhaupt keinen Katarrh, sondern versteckte Hämorrhoiden. Durchaus denkbar!

1867, den 30. Juni. In Arabien, schreibt man, grassiert die Cholera. Vielleicht kommt sie auch nach Rußland, dann werden viele Stellen vakant. Möglicherweise stirbt auch der alte Glotkin, und ich bekomme den Posten des Oberbuchhalters. Wie zäh doch ein Mensch sein kann! So lange zu leben, ist, finde ich, geradezu anstößig.

Was könnte ich bloß gegen meinen Katarrh einnehmen? Ob ich es vielleicht mal mit Zitwersamen versuche?

1870, den 2. Januar. Bei Glotkin auf dem Hof heulte die ganze Nacht ein Hund. Meine Köchin Pelageja behauptet, dies sei ein untrügliches Vorzeichen, und wir haben bis zwei Uhr nachts darüber gesprochen, daß ich mir, sobald ich Oberbuchhalter geworden bin, einen Waschbärpelz und einen neuen Schlafrock anschaffe. Vielleicht heirate ich dann auch. Selbstverständlich kein junges Mädchen — das ziemt sich nicht für mein Alter, sondern eine Witwe.

Gestern wurde Kleschtschjow aus dem Klub hinausgeworfen, weil er laut einen unanständigen Witz erzählt und sich über die patriotischen Gefühle des Mitglieds der Handelskammer, Ponjuchow, lustig gemacht hat. Wie man zuverlässig vernimmt, gedenkt der letztere gerichtlich vorzugehen.

Wegen meines Magenkatarrhs werde ich Geheimrat Botkin konsultieren. Man sagt, er kuriere ausgezeichnet...

1878, den 4. Juni. In Wetljanka, schreibt man, wütet die Pest. Das Volk werde, schreibt man, nur so dahingerafft. Glotkin trinkt aus diesem Anlaß Schnaps mit Pfeffer. Na, solch einen Tattergreis kann selbst Pfefferschnaps nicht mehr retten. Falls die Pest bis zu uns kommt, werde ich ganz bestimmt Oberbuchhalter.

1883, den 4. Juni. Glotkin liegt im Sterben. Ich bin bei ihm gewesen und habe ihn tränenden Auges dafür um Verzeihung gebeten, daß ich mit Ungeduld seinen Tod erwartete. Weinend und großmütig verzieh er mir und riet, gegen Magenkatarrh doch einmal Eichelkaffee zu probieren.

Kleschtschjow wäre um ein Haar wieder vor Gericht gekommen: Er versetzte ein gemietetes Klavier bei einem Juden. Trotz alledem hat er bereits den Stanislaworden und den Rang eines Kollegienassessors. Erstaunlich, was es in dieser Welt nicht alles gibt!

2 Teile Ingwer, 1½ Teile Galgantwurzel, 1 Teil reinen Spiritus, 5 Teile Siebenbrüderblut; alles gut mischen, mit 1 Liter Branntwein abziehen und auf nüchternen Magen ein Schnapsglas voll gegen Katarrh einnehmen.

Den 7. Juni des gleichen Jahres. Gestern trugen wir Glotkin zu Grabe. O Jammer! Nicht zum Segen gedeiht mir der Tod dieses Greises! Nachts erscheint er mir in weißem Gewande und droht mit dem Finger. Doch weh mir, weh mir Verruchtem: Zum Oberbuchhalter bin nicht ich, sondern Tschalikow ernannt worden. Nicht ich habe diese Stelle bekommen, sondern ein junger Mann, der sich der Protektion seiner Tante, einer Generalin, erfreut. Vernichtet sind alle meine Hoffnungen!

1886, den 10. Juni. Dem Tschalikow ist seine Frau davongelaufen. Der Arme soll sich entsetzlich grämen. Vielleicht legt er vor Kummer gar Hand an sich. Wenn er es wirklich tut, bin ich — Oberbuchhalter. Darüber wird schon gemunkelt. Nicht alle Hoffnung ist also verloren, es läßt sich noch leben, und am Ende dauert es gar nicht mehr lange bis zum Waschbärpelz. Was die Heirat anbetrifft, so bin ich keineswegs abgeneigt. Warum sollte ich nicht heiraten, wenn sich eine gute Gelegenheit bietet, nur müßte man sich mit irgend jemandem beraten; immerhin, ein ernster Entschluß.

Kleschtschjow ist aus Versehen mit den Galoschen von Geheimrat Lirmans davongezogen. Ein Skandal!

Der Portier Paissij gab mir den Rat, gegen Magenkatarrh Sublimat einzunehmen. Ich will es versuchen.

Ein schutzloses Wesen

So heftig der Gichtanfall in der Nacht auch gewesen war, so sehr auch die Nerven noch hinterher ächzten, begab sich Kistunow dennoch am nächsten Morgen in den Dienst und begann pünktlich wie immer mit dem Empfang der Bittsteller und Klienten seiner Bank. Er sah matt und leidend aus, sprach mit kaum hörbarer Stimme und atmete mühsam wie ein Sterbender.

– Was steht zu Diensten? – wandte er sich an eine Bittstellerin in vorsintflutlicher Mantille, die von hinten starke Ähnlichkeit mit einem riesigen Mistkäfer hatte.

– Belieben Sie mich anzuhören, Euer Exzellenz, – begann hastig die Bittstellerin – mein Mann, der Kollegienassessor Schtschukin, ist ganze fünf Monate krank gewesen, und während er, verzeihen Sie, zu Hause im Bett lag und ärztliche Hilfe in Anspruch nahm, hat man ihm ohne jeden Grund den Abschied gegeben, Euer Exzellenz, und als ich sein Gehalt abholen wollte, zogen sie ihm, bitte schön, von seinem Gehalt vierundzwanzig Rubel sechsunddreißig Kopeken ab! „Wofür denn?" frage ich. „Ja", sagt man, „er hat sich aus der Genossenschaftskasse Geld geben lassen, und die anderen Beamten haben für ihn gebürgt." Aber wieso denn das? Wie konnte er sich ohne meine Einwilligung überhaupt etwas geben lassen? Das ist ausgeschlossen, Euer Exzellenz. Wo kämen wir denn da hin? Ich bin eine arme Frau, ernähre mich nur durch Zimmervermieten... ein schwaches, schutzloses Wesen... Von allen muß ich mir Kränkungen gefallen lassen, niemand gönnt mir ein gutes Wort...

Die Bittstellerin begann mit den Augen zu zwinkern und wühlte in ihrer Mantille nach einem Taschentuch. Kistunow nahm das Gesuch entgegen und begann zu lesen.

– Erlauben Sie mal, was soll das überhaupt? – schüttelte er den Kopf. – Ich verstehe nicht recht. Sie sind, gnädige Frau, offenbar an eine falsche Adresse geraten. Ihr Gesuch hat mit uns nicht das Geringste zu tun. Bemühen Sie sich zu der Behörde, wo Ihr Mann angestellt war.

– Aber nicht doch, Väterchen, ich bin schon auf fünf Stellen gewesen, und nirgends hat man mein Gesuch auch nur angenommen! – sagte die Schtschukina. – Ich hatte schon völlig den Kopf verloren, da, Gott sei Dank, brachte mich mein Schwiegersohn Boris Matwejitsch, der Himmel schenke ihm Gesundheit, auf den Gedanken, es bei Ihnen zu versuchen. „Wenden Sie sich", sagt er, „Mamachen, an Herrn Kistunow; er ist ein einflußreicher Mann, für Sie wird er alles durchsetzen können..." Helfen Sie mir, Euer Exzellenz!

– Wir können nichts für Sie tun, Frau Schtschukina... begreifen Sie doch: Ihr Mann war, wenn ich recht verstehe, bei der Militärärztlichen Verwaltung angestellt, unser Institut aber ist ein völlig privates, kommerzielles,– wir sind eine Bank. Begreifen Sie doch endlich!

Kistunow schüttelte nochmals den Kopf und wandte sich zu einem Herrn in Militäruniform, der offenbar an einer dicken Backe litt.

– Euer Exzellenz, – jammerte mit kläglicher Stimme die Schtschukina: – und daß mein Mann krank gewesen ist, dafür habe ich ein ärztliches Zeugnis. Hier ist es, wenn Sie es bitte ansehen wollen!

– Sehr schön, ich glaube Ihnen ja, – sagte Kistunow gereizt: – aber ich wiederhole Ihnen, wir haben mit der Angelegenheit nicht das Geringste zu tun. Komisch, geradezu lächerlich! Weiß denn Ihr Mann auch nicht, wohin Sie sich wenden müssen?

– Der weiß bei mir von gar nichts, Euer Exzellenz. Schnauzt mich immerzu an: „Das ist nicht deine Sache! Scher dich raus!" Weiter nichts ... Aber wessen Sache ist es denn? Mir sitzt er doch auf dem Halse! Mir!

Kistunow wandte sich wieder der Schtschukina zu und begann ihr den Unterschied zwischen der Militärärztlichen Verwaltung und einer Privatbank auseinanderzusetzen. Die Frau hörte ihn aufmerksam an, nickte zum Zeichen ihrer Zustimmung mit dem Kopf und sagte:

– So, so, so ... Ich verstehe schon, Väterchen. In diesem Falle, Euer Exzellenz, lassen Sie mir wenigstens fünfzehn Rubel auszahlen! Ich bin einverstanden, nicht alles mit einemmal ...

– Uff! – seufzte Kistunow und warf den Kopf zurück. – Ihnen kann man es offenbar nicht beibringen! So begreifen Sie doch endlich, daß es genau so lächerlich ist, sich mit solch einem Gesuch an uns zu wenden, wie einen Scheidungsantrag beispielsweise in einer Apotheke oder beim Münzamt einzureichen. Sie fühlen sich benachteiligt, aber was können denn wir dafür?

– Euer Exzellenz, lassen Sie mich ewig zu Gott für Sie beten, haben Sie Mitleid mit einer Waise, – begann die Schtschukina zu weinen. – Ich bin eine schwache, schutzlose Frau ... Halb zu Tode habe ich mich geschunden ... Mit den Mietern muß ich prozessieren, nach der Wirtschaft sehen, dazu faste ich noch und will in der nächsten Woche zum Abendmahl gehen, und mein Schwiegersohn ist ohne Stellung ... Man kann es schon gar nicht mehr Essen und Trinken nennen, was ich noch zu mir nehme ... ich halte mich kaum auf den Füßen ... Die ganze Nacht habe ich nicht geschlafen.

Kistunow bekam Herzklopfen. Mit dem Gesicht eines Märtyrers drückte er die Hand gegen die Brust und begann aufs neue der Schtschukina die Sache auseinanderzusetzen, aber die Stimme versagte ihm ...

– Nein, verzeihen Sie, ich kann nicht mit Ihnen reden, – stöhnte er und winkte verzweifelt mit der Hand. – Mir dreht sich schon alles im Kopfe. Sie halten uns nur auf und verlieren auch unnütz Ihre Zeit. Uff!... Alexej Nikolajitsch, – wandte er sich zu einem Angestellten: – bitte, vielleicht können Sie es Frau Schtschukina auseinandersetzen!

Nachdem Kistunow alle Bittsteller empfangen hatte, begab er sich in sein Arbeitszimmer und unterzeichnete dort eine Anzahl Schriftstücke, während sich Alexej Nikolajitsch noch immer mit der Schtschukina abplagte. Von seinem Kabinett aus hörte Kistunow deutlich die beiden Stimmen: den monotonen, verhaltenen Baß von Alexej Nikolajitsch und das weinerliche, durchdringende Kreischen der Schtschukina...

– Ich bin eine schwache, schutzlose Frau, ich bin eine kranke Frau, – sagte die Schtschukina. – Vielleicht sehe ich äußerlich ganz kräftig aus, aber wenn man mich näher betrachtet, so ist kein Äderchen mehr in mir gesund. Ich kann mich kaum noch auf den Beinen halten, und den Appetit habe ich schon völlig verloren... Kaffee trank ich heute morgen — ganz ohne Vergnügen.

Alexej Nikolajitsch erklärte ihr nochmals den Unterschied zwischen den einzelnen Behörden und den komplizierten Weg der Einreichung von Bittgesuchen. Bald war er erschöpft, und der Buchhalter mußte ihn ablösen.

– Ein selten widerliches Frauenzimmer! – entrüstete sich Kistunow, knackte nervös mit den Fingern und griff schon zum zehntenmal nach der Wasserkaraffe. – Das ist ja eine Idiotin, ein Holzbrett! Mich hat sie halbtot geredet, und jetzt bringt sie die anderen um, die Kanaille! Uff!... habe ich Herzklopfen!

Eine halbe Stunde darauf klingelte er. Alexej Nikolajitsch erschien.

– Wie steht es da bei Euch? – fragte Kistunow mit schwacher Stimme.

- Wir können es ihr nicht eintrichtern, Pjotr Alexandrowitsch! Einfach zum Verrücktwerden. Wir reden auf sie ein, und sie kommt immer mit demselben Quatsch...
- Ich... ich kann ihre Stimme nicht mehr hören... Krank bin ich geworden... ich halte es nicht aus...
- Sollte ich nicht den Portier rufen, Pjotr Alexandrowitsch, daß er sie an die Luft setzt?
- Nein, nein! - erschrak Kistunow. - Sie wird ein Gekreische aufführen, und in diesem Hause wohnen ja auch noch andere Leute, die könnten womöglich weiß der Teufel was von uns denken... Wenn Sie, mein Lieber, nur so gut wären, es ihr irgendwie klarzumachen!

Bereits einen Augenblick später hörte man wieder den summenden Baß Alexej Nikolajitschs. Eine Viertelstunde verging, und zur Ablösung seines Basses trat der kräftige Tenor des Buchhalters in Aktion.
- Ein nie—der—trächtiges Wesen! - empörte sich Kistunow und zuckte nervös mit den Schultern. - Dämlich wie ein Mondkalb, der Teufel soll sie holen. Ich glaube, ich kriege schon wieder meinen Gichtanfall... Wieder diese Migräne...

Im Nebenzimmer war inzwischen Alexej Nikolajitsch gänzlich am Rande seiner Kräfte angelangt und klopfte zu guter Letzt mit dem Finger auf den Tisch und dann gegen seine Stirn.
- Mit einem Wort, Sie haben keinen Kopf auf den Schultern, - sagte er: - sondern hier...
- Na, sachte, sachte... - rief die Alte beleidigt. - Klopf mal deiner eigenen Frau... Hohlkopp! Fuchtle mal etwas vorsichtiger mit den Händen.

Kochend vor Zorn, bebend und haßerfüllt, als würde er sie am liebsten verschlingen, blickte Alexej Nikolajitsch sie an und sagte mit leiser, wuterstickter Stimme:
- Raus mit dir!
- Wa—as? - kreischte die Schtschukina plötzlich auf. - Ja

was fällt Ihnen denn ein? Ich bin eine schwache, schutzlose Frau, das lasse ich mir nicht bieten! Mein Mann ist Kollegienassessor! So ein Lausebengel! Wenn ich zum Advokaten Dmitrij Karlytsch gehe, wird von dir nicht viel übrigbleiben! Drei Mieter habe ich ins Kittchen gebracht, und für deine frechen Worte wirst du noch auf den Knien vor mir rutschen! Bis zu Eurem General werde ich gehen! Euer Exzellenz! Euer Exzellenz!

– Scher dich raus, du Pestbeule! – zischte Alexej Nikolajitsch.

Kistunow öffnete die Tür und schaute in die Geschäftsräume.

– Was ist los? – fragte er mit weinerlicher Stimme.

Krebsrot im Gesicht stand die Schtschukina mitten im Zimmer, rollte wütend die Augen und fuchtelte mit den Händen in der Luft umher. Die Angestellten der Bank, gleichfalls rot und offensichtlich erschöpft, standen um sie herum und sahen ratlos einander an.

– Euer Exzellenz! – stürzte sich die Schtschukina auf Kistunow. – Dieser da, dieser Kerl ... dieser da ... (sie zeigte auf Alexej Nikolajitsch) hat mit dem Finger sich gegen die Stirn geklopft, und dann auf den Tisch ... Sie haben ihm befohlen, meine Angelegenheit zu untersuchen, und er verhöhnt mich! Ich bin eine schwache, schutzlose Frau ... Mein Mann ist Kollegienassessor und ich selbst bin eine Majorstochter!

– Schön, gnädige Frau, – stöhnte Kistunow: – ich werde es untersuchen ... werde Maßnahmen ergreifen ... Gehen Sie ... später! ...

– Aber wann kriege ich denn das Geld, Euer Exzellenz? Ich brauche es unbedingt noch heute!

Kistunow fuhr sich mit zitternder Hand über die Stirn, seufzte und begann von neuem zu erklären.

– Gnädige Frau, ich habe Ihnen bereits gesagt. Hier ist eine

Bank, ein privates Unternehmen, ein kaufmännisches... Was wollen Sie bloß von uns? Begreifen Sie doch endlich, daß Sie uns stören.

Die Schtschukina hörte ihn an und schöpfte tief Atem.

– So, so... – nickte sie mit dem Kopf. – Aber erweisen Sie mir, Euer Exzellenz, die einzige Güte, lassen Sie mich lebenslänglich zu Gott für Sie beten, seien Sie mir ein Vater, beschützen Sie mich. Wenn das ärztliche Zeugnis Ihnen nicht genügt, kann ich auch noch vom Polizeirevier eine Bescheinigung beibringen... Befehlen Sie, mir das Geld auszuzahlen!

Kistunow wurde es wirr vor den Augen. Er tat einen abgrundtiefen Seufzer und sank völlig entkräftet auf einen Stuhl.

– Wieviel wollen Sie haben? – fragte er mit versagender Stimme.

– Vierundzwanzig Rubel sechsunddreißig Kopeken.

Kistunow zog die Brieftasche aus dem Rock, entnahm ihr einen Fünfundzwanzigrubelschein und reichte ihn der Schtschukina.

– Nehmen Sie und... und gehen Sie weg!

Die Schtschukina wickelte das Geld in ihr Taschentuch und steckte es fort, dann verzog sie ihr Gesicht zu einem süßen, gefälligen, beinahe koketten Lächeln und fragte:

– Euer Exzellenz, wäre es nicht auch möglich, daß mein Mann seine Stellung wiederbekäme?

– Ich fahre weg... bin krank... – brachte Kistunow kaum hörbar hervor. – Ich habe furchtbares Herzklopfen.

Nachdem er abgefahren war, schickte Alexej Nikolajitsch den Bürodiener Nikita nach Baldrian, und alle nahmen je zwanzig Tropfen, worauf sie wieder an ihre Arbeit gingen. Die Schtschukina aber saß noch über zwei Stunden im Vorzimmer und unterhielt sich mit dem Portier, in der Erwartung, daß Kistunow vielleicht doch noch zurückkehren würde.

Sie kam auch am folgenden Tage wieder.

Sommerfrischler

Auf dem Bahnsteig eines kleinen Datschenvorortes promenierte ein jungvermähltes Pärchen langsam auf und ab. Er hatte den Arm um ihre Taille gelegt, sie schmiegte sich fest an seine Schulter, und beide waren glücklich. Hinter zerrissenen Wolkenfetzen schaute der Mond auf sie herab und zog ein saures Gesicht: ganz offensichtlich empfand er Neid und Verdruß über sein langweiliges, gänzlich überflüssiges Junggesellenleben. Die stille Luft duftete betäubend nach Faulbaum und blühendem Flieder. Irgendwo in der Ferne, jenseits des Schienenwegs, schrie ein Wachtelkönig...

– Wie schön ist es, Ssascha, wie schön! – sagte die junge Frau. – Wirklich, man könnte fast glauben, dies alles wäre ein Traum. Schau nur, wie gemütlich und freundlich uns dieses Wäldchen anblickt! Wie lieb sind doch jene behäbigen, schweigsamen Telegraphenstangen! Sie beleben, Ssascha, die Landschaft und erzählen uns, daß es dort, weit fort in der Ferne, Menschen gibt... Zivilisation... Und findest du es nicht schön, wenn uns der Wind leise das Rollen eines herannahenden Zuges entgegenträgt?

– Ja... Was du aber für heiße Hände hast! Das kommt davon, daß du dich immer so aufregst, Warja... Was gibt es übrigens heute bei uns zum Abendbrot?

– Kalte Suppe und Hühnchen... Das Hühnchen wird für uns beide schon reichen. Für dich hat man noch Sardinen und Stör aus der Stadt geholt.

Der Mond verschwand plötzlich hinter einer Wolke, als hätte er Tabak geschnupft. Der Anblick des menschlichen

Glückes erinnerte ihn zu sehr an die eigene Einsamkeit, an sein verlassenes Bett hinter den Wäldern und Tälern...

– Der Zug kommt! – sagte Warja. – Wie schön!

In der Ferne wurden drei feurige Augen sichtbar. Der Stationsvorsteher trat auf den Bahnsteig heraus. Über den Schienen flimmerten hier und dort Signallichter auf.

– Wollen wir den Zug erst abfahren lassen und dann nach Hause gehen, – sagte Ssascha gähnend. – Wie schön haben wir es hier, Warja, so schön, daß es fast unwirklich scheint!

Das dunkle Ungeheuer kroch geräuschlos an den Bahnsteig heran und blieb stehen. An den matterleuchteten Wagenfenstern huschten verschlafene Gesichter, Hüte, Schultern vorüber...

– Ach! Ach! – tönte es aus einem Wagen. – Warja ist uns mit ihrem Mann abholen gekommen! Da sind sie! Warjenka!... Warjetschka! Ach!

Aus dem Waggon sprangen zwei kleine Mädchen und fielen Warja um den Hals. Nach ihnen erschienen eine stattliche, ältere Dame und ein hoher, hagerer Herr mit grauem Backenbart, dann zwei Gymnasiasten, von oben bis unten mit Gepäckstücken beladen, hinter den Gymnasiasten die Gouvernante, hinter der Gouvernante die Großmutter.

– Da sind wir endlich, da sind wir, lieber Freund! – begann der Herr mit dem Backenbart und schüttelte Ssascha heftig die Hand. – Bist vor Ungeduld sicher schon fast vergangen! Hast gewiß den alten Onkel beschimpft, daß er gar nicht mehr kommt! Kolja, Kostja, Nina, Fifa... Kinder! Gebt dem Vetter Ssascha einen Kuß! Alle sind wir da, alle, mit Kind und Kegel, und nicht nur auf einen Tag, für eine ganze Woche. Hoffentlich kommen wir nicht ungelegen? Macht nur bitte keine Umstände mit uns.

Beim Anblick des Onkels und seiner Familie erstarrte das junge Paar vor Entsetzen. Während der Onkel sprach und seinen Neffen umarmte, tauchte in Ssaschas Vorstellung folgendes Schreckensbild auf: er und seine Frau überlassen den Gästen ihre drei Zimmer, sämtliche Kissen und Decken; der Stör, die Sardinen und die kalte Suppe sind im Handumdrehen verspeist, die Vettern reißen alle Blumen ab, verschütten die Tinte, toben und lärmen, die liebe Tante verbreitet sich den ganzen Tag über ihre Leiden (Bandwurm und Schmerz in der Herzgrube) und darüber, daß sie eine geborene Baronesse von Fintich sei...

Und Ssascha schaute bereits voller Haß auf seine junge Frau und zischte ihr ins Ohr:

– Die sind zu dir gekommen... daß sie der Teufel hole!

– Nein, zu dir! – antwortete sie, gleichfalls bleich, wütend und haßerfüllt. – Das sind ja nicht meine, das sind deine Verwandten!

Und zu den Gästen gewendet, sagte sie mit bezauberndem Lächeln:

– Herzlich willkommen!

Hinter den Wolken trat wieder der Mond hervor. Es schien, als lächelte er; offenbar war er äußerst vergnügt darüber, daß er keine Verwandtschaft hatte. Ssascha aber drehte sich zur Seite, um den Gästen sein zorniges, verzweifeltes Gesicht zu verbergen, und sagte, während er seiner Stimme den Ausdruck äußerster Freude und Gutmütigkeit verlieh:

– Herzlich willkommen! Herzlich willkommen, meine lieben Gäste!

Gram

Wem klag ich meine Traurigkeit?...

Abenddämmerung. Dicke, nasse Schneeflocken wirbeln träge um die soeben angezündeten Laternen und legen sich wie eine feine, weiche Schicht auf Dächer, Pferderücken, Schultern und Mützen. Der Droschkenkutscher Iona Potapow ist schneeweiß wie ein Gespenst. Er hat sich zusammengekauert, wie ein Mensch sich nur zusammenkauern kann, und hockt stumm und regungslos auf seinem Bock. Selbst wenn eine ganze Lawine auf ihn herabfiele, würde er es wohl nicht einmal für nötig halten, den Schnee abzuschütteln... Auch sein Pferdchen steht verschneit und unbeweglich. In dieser Unbeweglichkeit, den eckigen Formen und stocksteifen Beinen erinnert es selbst aus nächster Nähe noch an jene Lebkuchenpferde, die man für eine Kopeke auf dem Jahrmarkt kauft. Offenbar ist es tief in Gedanken versunken. Wer vom Pfluge fort, aus den gewohnten, einförmigen Alltagsbildern herausgerissen und in diese Hölle unheimlicher Lichter, unaufhörlichen Lärms und rastloser Menschen hineingeworfen wurde, was bleibt ihm übrig, als über sein Schicksal nachzudenken...

Iona und sein Pferdchen rühren sich schon seit langem nicht vom Fleck. Ausgefahren sind sie bereits am Vormittag, doch der erste Fahrgast will und will nicht kommen. Nun aber senkt sich allmählich die Dämmerung über die Stadt. Das fahle Licht der Laternen tritt hinter den glänzenderen Tönen der Nacht zurück; und der Trubel auf den Straßen wird immer lauter.

– Kutscher, nach der Wiborger Seite! – hört Iona eine Stimme rufen. – Kutscher!

Iona fährt zusammen und sieht durch die schneeverklebten Wimpern einen Militär in Mantel und Kapuze vor sich stehen.

– Nach der Wiborger Seite! – wiederholt der Offizier. – Ja schläfst du eigentlich, oder was? Nach der Wiborger!

Zum Zeichen der Zustimmung zupft Iona an den Zügeln, wobei ganze Schneeschichten vom Rücken des Pferdes und von seinen Schultern herabfallen ... Der Offizier steigt in den Schlitten. Der Kutscher schnalzt mit der Zunge, reckt den Hals wie ein Schwan, richtet sich halb auf und knallt mehr aus Gewohnheit als aus Notwendigkeit mit der Peitsche durch die Luft. Das Pferdchen reckt ebenfalls den Hals, krümmt seine stocksteifen Beine und setzt sich unentschlossen in Bewegung ...

– Wo willst du hin, dämlicher Kerl! – hört Iona gleich am Anfang schallende Zurufe aus der dunklen, hin- und herwogenden Menge. – Wo jagen dich die Teufel hin? Rechts fahren!

– Du verstehst wohl nicht zu fahren! Halt dich doch mehr rechts! – ärgert sich der Offizier.

Ein Lakai schimpft von der Equipage herunter, wütend dreht sich ein Passant, der gerade über die Straße läuft und mit der Schulter in die Schnauze des Pferdchens hineingerannt ist, um und schüttelt den Schnee vom Ärmel. Iona rutscht unruhig auf dem Bock hin und her, fuchtelt nach allen Seiten mit den Ellenbogen und rollt wie ein Benommener die Augen, als begriffe er nicht, warum und weshalb er hier wäre.

– Was sind das alles für Schurken! – spottet der Offizier. – Als ob sie direkt darauf warten, mit dir zusammenzustoßen oder unter dein Pferd zu geraten. Sie haben sich wohl verabredet.

Iona schaut sich nach dem Fahrgast um und bewegt die Lippen ... Offenbar möchte er etwas sagen, aber aus der Kehle dringt nur ein Röcheln.

– Was? – fragt der Offizier.

Iona verzieht den Mund zu einem Lächeln, strengt seine Zunge an und stammelt heiser:

– Und mir ist, Herr ... mir ist in dieser Woche der Sohn gestorben.

– Hm! ... Woran ist er denn gestorben?

Iona wendet sich mit dem ganzen Körper zum Fahrgast um und sagt:

– Wer kann das wissen! Sicherlich an Fieber ... Drei Tage ist er im Spital gewesen und dann gestorben ... Gottes Wille.

– Weich aus, Teufel! – tönt es durch die Dunkelheit. – Hast wohl den Verstand verloren, was, alter Hund? Sperr doch die Augen auf!

– Los, los, vorwärts ... – drängt der Fahrgast. – So kommen wir bis morgen früh nicht an. Fahr mal zu!

Der Kutscher reckt wieder den Hals, erhebt sich und schwingt mit schwerfälliger Grazie die Peitsche. Mehrmals sieht er sich noch nach dem Fahrgast um, dieser aber hat die Augen geschlossen und scheint nicht geneigt, ihn anzuhören. Auf der Wiborger Seite setzt er ihn ab, bleibt dann vor einem Wirtshaus stehen, kauert sich zusammen und sitzt wieder bewegungslos auf seinem Bock ... Von neuem umhüllt der nasse Schnee ihn und sein Pferdchen mit einer weißen Decke. Es vergeht eine Stunde, dann noch eine ...

Auf dem Trottoir tauchen, laut fluchend und mit den Galoschen schlürfend, drei junge Leute auf: zwei von ihnen sind groß und schlank, der dritte klein und bucklig.

– Kutscher, zur Polizeibrücke! – schreit mit klirrender Stimme der Bucklige. – Drei Personen ... zwanzig Kopeken!

Iona zupft wieder an den Zügeln und schnalzt. Zwanzig Kopeken ist überhaupt kein angemessener Preis, doch ihm kommt es jetzt nicht darauf an ... Ein Rubel oder fünf Kopeken — ihm ist heute alles gleich, wenn nur Fahrgäste da wären ... Die jungen Leute nähern sich, einander stoßend und unflätig fluchend, dem Schlitten und drängen sich alle drei auf einmal auf den Sitz. Es beginnt eine umständliche Verhandlung: wer sitzen dürfe und wer als dritter stehen soll. Nach langem Geschimpfe, Getue und vorwurfsvollem Hin- und Herreden einigt man sich darauf, daß der Bucklige als Kleinster stehen müsse.

– Nun vorwärts, los! – krächzt der Bucklige, sich im Schlitten zurechtrückend und Iona in den Nacken pustend. – Hau zu! Eine Mütze hast du allerdings, Brüderchen! Eine schlechtere gibt es wohl in ganz Petersburg nicht ...

– Ho – o ... ho – o ... – lacht Iona. – Ist wie sie ist ...

– Na du, ist wie sie ist, fahr zu! Willst du etwa den ganzen Weg so trotten? Ja? Und in die Fresse?

– Der Schädel brummt mir ... – sagt einer von den beiden Langen. – Gestern bei Dukmassows haben Wassjka und ich allein vier Flaschen Kognak ausgesoffen.

– Ich verstehe nicht, warum du so lügst! – ärgert sich der andere Lange. – Lügt wie ein Schweinehund.

– Gott soll mich strafen, Tatsache ...

– Es ist genau so eine Tatsache, wie daß die Läuse husten.

– Ho – o! – kichert Iona. – Lu – ustige Herrschaften!

– Tjfu, daß dich alle Teufel! ... – empört sich der Bucklige. – Wirst du endlich fahren, du alte Cholera, oder nicht? Nennst du das überhaupt fahren? Zieh ihm doch tüchtig eins mit der Peitsche über! Na, Teufel! Los! Gib mal ordentlich!

Iona spürt hinter seinem Rücken den zappelnden Körper und die klirrende Stimme des Buckligen. Er hört das Fluchen, das ihm gilt, er sieht Menschen, und das Gefühl der Einsamkeit beginnt allmählich von der Brust zu weichen. Der Bucklige schimpft so lange, bis ihm ein besonders saftiger, sechs-stöckiger Fluch im Hals steckenbleibt und er einen Hustenanfall bekommt. Die beiden Langen unterhalten sich über eine gewisse Nadjeshda Petrowna. Iona schaut sich nach ihnen um. Als sie eine kurze Pause machen, wendet er sich nochmals zu ihnen hin und murmelt:

– Und mir ist in dieser Woche ... sozusagen ... der Sohn gestorben.

– Alle werden wir einmal sterben ... – seufzt der Bucklige und wischt sich nach dem Hustenanfall den Mund. – Na, los doch, vorwärts! Herrschaften, so kann ich ganz bestimmt nicht mehr weiterfahren! Wann werden wir bloß ankommen?

– Mach mal ein bißchen Dampf dahinter ... ins Genick!

– Du, alte Cholera, hörst du? Ich hau dir noch den Buckel voll! ... Wenn man mit Euresgleichen erst lange Umstände macht, kann man am besten gleich zu Fuß laufen! ... Hörst du, was ich dir sage, alter Drachen? Du pfeifst wohl auf unsere Worte?

Und Iona hört mehr, als daß er ihn fühlt, den Knall eines Nackenschlages.

– Ho—o ... – lacht er. – Lustige Herrschaften ... Gott gebe ihnen Gesundheit!

– Kutscher, bist du verheiratet? – fragt der eine Lange.

– Ich? Ho—o ... Lu—ustige Herrschaften! Jetzt habe ich nur eine Frau — die feuchte Erde ... Hi — ho — ho ... Das Grab, meine ich! ... Der Sohn ist nun tot, und ich lebe noch ... Eine wunderliche Sache, der Tod hat sich in der Tür geirrt ... anstatt zu mir zu kommen, ist er zu meinem Sohne ... – Und Iona dreht sich um, zu erzählen, wie sein Sohn gestorben ist; da aber atmet der Bucklige erleichtert auf und erklärt, daß sie Gott sei Dank nun endlich angekommen wären. Iona erhält seine zwanzig Kopeken und blickt lange den Bummlern nach, bis sie in einem dunklen Torweg verschwinden. Wieder ist er allein, und wieder wird es still um ihn ... Der Gram, der für kurze Zeit nachgelassen hatte, schleicht sich von neuem heran und droht, ihm mit noch größerer Gewalt als vorher die Brust zu sprengen. Ionas Augen schweifen ruhelos und qualvoll über die Menge, die auf beiden Seiten der Straße hin und her wogt: findet sich unter diesen Tausenden nicht Einer wenigstens, der ihm zuhören möchte? Doch die Menge geht ihres Wegs, ohne ihn und seinen Gram zu beachten... Tief ist sein Gram, unendlich tief und nicht zu ermessen. Würde Ionas Brust in diesem Augenblick zerspringen und aller Gram aus ihr herausströmen, er müßte wohl die ganze Welt überfluten — und dennoch kann ihn niemand sehen. In einem so winzigen Versteck hat er Platz gefunden, daß man ihn selbst am Tage mit der Laterne nicht entdecken würde...

Iona sieht einen Hausknecht mit einem Sack auf dem Rücken und beschließt, ihn anzureden.

– Lieber, wie spät mag es jetzt sein, – fragt er.

– Bald zehn... Was stehst du hier herum? Fahr weiter!

Iona fährt ein paar Schritte, krümmt sich zusammen und gibt sich ganz seinem Kummer hin... Sich an die Menschen zu wenden, scheint ihm jetzt schon beinahe zwecklos. Aber es vergehen keine fünf Minuten, bis er sich wieder aufrichtet, energisch den Kopf schüttelt, als verspüre er einen stechenden Schmerz, und an den Zügeln zieht... Er hält es nicht länger aus.

„Nach Hause, – denkt er. – Nach Hause!"

Als hätte das Pferdchen seine Gedanken erraten, setzt es sich sofort in Trab. In weniger als anderthalb Stunden sitzt Iona bereits neben dem großen, schmutzigen Ofen. Auf der Bank, auf dem Fußboden und auf den Pritschen schnarchen die Menschen. Die Luft ist stickig und schwül... Iona schaut auf die Schlafenden, kratzt sich den Kopf und bereut, daß er so früh heimgekehrt ist...

„Nicht einmal den Hafer habe ich heute zusammengefahren, – denkt er. – Daher kommt auch der Gram. Ein Mensch, der seine Sache versteht... der selbst satt ist und für sein Pferdchen sorgt, ist immer zufrieden..."

In einer Ecke erhebt sich ein junger Kutscher, räuspert sich schlaftrunken und streckt die Hand nach dem Wassereimer aus.

– Hast wohl Durst bekommen? – fragt Iona.
– Gewiß doch, wie du siehst!
– So... Wohl bekomm's... Und mir ist, mein Lieber, der Sohn gestorben... Hast vielleicht gehört? Diese Woche im Spital... So eine Geschichte!

Iona wartet, welchen Eindruck seine Worte gemacht haben, hört aber nichts. Der junge Kerl hat sich die Decke über den Kopf gezogen und ist wieder eingeschlafen. Der Alte seufzt und kratzt sich... So wie es den Jungen zu trinken verlangte, verlangt es ihn, zu reden. Bald ist es eine Woche her, daß sein Sohn gestorben ist, und er hat sich noch mit niemandem darüber nach Herzenslust aussprechen können... und aussprechen möchte er sich mit aller Ausführlichkeit, in Ruhe und Beschaulichkeit... Er müßte erzählen, wie der Sohn erkrankt ist, wie er gelitten, was er vor dem Tode gesagt hat und wie er starb... Er müßte das Begräbnis schildern und die Fahrt ins Spital, wo er die Kleider des Verstorbenen abholte. Im heimatlichen Dorf ist ihm die Tochter Anissja geblieben... Auch über sie müßte er reden... Ja, kann man denn überhaupt alles aufzählen, was ihm jetzt am Herzen liegt? Der Zuhörer müßte seufzen, stöhnen und jammern... Mit Weibern läßt es sich noch besser reden. Wenn sie auch dumm sind, aber heulen tun sie schon beim zweiten Wort.

„Sollte ich vielleicht nach dem Pferde sehen, – denkt Iona. – Zum Schlafen ist immer noch Zeit... das kommt noch früh genug..."

Er zieht sich an und geht in den Stall, wo sein Pferd steht. Er denkt an den Hafer... an das Heu... an das Wetter...

An den Sohn kann er, wenn er allein ist, nicht denken...
Mit irgend jemandem über ihn zu reden, das würde noch
angehen, doch ganz allein an ihn zu denken, sich sein Bild zu
vergegenwärtigen, ist unerträglich schwer...
 - Kaust du? - fragt Iona sein Pferd und schaut ihm in die
glänzenden Augen. - Nun, kau nur, kau... Wenn wir den
Hafer nicht zusammengefahren haben, werden wir eben Heu
fressen... Ja... Alt bin ich geworden... Der Sohn sollte
fahren und nicht ich... Der war ein richtiger Kutscher...
Leben müßte er...
Iona schweigt eine Weile und fährt fort:
 - So ist es, Freund Stutchen... Kusjma Ionytsch ist nicht
mehr... Hat von uns Abschied genommen... ist einfach
gestorben... für nichts... Sagen wir mal, du hättest ein Füllen,
und du bist diesem Füllen die leibliche Mutter... Und sagen
wir mal, dieses Füllen legt sich plötzlich hin und stirbt...
Das tut doch weh?
Das Pferdchen kaut, hört zu und pustet seinem Herrn auf
die Hände...
Iona geht das Herz auf und er erzählt ihm alles...

Ssst!...

Iwan Jegorowitsch Krasnuchin, ein Journalist mittlerer Güte, kehrt finster, ernst und ungewöhnlich nachdenklich spät in der Nacht nach Hause zurück. Er sieht aus, als trüge er sich mit Selbstmordgedanken oder erwarte zum mindesten eine Haussuchung. Nachdem er eine Weile im Zimmer auf und ab gegangen ist, bleibt er stehen, zerwühlt sich das Haar und sagt im Tone eines Laertes, der sich soeben anschickt, die Ehre seiner Schwester zu rächen:

„Gerädert, seelisch zermürbt, das Herz von schleichendem Gram zerfressen — da muß sich unsereiner nun hinsetzen und schreiben! Und das nennt sich Leben?! Warum hat noch niemand den qualvollen Zwiespalt geschildert, der die Seele eines Schriftstellers zerreißt, wenn er trauert, aber die Menge zum Lachen bringen soll, oder wenn er heiter ist und auf Bestellung Tränen vergießen muß? Man erwartet von mir, daß ich in jedem Augenblick scherzhaft, gelassen-kühl und geistreich bin, aber stelle man sich nur einmal vor, daß Kummer an meiner Seele nagt, oder, gesetzt den Fall, daß ich krank bin, mein Kind im Sterben liegt, meine Frau gerade entbunden wird!"

Wütend fuchtelt er mit den Fäusten durch die Luft und rollt theatralisch die Augen... Sodann begibt er sich ins Schlafzimmer und weckt seine Frau.

– Nadja, – sagt er: – ich gehe jetzt schreiben... Bitte, paß auf, daß mich niemand stört. Es ist unmöglich zu arbeiten, wenn Kinder heulen, Köchinnen schnarchen... Sorge auch dafür, daß Tee gemacht wird und... vielleicht ein Beefsteak, oder so... Du weißt doch, ohne Tee kann ich nicht schreiben... Tee — ist das einzige, was mich bei der Arbeit stärkt.

In sein Zimmer zurückgekehrt, zieht er Rock, Weste und Schuhe aus. Langsam legt er alles ab, verleiht dann seinem Gesicht den Ausdruck gekränkter Unschuld und setzt sich an den Schreibtisch.

Auf dem Tisch gibt es nichts Zufälliges oder Alltägliches, alles, selbst die geringste Kleinigkeit, trägt den Charakter sorgfältiger Überlegung und eines strengen Programms. Büsten und Bilder berühmter Schriftsteller, eine Unmenge Manuskripte und Entwürfe, ein Band des Literaturhistorikers Bjelinskij mit eingeknickter Seite, eine als Aschenbecher dienende Hirnschale, ein Zeitungsblatt, anscheinend achtlos zusammengefaltet, aber immerhin so, daß eine mit Blaustift umrahmte Stelle, die in dicken Lettern die Randbemerkung: „Gemeinheit!" trägt, sofort in die Augen springt. Daneben liegen ein Dutzend frischgespitzte Bleistifte und Federhalter mit neuen Federn, offenbar in der Absicht hingelegt, daß äußere Umstände oder Zufälle, wie etwa das Versagen einer Feder, auch nicht für eine Sekunde den freien, schöpferischen Flug der Phantasie unterbrechen können...

Krasnuchin lehnt sich gegen den Rücken des Sessels zurück, schließt die Augen und vertieft sich ins Ausbrüten eines Themas. Er hört, wie seine Frau mit den Pantoffeln schlurrt und Holzspäne für den Samowar hackt. Sie ist noch nicht so recht wach geworden, was sich dadurch bemerkbar macht, daß ihr fortwährend irgendwelche Deckel und Messer aus der Hand fallen. Bald dringt das Summen des Samowars und das Zischen der Bratpfanne an sein Ohr. Die Frau hackt immer noch Holzspäne und rasselt zwischendurch am Herde mit Ofenschiebern, Klappen und Heiztüren. Plötzlich zuckt Krasnuchin zusammen, öffnet erschreckt die Augen und beginnt in der Luft umherzuschnüffeln.

„Mein Gott, Kohlendunst! – stöhnt er und verzieht sein Gesicht zu unsagbarem Leid. – Kohlendunst! Dieses entsetzliche Weib hat sich vorgenommen, mich zu vergiften! Nun bitte ich mir um Gottes willen zu sagen, wie soll man denn nur unter solchen Umständen schreiben können?"

Er läuft in die Küche und entlädt sich dort in dramatischem Wehgeschrei. Als eine Weile später seine Frau, vorsichtig auf Zehenspitzen schleichend, ihm ein Glas Tee bringt, sitzt er noch genau so wie vorhin mit geschlossenen Augen in seinem Lehnstuhl und brütet über seinem Thema nach. Er rührt sich nicht, trommelt leise mit zwei Fingern auf der Stirn und tut, als bemerke er ihre Anwesenheit nicht... Auf seinem Gesicht liegt nach wie vor der Ausdruck gekränkter Unschuld.

Wie ein junges Mädchen, dem man einen kostbaren Fächer geschenkt hat, kokettiert er zunächst eine Weile mit sich selbst, ziert sich, schneidet Gesichter, ehe er sich endlich entschließt, die Überschrift niederzuschreiben... Bald drückt er die Hände gegen die Schläfen, bald krümmt er sich und schlägt die Beine unter dem Sessel zusammen, als schmerze jeder Nerv in ihm, bald blinzelt er schmachtend vor sich hin wie ein Kater auf dem Sofa... Endlich taucht er, nicht ohne Schwanken, die Feder ins Tintenfaß, und mit dem Ausdruck, als unterzeichne er ein Todesurteil, setzt er die Überschrift aufs Papier...

– Mama, gib mir ein Glas Wasser! – hört er die Stimme seines Sohnes.

– Ssst! – sagt die Mutter. – Papa schreibt! Ssst...

Papa schreibt... schnell, ganz schnell, ohne Unterbrechung oder Verbesserung, kaum daß er Zeit findet, die Blätter umzuwenden. Die Büsten und Bilder berühmter Schriftsteller blicken regungslos auf seine flink dahinlaufende Feder und scheinen zu denken: „Ei, lieber Freund, hast du dich aber gut eingefuchst!"

„Ssst!" – knirscht die Feder.

„Ssst!" – glaubt man es von den Büsten der Schriftsteller her zu vernehmen, wenn sie durch einen Stoß mit dem Knie auf dem Tische ins Wanken geraten.

Plötzlich richtet sich Krasnuchin auf, legt die Feder beiseite und horcht... Er hört ein gleichmäßiges, monotones Flüstern... Es ist Foma Nikolajewitsch, der Mieter, der im Nebenzimmer betet.

– Hören Sie mal! – schreit Krasnuchin. – Hätten Sie nicht die Freundlichkeit, etwas leiser zu beten? Sie stören mich beim Schreiben!

– Verzeihen Sie gütigst... – antwortet Foma Nikolajewitsch eingeschüchtert.

„Ssst!"

Nachdem Krasnuchin fünf Seiten geschrieben hat, reckt er seine Glieder und schaut auf die Uhr.

„Gott, schon drei Uhr! – stöhnt er. – Alle Menschen schlafen, nur ich... ich allein muß arbeiten!"

Zerschlagen, übermüdet, den Kopf zur Seite geneigt, geht er ins Schlafzimmer, weckt nochmals seine Frau und sagt mit ermatteter Stimme:

– Nadja, gib mir noch etwas Tee! Ich... ich bin erledigt!

Schreiben tut er bis vier Uhr und hätte gerne noch bis sechs weitergeschrieben, wenn ihm der Stoff nicht inzwischen ausgegangen wäre. Das Zieren und Kokettieren vor sich selbst, vor den leblosen Gegenständen, fern von allen indiskreten, beobachtenden Blicken, der Despotismus und die Tyrannei über den winzigen Ameisenhaufen, den das Schicksal seiner Gewalt überlassen hat, bilden die Würze und den Honig seines Daseins. Ach, und wie wenig gleicht dieser Despot, der hier im Hause regiert, jenem kleinen, demütigen, kaum ein lautes Wörtchen wagenden, talentlosen Männlein, das wir täglich in den Redaktionen zu sehen gewohnt sind!

– Ich bin so erschöpft, daß ich sicherlich kaum einschlafen werde... – sagt er, während er zu Bett geht. – Unsere Arbeit, diese verfluchte, undankbare Sträflingsarbeit, ermüdet nicht so sehr den Körper wie die Seele... Eigentlich sollte ich Bromkalium nehmen... Ja, ja, Gott ist mein Zeuge, wäre nicht die Sorge um meine Familie, ich hätte das Ganze schon längst über den Haufen geworfen... Auf Bestellung schreiben! Wie entsetzlich!

Er schläft bis zwölf Uhr mittags, zuweilen sogar bis eins, er schläft fest und gesund... Ach, wie süß würde er erst schlafen, was für Träume würden ihn umgaukeln, wie würde er sich erst entfalten, wenn er ein bekannter Schriftsteller, ein Redakteur, oder zum mindesten ein Verleger wäre!

– Er hat die ganze Nacht geschrieben! – flüstert seine Frau mit schreckerstarrtem Gesicht. – Ssst!

Keiner wagt zu reden, zu gehen, geschweige denn, irgendeinen Lärm zu machen. Sein Schlaf ist ein Heiligtum, dessen Verletzung dem Schuldigen teuer zu stehen käme!

„Ssst!" – tönt es durch die Wohnung. „Ssst!"

Das Ende eines Schauspielers

Der Heldenvater und Darsteller naiver Charaktere Schtschipzow, ein hochgewachsener, vierschrötiger Greis, berühmt und beliebt nicht so sehr um seiner mimischen Talente willen, als wegen seiner ungewöhnlichen physischen Kraft, verkrachte sich während einer Aufführung auf Tod und Leben mit dem Unternehmer und spürte plötzlich, gerade als der Krach auf seinem Höhepunkt angelangt war, wie irgend etwas ihm in der Brust zerriß. Der Unternehmer Shukow hatte die Gewohnheit, am Ende einer jeden hitzigen Auseinandersetzung hysterisch zu lachen und in Ohnmacht zu fallen, diesmal jedoch wartete Schtschipzow den üblichen Ausgang gar nicht erst ab, sondern machte, daß er nach Hause kam. Das Geschimpfe und die Empfindung des Risses in der Brust hatten ihn so aufgeregt, daß er beim Verlassen des Theaters gänzlich vergaß, sich die Schminke vom Gesicht zu waschen und nur in Eile den Bart abriß.

In seinem Hotelzimmer angekommen, schritt er lange unruhig von einer Ecke in die andere, setzte sich dann auf den Bettrand, stützte den Kopf in die Fäuste und versank in Gedanken. Ohne sich zu rühren, ohne auch nur den geringsten Laut von sich zu geben, blieb er bis zum nächsten Mittag um zwei Uhr in der gleichen Stellung sitzen. So fand ihn sein Freund, der Komiker Ssigajew.

— Was ist denn wieder mit dir los, Hanswurst Iwanowitsch, daß du nicht zur Probe gekommen bist? — fuhr ihn der Komiker an, wobei er schwer nach Atem rang und den

Geruch scharfen Branntweins um sich verbreitete. – Wo hast du gesteckt?

Schtschipzow antwortete nicht und blickte den Freund nur stumm mit seinen trüben, untermalten Augen an.

– Hättest dir wenigstens die Schnauze abwaschen können! – räsonierte Ssigajew weiter. – Die reine Schande, dich anzusehen. Bist wieder sternhagelvoll, oder ... vielleicht krank, was? Ja, warum schweigst du denn? Ich frage dich: bist du krank?

Schtschipzow schwieg. So sehr sein Gesicht auch verschmiert war, konnte dem Komiker bei aufmerksamer Betrachtung die ungewöhnliche Blässe, der Schweiß und das Zittern der Lippen doch nicht entgehen. Die Arme und Beine zitterten ebenfalls, wie überhaupt der ganze gewaltige Körper des ungeschlachten Riesen irgendwie zerknüllt und zusammengeschrumpft schien. Der Komiker warf einen prüfenden Blick durchs Zimmer, konnte jedoch weder Gläser noch Flaschen oder sonst irgendwelche verdächtigen Gefäße entdecken.

– Weißt du, Mischutka, du bist ja wirklich krank, – sagte er beunruhigt. – Gott soll mich strafen, du bist krank! Wie siehst du denn aus?

Schtschipzow schwieg und starrte trübselig zu Boden.

– Du mußt dich erkältet haben! – fuhr Ssigajew fort und befühlte seine Hand. – Deine Hände glühen ja direkt! Was tut dir denn weh?

– Nach H—Hause will ich, – murmelte Schtschipzow.

– Bist du denn etwa jetzt nicht zu Hause?

– Nein ... nach Wjasjma ...

– Oh je, da also willst du hin! Bis zu deinem Wjasjma hat es noch lange Weile ... Zum Papachen und Mamachen möchtest du fahren, was? Die haben die Würmer schon längst gefressen, nicht mal ihre Gräberchen wirst du mehr finden können ...

– Dort ist meine Hei—Heimat ...

– Na-na, laß dich nicht so gehen. Das ist eine Psychopathie der Gefühle, mein Lieber, eine ganz faule Sache ... Schau mal, daß du schnell gesund wirst, morgen mußt du nämlich im „Silbernen Fürsten" den Mitjka spielen. Es ist ja sonst keiner da. Trink mal etwas Heißes und nimm Rizinus ein. Hast du Geld? Oder warte, ich laufe schnell zur Apotheke.

Der Komiker kramte in seinen Taschen, fand ein Fünfzehnkopekenstück und lief in die Apotheke. Nach einer Viertelstunde kehrte er zurück.

– Da, trink! – sagte er und hielt dem Heldenvater das Fläschchen vor den Mund. – Trink am besten gleich aus dem Gläschen ... In einem Zuge! Recht so ... Hier, kau jetzt eine Gewürznelke hinterher, damit der Gestank dir nicht die Seele verpestet.

Der Komiker blieb noch eine Weile bei dem Kranken sitzen, dann küßte er ihn zärtlich und ging. Gegen Abend erschien bei Schtschipzow der jeune premier Brama-Glinskij. Der begabte Schauspieler trug prunellefarbene Halbschuhe, hielt in der Linken ein Paar Handschuhe, rauchte eine Zigarre und verbreitete sogar einen zarten Duft von Heliotrop um sich, erinnerte jedoch trotz alledem stark an einen Reisenden, der in ein Land verschlagen ist, wo es weder Badestuben noch Wäschereien oder Schneider gibt ...

– Du, ich habe gehört, du bist krank? – wandte er sich an Schtschipzow, wobei er sich elegant auf dem Absatz herumdrehte. – Was ist los? Mein Gott, was hast du eigentlich?

Schtschipzow schwieg und rührte sich nicht.

– Was schweigst du denn? Ist es dir vielleicht im Kopf nicht ganz wohl, was? Na schön, schweig nur, ich will dir nicht zusetzen ... schweig ...

Brama-Glinskij (das war sein Künstlername, im Paß dagegen wurde er als Gussjkow geführt) ging ans Fenster, steckte die Hände in die Hosentaschen und schaute auf die Straße hinaus. Vor seinen Augen breitete sich ein öder, riesiger, unbebauter Platz, umgeben von einem grauen Zaun, an dem sich ein ganzer Wald vorjähriger Klettenstauden entlangzog. Hinter dem freien Platz ragten die verschwommenen Umrisse einer halbverfallenen Fabrik mit dicht vernagelten Fensterläden hervor. Um den Schornstein kreiste eine verspätete Dohle. Die ersten Schatten des Abends legten sich langsam über dieses leblose, langweilige Bild.

– Nach Hause muß ich! – hörte der jeune premier.

– Was heißt nach Hause?

– Nach Wjasjma... in die Heimat...

– Bis nach Wjasjma, Brüderchen, sind es tausendfünfhundert Werst... – seufzte Brama-Glinskij und trommelte gegen die Scheibe. – Was willst du denn in Wjasjma?

– Dort möchte ich sterben...

– Na, was fällt dir bloß ein! Sterben... Zum erstenmal im Leben ist er krank geworden und bildet sich gleich ein, es käme der Tod... Nein, mein Guter, so einen Büffel wie dich kriegt keine Cholera klein. Hundert Jahre wirst du noch alt werden... Was tut dir denn weh?

– Nichts tut mir weh, aber... ich fühle... so...

– Gar nichts fühlst du, weißt ja überhaupt nicht, wo du mit der Gesundheit hin sollst. Überschüssige Kräfte sind es, die in dir toben. Du solltest dir besser einen solchen ansaufen, dich so, verstehst du, vollpumpen, daß es dir den ganzen Körper umkrempelt. So ein richtiger Suff erfrischt fabelhaft... Weißt du noch, wie bedudelt du damals in Rostow am Don gewesen bist? Herrgott im Himmel, bis heute wird mir noch angst und bange, wenn ich nur daran denke! Ein ganzes Weinfäßchen hatten Ssaschka und ich mit

Mühe und Not ins Haus geschleppt, und du trankst es allein aus und schicktest danach noch nach Rum... Zu guter Letzt warst du dermaßen blau, daß du den Teufel im Sack fangen wolltest und eine Gaslaterne mit der Wurzel ausrissest. Weißt du noch? Es war damals, als du in die Vorstadt gingst, die Griechen zu verprügeln...

Unter dem Eindruck so angenehmer Erinnerungen klärte sich das Gesicht Schtschipzows ein wenig auf, und seine Augen begannen zu leuchten.

- Und weißt du noch, wie ich den Unternehmer Ssawojkin verhauen habe? - flüsterte er, mühsam den Kopf hebend.
- Ach, waren das Zeiten! Dreiunddreißig Theaterunternehmer habe ich in meinem Leben verdroschen, und was die kleineren Würmer anbelangt, das läßt sich überhaupt nicht mehr zählen. Und was für Unternehmer waren das? Leute, daß nicht einmal der Wind es wagen würde, sie anzurühren! Zwei berühmte Schriftsteller habe ich verprügelt, einen Bildhauer...
- Was gibt es da zu weinen?
- In Chersson habe ich ein Pferd mit der Faust erschlagen. Und in Taganrog fielen mich einmal in der Nacht Spitzbuben an, fünfzehn Mann hoch. Ich nahm ihnen einfach die Mützen ab, und sie liefen hinter mir her und bettelten: „Onkelchen, gib doch die Mützen zurück!" Ein Leben war das!
- Was heulst du denn, du Trottel?
- Und jetzt ist es aus... Ich fühle es. Nach Wjasjma sollte ich fahren!

Beide schwiegen. Plötzlich sprang Schtschipzow auf und griff nach seiner Mütze. Er sah äußerst verstört aus.

- Leb wohl! Ich fahre nach Wjasjma! - sagte er taumelnd.
- Und wo ist das Geld für die Reise?
- Hm!... Ich gehe zu Fuß!
- Du hast wohl den Verstand verloren...

Sie schauten einander an; offenbar schoß beiden der gleiche Gedanke durch den Kopf — der Gedanke an unübersehbare Felder, an unendliche Wälder, an Sümpfe...

- Nein, ich sehe, du bist nicht mehr recht bei Trost! - entschied der jeune premier. - Weißt du was, mein Guter... Vor allen Dingen leg dich erst mal richtig hin und trinke einen Tee mit Kognak, damit du tüchtig in Schweiß gerätst. Na, und dann selbstverständlich Rizinus. Warte mal, wo kriege ich bloß den Kognak her?

Brama-Glinskij überlegte und beschloß sein Glück bei der Kaufmannsfrau Zitrinnikowa zu versuchen, bei ihr in puncto Kredit ein wenig auf den Busch zu klopfen: vielleicht würde sich das Weib erbarmen und die Ware wieder mal auf Pump liefern! Der jeune premier machte sich auf den Weg und kehrte eine halbe Stunde später mit einer Flasche Kognak und Rizinus zurück. Schtschipzow saß nach wie vor regungslos auf seinem Bett, schwieg und starrte auf den Fußboden. Das vom Kollegen offerierte Rizinus schluckte er mechanisch, ohne sich dessen überhaupt bewußt zu werden. Wie ein Automat saß er dann am Tisch und trank Tee mit Kognak: teilnahmslos leerte er die ganze Flasche und ließ sich schließlich von seinem Freunde zu Bett bringen. Der jeune premier hüllte ihn sorglich in Decke und Mantel, empfahl ihm, gehörig zu schwitzen und verschwand.

Die Nacht kam. So reichlich er auch dem Alkohol zugesprochen hatte, wollte sich der Schlaf dennoch nicht einstellen. Unbeweglich lag er auf seinem Bett und schaute gegen die dunkle Zimmerdecke; als dann später der Mond aufstieg und seine Strahlen durchs Fenster sandte, wendete er den Blick von der Decke fort auf den bleichen Trabanten der Erde und blieb so mit offenen Augen bis zum Morgen liegen. Gegen neun Uhr früh stürzte der Theaterunternehmer Shukow zu ihm ins Zimmer.

– Was fällt Ihnen bloß ein, mein Engel, plötzlich krank zu werden? – gackerte er los und rümpfte die Nase. – Ei, ei! Ist es denn solch einer Kraftnatur überhaupt erlaubt, krank zu sein? Schande, Schande! Und mir, wissen Sie, ist der Schreck direkt in die Glieder gefahren! Sollte etwa, denke ich, unser Gespräch auf ihn so gewirkt haben? Ich will doch nicht hoffen, mein Täubchen, daß Sie meinetwegen erkrankt sind! Auch Sie haben mich, sozusagen ... Aber was gibt es nicht alles unter Freunden. Sie haben mich ja beschimpft und ... und sind sogar mit den Fäusten auf mich losgegangen, und ich liebe Sie trotzdem! Bei Gott, ich liebe Sie! Verehre und liebe Sie! Na, können Sie mir, mein Engel, erklären, warum ich Sie eigentlich so liebe? Sie sind doch nicht mit mir verwandt, weder verschwistert noch verschwägert, aber wie ich hörte, daß es Ihnen nicht gut ginge, war es mir, als hätte mich einer mit dem Messer ins Herz gestochen.

Noch lange erging sich Schukow in Liebesergüssen, fiel dann dem Heldenvater um den Hals und war zum Schluß derart von Wehmut übermannt, daß er in hysterisches Lachen ausbrach und sogar einen Ohnmachtsanfall inszenieren wollte; er besann sich jedoch rechtzeitig, daß er weder bei sich zu Hause noch im Theater sei, verschob die Ohnmacht auf eine günstigere Gelegenheit und fuhr davon.

Bald nach ihm tauchte der Tragiker Adabaschew auf, eine höchst düstere Erscheinung, die auf einem Auge schielte und gedehnt durch die Nase sprach ... Lange schaute er Schtschipzow an, lange überlegte er und machte dann plötzlich eine Entdeckung:

– Weißt du was, Mifa? – sagte er näselnd (er sprach ,sch' stets wie ,f' aus) und gab seinem Gesicht einen geheimnisvollen Ausdruck. – Weißt du was?! Du müßtest Rizinus nehmen!!

Schtschipzow schwieg. Er schwieg auch, als eine Weile später der Tragiker ihm das widerwärige Öl in den Mund goß. Zwei Stunden nach Adabaschew trat der Theaterfriseur Jewlampij — oder wie ihn, Gott weiß warum, die Schauspieler nannten — Rigoletto, ins Zimmer. Genau wie der Tragiker schaute auch er Schtschipzow lange an, ächzte dann wie eine Lokomotive und begann langsam und bedächtig sein mitgebrachtes Bündel aufzuknoten. In ihm befanden sich an die zwei Dutzend Schröpfköpfe und etliche Fläschchen.

– Sie sollten schon eher nach mir geschickt haben, dann hätte ich Ihnen längst die Schröpfköpfe ansetzen können! – sagte er zärtlich und entblößte die Brust des Kranken. – Nichts leichter, als eine Krankheit einreißen zu lassen.

Hierauf strich Rigoletto mit der Hand über die mächtige Brust des Heldenvaters und bedeckte sie von oben bis unten mit Schröpfköpfen.

– Jawohl... – sagte er, als er nach dieser Prozedur seine blutbefleckten Werkzeuge wieder fortpackte. – Hätten Sie mich nur früher holen lassen, ich wäre ja sofort gekommen... Des Geldes wegen brauchen Sie sich gar nicht zu beunruhigen... Ich tue es rein aus Barmherzigkeit... Wo sollen Sie es auch hernehmen, wenn der Schuft nicht zahlen will? Und jetzt geruhen Sie diese Tropfen zu trinken. Feine Tropfen, schmecken gar nicht schlecht! Und nun versuchen Sie bitte noch einen Schluck von diesem schönen Öl. Allerechtestes Rizinus. So ist's recht! Prosit! Wohl bekomm's! Na und jetzt, leben Sie wohl...

Rigoletto nahm sein Bündel und entfernte sich, zufrieden, daß er einem Mitmenschen geholfen hatte.

Als der Komiker Ssigajew am Morgen des nächsten Tages Schtschipzow aufsuchte, fand er ihn in jämmerlichem Zustande vor. Er lag unter seinem Mantel, atmete schwer und ließ den trüben Blick rastlos über die Zimmerdecke irren. In den Händen preßte er krampfhaft das zusammengeknüllte Bettuch.

— Nach Wjasjma! — flüsterte er, als er den Komiker erblickte. — Nach Wjasjma!

— Also das gefällt mir, mein Lieber, überhaupt nicht mehr! — sagte der Komiker und breitete erschreckt die Arme auseinander. — Das ... das ... das ist wirklich nicht mehr schön! Verzeih mir, Brüderchen, aber ... das ist schon direkt dumm von dir!

— Nach Wjasjma muß ich! Bei Gott, nach Wjasjma!

— Das ... das hätte ich nicht von dir erwartet! — stammelte der völlig fassungslose Komiker. — Weiß der Teufel! Weswegen bist du bloß so aus dem Leim geraten! Eh ... eh ... eh ... wirklich nicht schön! Ein Klotz, groß wie ein Leuchtturm, aber heulen tut er wie ein Kind. Darf denn ein Schauspieler überhaupt weinen?

— Keine Frau, keine Kinder, — murmelte Schtschipzow. — Wäre ich doch niemals Schauspieler geworden. In Wjasjma hätte ich bleiben sollen! Vorbei ist das Leben, Ssjemjon! Ach, könnte ich nach Wjasjma!

— Eh ... eh ... eh ... das ist ja scheußlich. Dämlich ist das ... ekelhaft von dir!

Nachdem Ssigajew sich etwas beruhigt und seine Gefühle wieder in Ordnung gebracht hatte, versuchte er Schtschipzow zu trösten, ihm vorzulügen, daß die Kollegen beschlossen hätten, ihn auf gemeinsame Kosten in die Krim zu schicken, und so fort. Der aber hörte gar nicht hin, sondern stammelte unablässig irgend etwas über Wjasjma ... Schließlich resignierte der Komiker, und, um dem Kranken eine Freude zu bereiten, begann er selbst ein Loblied auf Wjasjma anzustimmen.

— Eine schöne Stadt! — schwärmte er. — Eine herrliche Stadt, mein Lieber! Weit und breit durch seine Lebkuchen berühmt. Klassische Lebkuchen geradezu, aber — unter uns gesagt — sozusagen ... sie haben es in sich. Eine ganze

Woche war mir danach nicht so sehr... Was aber dort großartig ist, das ist der Kaufmann! An den kommt keiner heran. Wenn der dich bewirtet, dann bewirtet er dich auch!

Der Komiker redete immer weiter; Schtschipzow sagte kein Wort, hörte ihm zu und nickte selig mit dem Kopf.

Gegen Abend starb er.

Die Vernunftehe

Roman in zwei Teilen

Erster Teil

Im Hause der Witwe Mymrina, das in der Gasse zu den Fünf Hunden gelegen ist, findet ein Hochzeitsessen statt. Dreiundzwanzig Personen nehmen daran teil, von denen jedoch acht überhaupt nichts essen, sondern trübe vor sich hinstarren und stöhnen, daß ihnen nicht „extra" zumute sei. Die Kerzen, Lampen und der ramponierte Kronleuchter, den man sich aus der Kneipe gepumpt hat, erstrahlen in einem solchen Glanze, daß einer der Gäste, die dem Festmahl beiwohnen, ein Telegraphist, kokett die Augen zusammenkneift und ohne jeden Zusammenhang das Gespräch immer wieder auf elektrische Beleuchtung bringt. Dieser Beleuchtung, wie überhaupt der Elektrizität, prophezeit er eine glänzende Zukunft, was jedoch die Gäste nicht hindert, ihm mit einer gewissen Herablassung zuzuhören.

– Elektrizität... – murmelt der Brautvater, stumpfsinnig auf seinen Teller starrend. – Und meiner Meinung nach ist die ganze Elektrizität nichts anderes als ein aufgelegter Schwindel. Man steckt ein Stückchen Kohle rein und denkt damit die Augen abzulenken! Nein, mein Lieber, wenn du mir schon eine Beleuchtung gibst, so gib mir nicht bloß ein Stückchen Kohle, sondern etwas Wesentliches, so irgend etwas Entzündbares, daß man es auch richtig anfassen kann! Du sollst mir Feuer geben — verstehst du? – Feuer, das natürlich ist und nicht nur geistig.

– Wenn Sie sehen würden, woraus eine elektrische Batterie zusammengesetzt ist, – sagt sichtlich sich zierend der Telegraphist: – so würden Sie anders darüber urteilen.

– Ich will es überhaupt nicht sehen. Alles Schwindel... Das einfache Volk betrügt man... Preßt ihm die letzten Säfte aus... Wir kennen sie schon, diese... jene... Und Sie, Herr junger Mann, – ich habe nicht die Ehre, Ihren Namen zu wissen, – statt sich für irgendeinen Schwindel einzusetzen, sollten lieber austrinken und auch den anderen eingießen.

– Ich bin, Papachen, durchaus Ihrer Ansicht, – spricht in krächzendem Tenor der Bräutigam Aplombow, ein junger Mensch mit langem Hals und borstigen Haaren. – Wozu bloß immer diese gelehrten Gespräche anknüpfen? Ich bin selbst nicht abgeneigt, mich über alle möglichen Erfindungen in wissenschaftlichem Sinne zu unterhalten, aber alles zu seiner Zeit! Wie denkst du darüber, ma chère? – wendet sich der Bräutigam an die neben ihm sitzende Braut.

Die Braut Daschenjka, auf deren Gesicht alle Tugenden der Welt geschrieben stehen, außer einer einzigen — der Fähigkeit zu denken, errötet über beide Ohren und sagt:

– Der Herr möchten bloß seine Bildung zeigen und reden immer von Unverständlichem.

– Gott sei Dank, unser Leben lang sind wir ohne Bildung ausgekommen und verheiraten mit Gottes Hilfe schon die dritte Tochter an einen guten Menschen, – spricht vom anderen Ende des Tisches Daschenjkas Mutter und wendet sich seufzend zu dem Telegraphisten. – Und wenn wir nach Ihrer Meinung nicht gebildet genug sind, warum kommen Sie dann überhaupt zu uns? Wären Sie doch lieber zu Ihren Gebildeten gegangen!

Es entsteht eine peinliche Pause. Der Telegraphist ist verlegen. Er hatte keineswegs vermutet, daß das Gespräch über Elektrizität eine so merkwürdige Wendung nehmen würde.

Da das Schweigen allmählich immer feindseliger wird und ihm als Symptom allgemeiner Mißstimmung erscheint, hält er es für notwendig, sich zu rechtfertigen.

– Ich habe, Tatjana Petrowna, stets Ihre Familie verehrt, – sagt er: – und wenn ich mir betreffs der elektrischen Beleuchtung erlaubt habe, so bedeutet das nicht, daß ich irgendwie aus Übermut ... Ich kann sogar jetzt mit Ihnen anstoßen ... Darja Iwanowna habe ich immer aus innigstem Herzen einen guten Bräutigam gewünscht. In unserer Zeit, Tatjana Petrowna, ist es besonders schwer, einen guten Menschen zu finden. Heutzutage hat es jeder darauf abgesehen, aus Geldinteressen zu heiraten ... wegen der Mitgift ...

– Das ist eine Anspielung! – schreit der Bräutigam, rot anlaufend und mit den Augen rollend.

– Wo soll da eine Anspielung sein? – entgegnet der Telegraphist, bereits ein wenig eingeschüchtert. – Ich meine doch nicht etwa die Anwesenden. Das sage ich nur so ... im allgemeinen ... Ich bitte Sie! ... Alle wissen ja, daß Sie nur aus reiner Liebe ... Die Mitgift ist doch sowieso nicht viel wert ...

– Was heißt hier nicht viel wert! – kränkt sich Daschjenkas Mutter. – Paß auf, Väterchen, daß du dich nicht vergaloppierst! Außer den tausend Rubeln geben wir noch drei schwere Mantillen, ein komplettes Bett und die ganzen Möbel! Geh mal und finde woanders noch solch eine Mitgift!

– Ich sage ja nichts ... Die Möbel sind tatsächlich gut ... Ich meine es nur in dem Sinne, daß der Herr plötzlich beleidigt sind, als wollte ich anspielen ...

– Und Sie lassen mal besser das Anspielen, – sagt die Mutter der Braut. – Wir ehren Sie Ihrer Eltern wegen und haben Sie deshalb zur Hochzeit eingeladen, und Sie kommen mit solchem Zeug. Wenn Sie es wußten, daß Jegor Fjodorytsch aus Geldinteressen heiratet, warum haben Sie dann so lange geschwiegen? Hätten lieber gleich kommen sollen und uns verwandtschaftlich aufklären: so und so ist es, auf die Mitgift hat er es abgesehen... Und du, Väterchen, müßtest dich schämen! – wendet sich die Mutter plötzlich zum Bräutigam und zwinkert weinerlich mit den Augen. – Großgezogen habe ich mein Kindchen, aufgepäppelt... gehütet wie meinen Augapfel, mein Töchterchen, und du... du... bloß aus Interesse...

– Und Sie glauben einer infamen Verleumdung? – schreit Aplombow, jäh vom Tisch aufspringend und sich nervös durch die Haare fahrend. – Allerherzlichsten Dank! Merci für diese Meinung! Und Sie, Herr Blintschikow, – wendet er sich zu dem Telegraphisten: – wenn Sie auch ein Bekannter von mir sind, erlaube ich Ihnen noch lange nicht in einem fremden Hause solche Unanständigkeiten anzurichten! Gestatten Sie, Sie herauszubitten!

– Das heißt... wieso denn?

– Gestatten Sie, Sie herauszubitten! Ich wünschte Ihnen ein ebenso ehrlicher Mensch zu sein, wie ich es bin! Mit einem Wort, gestatten Sie, Sie herauszubitten!

– Na, laß das! Ist schon gut! – besänftigen die Freunde den Bräutigam. – Hat es denn einen Sinn? Setz dich! Pfeif drauf!

– Nein, ich wünsche zu beweisen, daß er nicht das mindeste Recht hat! Aus purer Liebe bin ich in den heiligen Stand der Ehe getreten. Was sitzen Sie denn immer noch. Verstehe ich nicht! Gestatten Sie, Sie herauszubitten!

– Ich habe doch... ich meine ja... – stottert der gänzlich verdatterte Telegraphist, sich zögernd vom Tisch erhebend. – Versteh gar nicht... Bitte schön, ich kann ja auch gehen... Nur geben Sie mir erst die drei Rubel zurück, die Sie von mir für die Pikeeweste geborgt haben. Ich trinke noch aus und... gehe dann, aber zahlen Sie erst Ihre Schuld zurück.

Der Bräutigam tuschelt verstohlen mit seinen Freunden. Diese kramen lange in ihren Taschen, bis sie drei Rubel in Kleingeld zusammengekratzt haben, und er schmeißt sie dem Telegraphisten voller Entrüstung vor die Füße; der sucht umständlich seine Dienstmütze, verbeugt sich dann nach allen Seiten und verschwindet.

So kann ein harmloses Gespräch über Elektrizität zuweilen den sonderbarsten Ausgang nehmen! Doch das Hochzeitsessen nähert sich seinem Ende... Die Nacht rückt heran. Der wohlerzogene Autor legt seiner Phantasie kräftige Zügel an und wirft über die kommenden Dinge einen dichten Schleier des Geheimnisses.

Die rosenfingrige Aurora begegnet Hymeneus noch in der Gasse zu den Fünf Hunden, doch der graue Morgen bricht sich Bahn und gibt dem Autor reichen Stoff für den

Zweiten und letzten Teil.

Trüber Herbstmorgen. Die Uhr hat noch nicht acht geschlagen, aber in der Gasse zu den Fünf Hunden herrscht schon ungewöhnlicher Betrieb. Auf dem Bürgersteig laufen Polizisten und Hausknechte wie aufgescheuchte Hühner hin und her; vor den Toren drängen sich frierende Köchinnen mit dem Ausdruck äußerster Verwunderung auf den Gesichtern... An allen Fenstern sammeln sich die Menschen. Aus der offenen Ladentür der Wäscherei gaffen Kinn an Kinn und Wange an Wange eine Menge neugieriger Frauenköpfe.

– Schneit es eigentlich oder... man wird gar nicht klug daraus, was da vom Himmel herunterkommt, – hört man erregte Stimmen durcheinanderschwirren.

Von der Erde bis zu den Dächern kreist irgend etwas Weißes in der Luft, das man fast für Schnee halten könnte. Das Pflaster ist weiß, die Straßenlaternen, Dächer, Bänke der

Hausknechte vor den Toren, die Schultern und Mützen der Passanten — alles ist weiß.

- Was ist da passiert? - rufen die Wäscherinnen ein paar vorüberlaufenden Hausknechten zu.

Diese winken nur resigniert mit den Händen und eilen weiter... Sie wissen selbst nicht, was eigentlich los ist. Endlich jedoch nähert sich gemessenen Schrittes ein Hausknecht, der irgend etwas Unverständliches in den Bart brummt und aufgeregt mit den Armen herumfuchtelt. Er scheint am Tatort gewesen zu sein und über alles Bescheid zu wissen.

- Freundchen, was hat es gegeben? - fragen ihn die Wäscherinnen an der Tür.

- Eine Unzufriedenheit, - antwortet er. - Im Hause der Mymrina, wo gestern die Hochzeit gewesen ist, hat man den Bräutigam übers Ohr gehauen. Statt tausend — gab man nur neunhundert.

- Nun, und was sagt er?

- Ist böse geworden. Ich, sagt er, lasse mich nicht, sagt er... Schlitzte aus Wut das Federbett auf und schüttelte die Daunen zum Fenster hinaus... Schau mal, wieviel da herumfliegt! Als wäre es Schnee!

- Da kommen sie! Da kommen sie! - hört man plötzlich lautes Rufen. - Da sind sie!

Vom Hause der Witwe Mymrina bewegt sich eine feierliche Prozession. Voran marschieren zwei Polizisten mit sorgenvollen Gesichtern... Hinter ihnen schreitet Aplombow im billigen Mäntelchen und Hochzeitszylinder. Auf seinem Gesicht steht geschrieben: „Ich bin ein ehrlicher Mensch, aber begaunern lasse ich mich von niemandem!"

- Die hohe Obrigkeit wird euch schon zeigen, was ich für ein Mensch bin! - brummt er, sich fortwährend nach dem Hause umsehend.

Hinter ihm gehen weinend Tatjana Petrowna und Daschjenka. Den Zug beschließt ein Hausknecht mit dem dicken Amtsbuch unterm Arm. Ein Haufen Straßenjungen lärmt hinterdrein.

– Worüber weinst du, junge Frau? – wenden sich die Wäscherinnen an Daschjenka.

– Schade um das Federbett! – antwortet die Mutter für sie. – Bald ein Zentner, meine Lieben! Und was für Daunen! Ein Fläumchen wie das andere — nicht ein Federchen dabei! Gott straft uns auf unsere alten Tage!

Die Prozession biegt um die Ecke, und in der Gasse zu den Fünf Hunden zieht allmählich wieder Ruhe ein. Die Daunen wehen noch bis zum Abend durch die Luft.

Bei der Adelsmarschallin

Am 1. Februar eines jeden Jahres, am Tage des Hlg. Märtyrers Trifon, geht es auf dem Gute der Witwe des ehemaligen Kreismarschalls Trifon Lwowitsch Sawsjatow ungewöhnlich lebhaft zu. An diesem Tage läßt die Witwe des Marschalls Ljubowj Petrowna zu Ehren des Verewigten eine Seelenmesse abhalten und nach der Messe ein Gott dem Herrn wohlgefälliges Dankgebet. Zur Messe erscheinen alle Nachbarn des Bezirks. Hier finden Sie den derzeitigen Adelsmarschall Chrumow, den Vorsitzenden der Landesverwaltung Marfutkin, den ständigen Beisitzer Potraschkow, die beiden Friedensrichter des Bezirks, den Polizeivorsteher Krinolinow und seine Gehilfen, den ewig nach Jodoform riechenden Landarzt Dwornjagin, sämtliche Gutsbesitzer, die großen wie die kleinen, und noch viele andere mehr. Im ganzen versammeln sich an die fünfzig Personen.

Pünktlich um 12 Uhr strömen die Gäste mit langgezogenen, feierlichen Gesichtern aus allen Zimmern in den Saal. Auf dem Fußboden liegen Teppiche, die die Schritte dämpfen sollen, doch die Feierlichkeit des Augenblicks veranlaßt ohnedies, daß man unwillkürlich auf den Zehenspitzen schleicht und beim Gehen mit den Armen balanciert. Im Saal ist schon alles vorbereitet. Vater Jewmenij, ein kleines altes Männlein in hoher, stark verschossener Priestermütze, legt soeben das schwarze Meßgewand an. Der Diakon Konkordiew, bereits in Amtstracht und mit krebsrotem Gesicht, blättert geräuschlos in der Agende und legt Papierschnitzel zwischen die einzelnen Seiten. An der Tür, die zum Vorzimmer führt, facht der Küster Luka mit dickaufgeblasenen Backen und weitaufgerissenen Augen das Räucherfaß an. Der Saal füllt sich allmählich mit bläulichem, durchsichtigem Dunst und dem Aroma von Weihrauch. Der Volksschullehrer Gelikonskij, ein junger Mensch im neuen, viel zu weiten Bratenrock und mit großen Pickeln auf dem erschrockenen Gesicht, verteilt auf einem versilberten Tablett Wachskerzen unter die Gäste. Die Hausfrau Ljubowj Petrowna steht ganz vorne neben dem Tischchen mit der Allerseelenspeise und hält schon im voraus hin und wieder das Taschentuch an die Augen. Ringsum herrscht Stille, die nur bisweilen durch leise Seufzer unterbrochen wird. Die Gesichter der Anwesenden sind feierlich, gespannt ...

Die Totenmesse beginnt. Aus dem Räucherfaß quillt blauer Rauch und spielt in den schrägen Sonnenstrahlen, leise knistern die angezündeten Kerzen. Der Gesang, zu Anfang schrill und ohrenbetäubend, wird, sobald sich die Sänger den akustischen Verhältnissen des Raumes angepaßt haben, immer sanfter und harmonischer ... Die Melodien sind durchweg traurig und wehmütig ... die Gäste geraten allmählich in melancholische Stimmung und versinken in Nachdenken. Gedanken über die Kürze des menschlichen Daseins, über die Vergänglichkeit und Nichtigkeit alles Irdischen, gehen ihnen durch den Kopf... Das Bild des Verstorbenen Sawsjatow, eines vollen, rotbackigen Mannes, der in einem Zuge eine Flasche Champagner austrinken und mit der Stirn Spiegel zertrümmern konnte, taucht im Geiste vor ihnen auf. Als dann „Ruh' in Frieden" gesungen wird und man das Schluchzen der Hausfrau vernimmt, beginnen die Gäste beklommen von einem Bein aufs andere zu treten. Den Empfindsameren steigt ein Räuspern in die Kehle, und sie fangen an, sich die Augen zu reiben. Der Vorsitzende der Landesverwaltung Marfutkin beugt sich, um das unangenehme Gefühl zu unterdrücken, zum Ohr des Polizeivorstehers und flüstert:

– Gestern war ich bei Iwan Fjodorytsch ... Pjotr Petrowitsch und ich haben Groß Schlemm ohne Trumpf gemacht ... Bei Gott ... Olga Andrejewna geriet darüber so aus dem Häuschen, daß ihr ein falscher Zahn aus dem Munde fiel!

Nun aber wird endlich „Ewiges Andenken" angestimmt. Gelikonskij sammelt ehrerbietig die Kerzen wieder ein, und die Totenmesse ist beendet. Es entsteht eine kurze Verwirrung bis zu dem Augenblick, wo die Geistlichen ihre Gewänder gewechselt haben und mit dem Dankgebet beginnen. Nach dem Dankgebet, während Vater Jewmenij sein Ornat ablegt, reiben sich die Gäste verlegen die Hände, hüsteln ein wenig, und die Hausfrau rühmt die Herzensgüte des verewigten Trifon Lwowitsch.

– Darf ich Sie, meine Herren, nun zu einem kleinen Imbiß bitten! – beendet sie ihre Erzählung und stößt einen tiefen Seufzer aus.

Bemüht, nicht zu drängen oder einander auf die Füße zu treten, eilen die Gäste ins Speisezimmer ... Hier erwartet sie ein Frühstück. Dieses Frühstück ist derart prächtig, daß der Diakon Konkordiew sich alljährlich bei seinem Anblick für verpflichtet hält, die Arme auseinanderzubreiten, mit höchstem Erstaunen den Kopf zu schütteln und zu sagen:

– Wirklich überirdisch! Dies, Vater Jewmenij, sieht kaum noch nach Nahrung für Menschen aus, sondern schon eher nach Opfern, die man den Göttern darbringt.

Das Frühstück ist in der Tat ungewöhnlich. Auf dem Tisch steht alles, was Flora und Fauna nur zu bieten vermögen, überirdisch allerdings scheint dabei nur eines: in der Fülle kulinarischer Genüsse fehlen vollkommen ... die alkoholischen Getränke. Ljubowj Petrowna hat ein Gelübde abgelegt, in ihrem Hause weder Karten noch Spirituosen zu halten – jene beiden Versuchungen, die ihren Mann zugrunde gerichtet haben. Und so präsentieren sich auf dem Tisch nur die Flaschen mit Essig und Öl, gleichsam als wollten sie die Frühstücksgesellschaft, die durchweg aus hoffnungslosen Zechbrüdern und Säufern besteht, verhöhnen und bestrafen.

– Essen Sie nur, meine Herrschaften! – fordert die Marschallin auf. – Nur müssen Sie mir verzeihen, Schnaps gibt es bei mir nicht... So etwas halte ich nicht in meinem Hause...

Die Gäste treten an den Tisch heran und machen sich zögernd an die Pirogge. Aber das Essen kommt nicht so recht in Gang. In der Art, wie man die Gabeln führt, wie man schneidet und ißt, zeigt sich eine gewisse Trägheit und Apathie... Offenbar fehlt es den Speisenden an irgend etwas.

– Mir ist, als hätte ich etwas verloren... – flüstert der eine Friedensrichter dem anderen zu. – Das gleiche Gefühl hatte ich, als damals meine Frau mit dem Ingenieur davonlief... Ich kriege keinen Bissen herunter!

Ehe Marfutkin zu essen beginnt, wühlt er lange in den Taschen herum und sucht nach seinem Schnupftuch.

– Richtig, mein Taschentuch ist ja im Pelz! Und ich suche es immerzu, – verkündet er mit Donnerstimme und geht ins Vorzimmer, wo die Pelze aufgehängt sind.

Kurz darauf kehrt er mit glänzenden, öligen Äuglein von dort zurück und stürzt sich sofort voller Appetit auf die Pirogge.

– Dir ist es wohl auch widerlich, mit trockener Kehle zu würgen, wie? – flüstert er Vater Jewmenij zu. – Geh mal, Väterchen, ins Vorzimmer, dort habe ich in meinem Pelz ein Fläschchen versteckt... aber du, sei vorsichtig, klirr mal nicht zu laut mit der Flasche!

Vater Jewmenij erinnert sich, daß er Luka noch einige Anweisungen geben wollte und trippelt ins Vorzimmer.

– Väterchen! Auf ein Wort... ganz unter uns! – holt ihn Dwornjagin ein.

– Und was ich mir für einen Pelz gekauft habe, Herrschaften! Eine Gelegenheit! – prahlt Chrumow. – Wert ist er einen Tausender, und gegeben habe ich ... Sie werden es nicht glauben ... zweihundertfünfzig! Genau!

Zu jeder anderen Zeit würden die Gäste diese Mitteilung mit völligem Gleichmut aufgenommen haben, jetzt aber drücken sie ihr Erstaunen aus und scheinen es gar nicht für möglich zu halten. Zu guter Letzt strömen sie alle miteinander ins Vorzimmer, den Pelz zu bewundern, und bewundern ihn so lange, bis Mikeschka, der Bursche des Doktors, heimlich durch die Hintertür fünf leere Flaschen hinausträgt ... Als später gedämpfter Stör gereicht wird, erinnert sich Marfutkin, daß er sein Zigarettenetui im Schlitten vergessen hätte und begibt sich in den Stall. Damit er sich allein auf dem Wege nicht langweilt, nimmt er den Diakon mit, der sowieso gerade nach seinem Pferde sehen wollte ...

Am Abend desselben Tages sitzt Ljubowj Petrowna in ihrem Kabinett und schreibt ihrer alten Freundin in Petersburg einen Brief:

– Heute fand bei mir nach dem Beispiel der früheren Jahre, – schreibt sie unter anderem: – eine Seelenmesse für den Verewigten statt. Alle meine Nachbarn waren zur Trauerfeier erschienen. Es sind derbe, einfache Menschen, aber was für goldene Herzen! Bewirtet habe ich sie großartig, Alkohol allerdings gab es, wie in all diesen Jahren, – nicht ein einziges Tröpfchen. Seit jenen Tagen, wo der Selige durch übermäßiges Trinken zugrunde ging, habe ich mir geschworen, in unserem Bezirk Enthaltsamkeit einzuführen, um wenigstens dadurch ihn von seinen Sünden loszukaufen. Mit dem guten Beispiel habe ich im eigenen Hause den Anfang gemacht. Vater Jewmenij ist von meiner Idee begeistert und unterstützt mich mit Rat und Tat. Ach, ma chère, wenn Du wüßtest, wie lieb mich meine Bären haben! Der Vorsitzende der Landesverwaltung, Marfutkin, ergriff nach dem Frühstück meine Hand, preßte sie lange an die Lippen, schüttelte dann irgendwie komisch den Kopf und begann zu weinen: das Gefühl strömte über, doch die Worte fand er nicht! Vater Jewmenij, dieser prächtige alte Mann, setzte sich an meine Seite, sah mich tränenden Auges an und stammelte lange irgend etwas wie ein kleines Kind. Seine Worte konnte ich zwar nicht fassen, aber für echtes Empfinden habe ich immer Verständnis. Der Polizeivorsteher, dieser schöne Mann, von dem ich Dir bereits mehrfach schrieb, fiel vor mir auf die Knie, wollte Verse eigener Dichtung vortragen (er ist ja ein Poet), doch ... seine Kräfte verließen ihn ... er taumelte und stürzte zu Boden ... Dieser Riese bekam einen hysterischen Anfall ... Du kannst Dir mein Entzücken vorstellen! Übrigens ging es nicht ganz ohne Zwischenfall ab. Der arme Vorsitzende des Friedensgerichts Alalykin, ein beleibter, zu Schlagfluß neigender Mann, fühlte sich plötzlich unwohl und blieb zwei Stunden bewußtlos auf dem Diwan liegen. Mit kaltem Wasser mußte man ihn wieder zur Besinnung bringen ... Zu aufrichtigem Dank war ich unserem Doktor Dwornjagin verpflichtet: er holte aus seiner Reiseapotheke eine Flasche Kognak und benetzte dem Kranken die Schläfen, wodurch dieser dann bald wieder zu sich kam und nach Hause gebracht werden konnte ...

Das schwedische Streichholz
Eine Kriminalgeschichte

I.

Am Morgen des 6. Oktober 1885 erschien in der Kanzlei des Polizeivorstehers des zweiten Reviers im Landkreis S. ein anständig gekleideter junger Mann und meldete, daß sein Vorgesetzter, der Gardefähnrich a. D. Mark Iwanowitsch Kljausow ermordet worden sei. Beim Erstatten dieser Meldung war der junge Mann bleich und ungewöhnlich aufgeregt. Seine Hände zitterten, und die Augen blickten voller Furcht und Ensetzen.

– Mit wem habe ich die Ehre? – fragte ihn der Polizeivorsteher.

– Pssjekow, Gutsverwalter bei Kljausow. Agronom und Mechaniker.

Als der Polizeivorsteher und seine Hilfskräfte sich gemeinsam mit Pssjekow zum Tatort begeben hatten, fanden sie dort folgendes Bild. Um den Seitenflügel, den Kljausow bewohnte, drängte sich eine Menge neugieriges Volk. Die Kunde von dem Vorfall hatte sich mit Windeseile in der ganzen Umgebung verbreitet und da es gerade Feiertag war, strömten die Menschen aus allen umliegenden Dörfern in Scharen herbei. Es herrschte Lärm und lautes Gerede. Ab und zu stieß man auf bleiche verweinte Gesichter. Die Tür zum Schlafzimmer Kljausows war verriegelt. Der Schlüssel steckte von innen im Schloß.

– Anscheinend sind die Verbrecher durchs Fenster zu ihm eingedrungen, – bemerkte Pssjekow beim Besichtigen der Tür.

Man trat in den Garten, der sich direkt unter dem Fenster des Schlafzimmers ausbreitete. Das Fenster, von einem grünen, ausgeblichenen Vorhang verhüllt, schaute drohend und finster drein. Das eine Ende des Vorhangs war leicht zurückgeschlagen, wodurch man einen Blick ins Innere des Zimmers werfen konnte.

– Hat jemand von euch ins Fenster geschaut? – fragte der Polizeivorsteher.

– Zu Befehl, nein, Euer Hochwohlgeboren, – antwortete der Gärtner Jefrem, ein altes, grauhaariges Männchen mit dem Gesicht eines verabschiedeten Unteroffiziers. – An so etwas denkt niemand, wenn es einem in den Knien bibbert!

– Eh, Mark Iwanytsch, Mark Iwanytsch! – seufzte der Polizeivorsteher und blickte zum Fenster hin. – Wie oft habe ich es dir gesagt, einmal wird es schief gehen! Gewarnt habe ich dich, wie ein Freund, – du wolltest nicht auf mich hören! Solch ein Lodderleben kann kein gutes Ende nehmen!

– Man muß Jefrem dankbar sein, – sagte Pssjekow: – ohne ihn wären wir gar nicht daraufgekommen. Er schöpfte als erster Verdacht, daß da irgend etwas nicht ganz richtig wäre. Heute morgen kommt er zu mir und sagt: „Warum erwacht eigentlich unser Herr so lange nicht? Seit einer Woche hat er sein Schlafzimmer nicht mehr verlassen!" Kaum hatte er mir das gesagt, war es mir, als ob mich einer mit dem Hammer auf den Kopf... Sofort schoß mir ein Gedanke durch den Kopf... Seit vorigen Sonnabend hat er sich nicht mehr gezeigt, und heute ist ja bereits Sonntag! Sieben Tage – sind schließlich kein Pappenstiel!

– Ja, der Arme... – seufzte noch einmal der Polizeivorsteher. – Ein kluger Kerl war er, gebildet, ein guter Junge. In der Gesellschaft sozusagen allen voran. Aber ein Liederjahn, Gott habe ihn selig! Ich war auf alles vorbereitet! – Stjepan, – wandte er sich zu einem seiner Leute: – fahr mal schleunigst zu mir und schick Andrjuschka zum Chef rüber, er möchte eine Meldung machen! Sag: Mark Iwanytsch wäre ermordet! Hol auch den Landjäger her – wo steckt der Kerl nur wieder? Er soll sofort kommen! Und selbst fahre mal so schnell du kannst zum Untersuchungsrichter Nikolaj Jermolajitsch und sag ihm, er möchte hierher kommen! Warte, ich werde ihm einen Brief schreiben.

Der Polizeivorsteher ließ das Haus von Wachtposten umstellen, schrieb dem Untersuchungsrichter einen Brief und ging dann zum Verwalter Tee trinken. In weniger als zehn Minuten saß er bereits auf einem Taburett, biß vorsichtig vom Zucker ab und schlürfte glühheißen Tee.

– Da haben wir's... – sagte er zu Pssjekow. – Jawohl... Ein Edelmann, ein reicher Mensch... ein Götterliebling sozusagen, wie Puschkin sich ausgedrückt hat, und was ist aus ihm geworden? Gar nichts! Gesoffen hat er, führte ein Lodderleben und... da haben wir's!... jetzt ist er ermordet!

Zwei Stunden später kam der Untersuchungsrichter angefahren. Nikolaj Jermolajewitsch Tschubikow so hieß der Untersuchungsrichter), ein hoher, stattlicher (Mann von 60 Jahren, übt sein Amt bereits seit einem Vierteljahrhundert aus. Der ganze Bezirk kennt ihn als einen ehrlichen, klugen und energischen Menschen, der seinem Beruf mit Leidenschaft ergeben ist. Mit ihm zusammen erschien am Tatort sein ständiger Begleiter, Gehilfe und Sekretär Djukowskij, ein hochgewachsener junger Mann von 26 Jahren.

– Ist es denn möglich, Herrschaften? – begann Tschubikow, als er Pssjekows Zimmer betrat und allen eilig die Hand drückte: – ist es möglich? Mark Iwanytsch umgebracht? Nein, ausgeschlossen! Aus—ge—schlossen!

– Was soll man dazu sagen... – seufzte der Polizeivorsteher.

– Herrgott im Himmel! Aber ich habe ihn doch erst letzten Freitag auf dem Jahrmarkt in Tarabanjkowo gesehen! Ich habe, verzeihen Sie, Schnaps mit ihm getrunken!

– Was kann man machen... – seufzte noch einmal der Polizeivorsteher.

Man seufzte, jammerte, trank ein Glas Tee und begab sich dann zum Seitenflügel.

– Auseinandertreten! – brüllte der Landjäger das Volk an.

Als der Untersuchungsrichter in den Seitenflügel eintrat, machte er sich zunächst an die Besichtigung der Tür, die zum Schlafzimmer führte. Es stellte sich heraus, daß sie aus Fichtenholz bestand, gelb angestrichen und gänzlich unbeschädigt war. Besondere Merkmale, die als wichtiger Fingerzeig hätten dienen können, wurden nicht festgestellt. Man beschloß, die Tür gewaltsam aufzubrechen.

– Meine Herrschaften, ich bitte Unbefugte, sich zu entfernen! – sagte der Untersuchungsrichter, als die Tür nach langem Klopfen und Stoßen endlich der Gewalt von Beil und Meißel wich. – Ich bitte dies im Interesse der Untersuchung... Landjäger, niemand hereinlassen!

Tschubikow, sein Gehilfe und der Polizeivorsteher öffneten die Tür und traten zaghaft, einer nach dem anderen, ins Schlafzimmer. Dort bot sich ihren Augen folgender Anblick. An dem einzigen Fenster stand ein großes Holzbett mit riesigen Daunenkissen. Über dem zerwühlten Laken hing eine verknüllte, nachlässig hingeworfene Decke. Das Kopfpolster im einfachen Kattunbezug lag, gleichfalls zerknüllt, auf dem Fußboden. Auf dem Nachttisch am oberen Ende des Bettes fand man eine silberne Uhr und eine Silbermünze im Werte von 20 Kopeken, daneben eine Schachtel Schwefelhölzer. Außer dem Bett, dem Nachttisch und einem einzigen Stuhl gab es im Schlafzimmer kein weiteres Möbelstück. Unter dem Bett erblickte der Polizeivorsteher zwei Dutzend leere Flaschen, einen alten Strohhut und eine Literkanne Schnaps. Unter dem Nachttisch trieb sich ein bereits reichlich mit Staub bedeckter Schuh umher. Kaum daß der Untersuchungsrichter einen flüchtigen Blick ins Zimmer geworfen hatte, machte er ein finsteres Gesicht und errötete.

– Schufte! – flüsterte er und ballte die Fäuste.

– Wo ist denn Mark Iwanytsch? – fragte leise Djukowskij.

– Ich bitte Sie, sich nicht hereinzumischen! – entgegnete ihm Tschubikow grob. – Untersuchen Sie gefälligst den Fußboden! – Das ist schon der zweite Fall in meiner Praxis, Jewgraf Kusjmitsch, – wandte er sich zum Polizeivorsteher, und senkte dabei die Stimme. – 1870 hatte ich genau die gleiche Sache. Sie werden sich sicherlich noch erinnern ... Die Ermordung des Kaufmanns Portrjetow. Dort war es ganz genau so. Die Gauner hatten gemordet und den Leichnam durchs Fenster geschleppt ...

Tschubikow trat ans Fenster heran, schob den Vorhang beiseite und stieß vorsichtig gegen die Scheibe. Das Fenster öffnete sich.

– Es öffnet sich, also war es nicht zugeschlossen ... Hm! ... Spuren auf dem Fensterbrett. Sehen Sie? Das sind Spuren von einem Knie ... Jemand ist von draußen hereingekrochen. ... Man müßte das Fenster genauestens untersuchen.

– Auf dem Fußboden ist nichts Besonderes festzustellen, – meldete Djukowskij. – Weder Flecke noch Kratzer. Ich fand nur ein ausgebranntes schwedisches Streichholz. Da ist es! Wenn ich mich recht entsinne, pflegte Mark Iwanytsch nicht zu rauchen; im täglichen Leben gebrauchte er Schwefelhölzer, keinesfalls jedoch schwedische. Dieses Streichholz kann uns als corpus delicti dienen ...

– Ach ... schweigen Sie doch gefälligst! – winkte der Untersuchungsrichter ungeduldig mit der Hand. — Kommt da mit seinem dämlichen Streichholz! Kann Hitzköpfe nicht ausstehen! Statt nach Streichhölzern zu fahnden, sollten Sie lieber das Bett untersuchen!

Nach der Besichtigung des Bettes berichtete Djukowskij:

– Weder Blut noch irgendwelche anderen Flecke... Es sind auch keinerlei frische Bißmerkmale festzustellen. Das Kissen weist Spuren von Zähnen auf. Die Decke ist mit einer Flüssigkeit begossen, die den Geruch von Bier hat und ebensolchen Geschmack... Der Allgemeinbefund des Bettes berechtigt zu der Annahme, daß auf ihm ein Kampf stattgefunden hat.

– Das weiß ich auch alleine, daß ein Kampf gewesen ist! Nicht nach einem Kampf habe ich Sie gefragt. Statt einen Kampf zu suchen, sollten Sie lieber...

– Ein Schuh befindet sich zur Stelle, der andere ist jedoch abwesend.

– Nun, und was schließen Sie daraus?

– Daß man ihn gewürgt hat, als er die Schuhe auszog. Er war gerade dabei, den zweiten Schuh auszuziehen, als...

– Jetzt geht's los!... Und wieso wissen Sie, daß man ihn gewürgt hat?

– Das Kissen weist Spuren von Zähnen auf. Das Kissen selbst ist stark zerknüllt und in eine Entfernung von 2½ Meter aus dem Bett geworfen.

– Faseln Sie nicht so viel, Sie Quatschkopf! Kommen Sie besser in den Garten. Sie sollten lieber draußen nachforschen als hier herumzuschnüffeln... Das werde ich auch ohne Sie tun.

Im Garten begann die Untersuchung mit der Besichtigung des Grases. Das Gras unter dem Fenster war stark zertreten. Auch ein Kletterstrauch an der Wand erwies sich als beschädigt. Djukowskij gelang es, ein paar zerbrochene Äste und ein Stückchen Watte festzustellen. An den oberen Zweigenden wurden dünne dunkelblaue Wollfädchen gefunden.

– Von welcher Farbe war sein letzter Anzug? – fragte Djukowskij Pssjekow.
– Gelb, aus grober Leinwand.
– Ausgezeichnet. Das heißt also, daß die Mörder blau gekleidet waren.

Einige Kletterzweige wurden abgeschnitten und sorgfältig in ein Papier gewickelt. In diesem Augenblick trafen der Polizeimeister Arzybaschew-Sswistakowskij und der Arzt Tjutjuew ein. Der Polizeimeister begrüßte rasch alle Anwesenden und begann sofort seine Neugier zu befriedigen; der Arzt hingegen, ein hoher, ungewöhnlich hagerer Mensch mit eingefallenen Augen, langer Nase und spitzem Kinn, begrüßte niemanden, sondern setzte sich, ohne ein Wort zu fragen, auf einen Stein, seufzte und sprach:
– Und die Serben sind wieder in Aufruhr! Was wollen die bloß immer! Verstehe ich nicht. Ach, Österreich, Österreich! Deine Ränke sind schuld daran!

Die Untersuchung des Fensters von außen ergab nicht das Geringste; die Untersuchung des Grases dagegen und der dicht am Fenster stehenden Sträucher brachte eine Menge wichtiger Anhaltspunkte. Djukowskij gelang es zum Beispiel, auf dem Gras einen langen dunklen Streifen zu entdecken, der aus einer Folge kleinerer und größerer Tropfen bestand und sich vom Fenster aus etliche Meter in den Garten hinein erstreckte. Dieser Streifen ließ sich bis zu einem Fliederstrauch verfolgen, wo er als großer dunkelbrauner Fleck endete. Unter dem gleichen Strauch fand man einen Schuh, der, wie es sich erwies, mit dem im Schlafzimmer gefundenen ein Paar bildete.
– Das Blut muß schon einige Tage alt sein! – sagte Djukowskij, während er die Flecke untersuchte.

Beim Worte „Blut" erhob sich der Arzt und warf einen schrägen, flüchtigen Blick auf den Fleck.

– Jawohl, Blut, – flüsterte er.

– Folglich hat man ihn nicht erwürgt, wenn Blut geflossen ist! – sagte Tschubikow und schaute giftig auf Djukowskij.

– Im Schlafzimmer wurde er erwürgt, hier dagegen schlug man aus Furcht, daß er wieder zu sich kommen könnte, noch mit einem spitzen Gegenstand auf ihn ein. Der Fleck unter dem Strauch beweist, daß er hier verhältnismäßig lange gelegen haben muß, offenbar solange die Räuber nach Mitteln suchten, wie und worauf sie ihn fortschaffen sollten.

– Nun, und der Schuh?

– Dieser Schuh bekräftigt nur meine Vermutung, daß man ihn getötet hat, als er beim Schlafengehen die Schuhe auszog. Den einen hatte er schon abgestreift, den anderen dagegen, das heißt diesen, nur bis zur Hälfte aufgeschnürt. Der halbausgezogene Schuh fiel dann beim Schütteln und Stoßen von selbst ab...

– Eine Erfindungsgabe, schau mal einer an! – grinste Tschubikow. – Nehmen Sie gefälligst den Mund nicht so voll! Wann werden Sie endlich aufhören, mich mit Ihren Betrachtungen zu belästigen? Statt dummes Zeug zu faseln, sollten Sie lieber etwas blutbeflecktes Gras für die Analyse abnehmen!

Nachdem die Untersuchung abgeschlossen und ein Plan der Gegend skizziert worden war, begab sich die Kommission zum Verwalter, um das Protokoll aufzunehmen und zu frühstücken. Beim Frühstück kam man ins Gespräch.

– Die Uhr, das Geld und alles andere ... sind heil und unversehrt, – eröffnete Tschubikow das Gespräch. – Daß der Mord nicht aus gewinnsüchtigen Absichten begangen wurde, steht ebenso fest, wie daß zwei mal zwei vier ist.

– Begangen von einem intelligenten Menschen, – fügte Djukowskij hinzu.

– Woraus schließen Sie das?

– Mir steht ein schwedisches Streichholz zur Verfügung, dessen Gebrauch den hiesigen Bauern bisher noch unbekannt ist. Nur Gutsbesitzer benutzen diese Streichhölzer und dazu noch lange nicht alle. Gemordet haben übrigens nicht eine, sondern mindestens drei Personen: zwei hielten ihn fest, und der dritte würgte ihn. Kljausow war ein kräftiger Mann, was den Mördern nicht unbekannt gewesen sein dürfte.

– Wozu hätte ihm seine Kraft nützen können, wenn er, wie wir annehmen, gerade geschlafen hat?

– Die Mörder überraschten ihn beim Schuheausziehen. Da er die Schuhe auszog, konnte er folglich nicht schlafen.

– Phantasieren Sie nicht so viel! Essen Sie lieber!

– Und nach meiner Ansicht, Euer Hochwohlgeboren, – bemerkte der Gärtner Jefrem, während er den Samowar auf den Tisch stellte: – kann diese Schweinerei kein anderer als Nikolaschka begangen haben.

– Durchaus möglich, – sagte Pssjekow.

– Wer ist denn dieser Nikolaschka?

– Der Kammerdiener des gnädigen Herrn, Euer Hochwohlgeboren, – antwortete Jefrem. – Wem sollte man es sonst noch zutrauen, wenn nicht ihm? Ein Räuber, Euer Hochwohlgeboren, ein Säufer und Taugenichts, daß uns die Himmelsgöttin bewahre! Dem gnädigen Herrn hat er immer den Schnaps besorgt, ihn beim Schlafengehen bedient... Wer soll es gewesen sein, wenn nicht er? Und dazu noch, wenn ich Euer Hochwohlgeboren vorschlagen darf, brüstete sich der Gauner im Wirtshaus, er würde eines Tages den gnädigen Herrn umbringen. Wegen der Akuljka ist das Ganze entstanden, wegen des Weibes... So eine Soldatenfrau hatte er... Dem gnädigen Herrn gefiel sie, und er ließ sie näher an sich herantreten, nun, und der... ist natürlich böse geworden... In der Küche wälzt er sich jetzt besoffen herum. Weint... lügt, daß ihm der gnädige Herr leid täte...

– Wahrhaftig, der Akuljka wegen könnte man schon wütend werden, – sagte Pssjekow. – Sie ist zwar nur eine Soldatenfrau, ein einfaches Weib, aber... Nicht umsonst nannte sie Mark Iwanytsch Nana. Sie hat tatsächlich etwas, das an Nana erinnert... so etwas Anziehendes...

– Hab' gesehen... weiß Bescheid... – sagte der Untersuchungsrichter und schneuzte sich in ein rotes Taschentuch.

Djukowskij errötete und senkte die Augen. Der Polizeivorsteher begann mit dem Finger auf der Untertasse zu trommeln. Der Polizeimeister bekam einen Hustenanfall und kramte ohne ersichtlichen Grund in seiner Aktenmappe. Nur auf den Arzt hatte die Erwähnung der Akuljka und Nana nicht den geringsten Eindruck gemacht. Der Untersuchungsrichter befahl Nikolaschka hereinzuführen. Nikolaschka, ein junger, schlacksiger Kerl mit langer, pockennarbiger Nase und eingefallener Brust, gekleidet in einen abgelegten Herrschaftsrock, trat in Pssjekows Zimmer und verbeugte sich bis zur Erde vor dem Untersuchungsrichter. Sein Gesicht sah verweint und verschlafen aus. Er selbst war betrunken und hielt sich kaum auf den Beinen.

– Wo ist der gnädige Herr? – fragte ihn Tschubikow.

– Getötet, Euer Hochwohlgeboren.

Dabei blinzelte er mit den Augen und begann zu weinen.

– Daß er getötet ist, wissen wir alleine. Aber wo ist er jetzt? Wo ist sein Leichnam?

– Man sagt, durchs Fenster geschleppt und im Garten vergraben.

– Hm!... Das Ergebnis der Untersuchung ist bereits in der Gesindeküche bekannt... Schlimm. Mein Lieber, wo warst denn du in der Nacht, in der dein Herr umgebracht wurde? Das heißt, am Sonnabend?

Nikolaschka hob den Kopf, reckte den Hals und überlegte.

– Weiß nicht mehr, Euer Hochwohlgeboren, – sagte er: – hatte einen sitzen ... kann mich an nichts erinnern.

– Alibi! – flüsterte Djukowskij und rieb sich vergnügt die Hände.

– So, so. Nun, und warum haben wir unter dem Fenster des gnädigen Herrn Blut gefunden?

Nikolaschka riß wieder den Kopf hoch und versank in Nachdenken.

– Denk mal gefälligst etwas schneller nach! – sagte der Polizeimeister.

– Sofort. Das Blut kommt von einer nichtigen Sache, Euer Hochwohlgeboren. Ein Huhn habe ich geschlachtet. Ich schnitt ihm die Kehle durch, ganz einfach, wie immer, aber plötzlich riß es sich los und machte sich aus dem Staube ... Davon kommt auch das Blut.

Jefrem bezeugte, daß Nikolaschka tatsächlich jeden Abend Hühner schlachte, und zwar niemals an ein und derselben Stelle; keiner aber hätte gesehen, daß ein halbgeschlachtetes Huhn im Garten umhergelaufen sei, obgleich man es allerdings auch nicht unbedingt bestreiten könne.

– Alibi, – grinste Djukowskij. – Und was für ein dämliches Alibi!

– Hast du mit Akuljka verkehrt?

– Ich habe gesündigt.

– Und der gnädige Herr hat sie dir weggeschnappt?

– Nein, es war anders. Akuljka haben mir der Herr Pssjekow, Iwan Michailytsch, ausgespannt. Und dann später von Iwan Michailytsch der gnädige Herr. So war es genau.

Pssjekow wurde verlegen und begann sich das linke Auge zu reiben. Djukowskij heftete seinen Blick auf ihn, bemerkte seine Verwirrung und fuhr plötzlich zusammen. Auf den Beinen des Gutsverwalters erblickte er blaue Hosen, die bisher seiner Aufmerksamkeit entgangen waren. Die Hosen

erinnerten ihn an die blauen Fädchen, die man auf den Kletter-
sträuchern gefunden hatte ... Auch Tschubikow warf jetzt
seinerseits einen mißtrauischen Blick auf Pssjekow.

– Geh! – sagte er zu Nikolaschka. – Und jetzt erlauben Sie
mir eine Frage an Sie zu richten, Herr Pssjekow. In der Nacht
von Sonnabend zu Sonntag sind Sie doch sicherlich hier
gewesen?

– Ja, um zehn Uhr habe ich mit Mark Iwanytsch zu Abend
gegessen.

– Und dann?

Pssjekow wurde verlegen und erhob sich vom Tisch.

– Dann ... dann ... Wirklich, ich kann mich nicht genau
erinnern, – stotterte er. – Ich habe viel getrunken an jenem
Abend ... Ich weiß nicht mehr, wo und wann ich eingeschlafen
bin ... Was schaut ihr mich denn alle so an? Als ob ich
gemordet hätte!

– Wo sind Sie aufgewacht?

– Aufgewacht bin ich in der Gesindeküche auf der Ofenbank ... Alle können es bestätigen. Wie ich allerdings auf
die Ofenbank geriet, das weiß ich nicht mehr ...

– Regen Sie sich doch nicht auf ... Haben Sie Akuljka
näher gekannt?

– Was ist schon groß dabei ...

– Von Ihnen ist sie zu Kljausow übergegangen?

– Ja ... Jefrem, reich noch mal die Pilze herum. Wünschen
Sie Tee, Jewgraf Kusjmitsch?

Ein Schweigen trat ein, schwer und angstbeklommen, das
beinahe fünf Minuten dauerte. Djukowskij schwieg und
wandte seine stechenden Augen nicht einen Moment von
Pssjekows bleichgewordenem Gesicht. Der Untersuchungsrichter brach als erster das Schweigen.

– Man sollte eigentlich ins große Haus gehen, – sagte er:
– und mit der Schwester des Verstorbenen reden, mit Marja

Iwanowna. Vielleicht könnte sie uns irgendwelche Angaben machen.

Tschubikow und sein Gehilfe bedankten sich für das Frühstück und begaben sich ins herrschaftliche Haus. Marja Iwanowna, die Schwester Kljausows, eine ältliche Jungfer von fünfundvierzig Jahren, trafen sie kniend in der Betecke vor den Familienikonen an. Als sie in den Händen der Gäste Aktentaschen und Dienstmützen erblickte, wurde sie blaß wie ein Leintuch.

— Erlauben Sie mir vor allem, Ihnen meine Entschuldigung auszusprechen für die Unterbrechung Ihrer, sozusagen, religiösen Stimmung, — begann der galante Tschubikow mit einem verbindlichen Kratzfuß. — Wir kommen zu Ihnen mit einer Bitte. Sie werden sicherlich schon gehört haben ... Es besteht der Verdacht, daß Ihr Brüderchen gewissermaßen ermordet ist. Gottes Wille, wissen Sie ... Dem Tode entgeht niemand, weder der Zar noch der Ackersmann. Könnten Sie uns nicht behilflich sein mit irgendwelchen Angaben, Erläuterungen ...

— Ach, fragen Sie mich nicht! — sagte Marja Iwanowna, noch mehr erbleichend und ihr Gesicht mit den Händen bedeckend. — Nichts kann ich Ihnen sagen! Gar nichts! Ich flehe Sie an! Nichts will ich ... Was sollte ich? Ach, nein, nein ... nicht mehr ein Wort über meinen Bruder! Selbst auf dem Totenbett werde ich es nicht sagen!

Marja Iwanowna brach in Tränen aus und verschwand ins Nebenzimmer. Die Untersuchungsrichter schauten einander an, zuckten die Achseln und zogen sich zurück.

— Ein Teufelsweib! — fluchte Djukowskij, als sie das große Haus verließen. — Es ist sonnenklar, daß sie etwas weiß und vor uns verbirgt. Auch dem Stubenmädchen stand manches auf dem Gesicht geschrieben ... Wartet nur, ihr Teufel! Alles werden wir noch herausbekommen!

Abends fuhren Tschubikow und sein Gehilfe, beleuchtet von den Strahlen des bleichwangigen Mondes, nach Hause; sie saßen in ihrem Wägelchen und überprüften jeder für sich das Ergebnis des verflossenen Tages. Beide waren ermüdet und schweigsam. Tschubikow liebte es überhaupt nicht, unterwegs zu sprechen, das Plappermaul Djukowskij dagegen schwieg nur aus Rücksicht auf den Alten. Am Ende des Weges hielt er es jedoch nicht länger aus und begann:

– Daß Nikolschka an der Sache beteiligt ist, – sagte er: – non dubitandum est. Schon die Visage allein verrät, mit was für einem Burschen wir es hier zu tun haben ... Das Alibi liefert ihn uns mit Haut und Haaren aus. Anderseits besteht auch kein Zweifel darüber, daß nicht er der Anstifter der ganzen Affäre ist. Er war nur ihr blödes, willenloses Werkzeug. Einverstanden? Eine nicht unwesentliche Rolle spielt bei der Sache auch der so bescheidene Herr Pssjekow. Die blauen Hosen, seine Verwirrung, das Liegen auf der Ofenbank, um nach dem Morde seine Spuren zu verwischen, das Alibi und schließlich Akuljka!

– Quassele, quassele nur, mein Lieber. Nach Ihrer Ansicht steht also jeder unter Mordverdacht, der mit Akuljka befreundet war? Eh, Sie Hitzkopf! Einen Schnuller sollte man Ihnen in den Mund stecken, statt Sie Morde untersuchen zu lassen! Sie haben ja selbst Akuljka den Hof gemacht, – folglich wären Sie genau so an der Sache beteiligt!

– Auch bei Ihnen hat Akuljka einen Monat als Köchin gedient, aber ... ich sage doch nichts. In der Nacht zum fraglichen Sonntag spielte ich mit Ihnen Karten, habe Sie also gesehen, sonst würde ich auch Sie genauer unter die Lupe nehmen. Es handelt sich, Väterchen, nicht um das Weib. Es geht um ein gemeines, kleinliches, häßliches und garstiges Gefühl ... Den bescheidenen jungen Mann ärgerte es, verstehen Sie, daß nicht er der Auserwählte blieb. Gekränkte

Eitelkeit, wie Sie sehen... Der Wunsch nach Rache stieg in ihm auf. Weiter... Die schwülstigen Lippen sprechen Bände über seine Sinnlichkeit. Erinnern Sie sich noch, wie er geschmatzt hat, als er Akuljka mit Nana verglich? Daß der Gauner von seiner Leidenschaft verzehrt wird — daran ist nicht zu zweifeln! Also: gekränkte Eigenliebe und unbefriedigte Sinnlichkeit! Das genügt, um einen Mord zu begehen. Zwei sind schon in unserer Hand; wer aber ist der Dritte? Nikolaschka und Pssjekow haben Beistand geleistet, doch wer hat gewürgt? Pssjekow ist schüchtern, zaghaft und überhaupt ein Feigling. Leuten wie Nikolaschka jedoch kommt es überhaupt nicht in den Sinn, mit Kissen zu würgen; sie arbeiten mit dem Beil, mit der Axt... Ein anderer muß gewürgt haben, aber wer könnte das bloß gewesen sein?

Djukowskij drückte sich den Hut ins Gesicht und überlegte krampfhaft weiter. Er schwieg so lange, bis der Wagen vor dem Haus des Untersuchungsrichters stehenblieb.

– Heureka! – sagte er, als er in den Flur trat und den Mantel ablegte. – Heureka, Nikolaj Jermolajitsch! Ich weiß gar nicht, wieso mir das nicht schon früher eingefallen ist. Wissen Sie, wer der Dritte war?

– Lassen Sie mich gefälligst in Ruhe! Das Abendbrot kommt gerade auf den Tisch! Nehmen Sie lieber Platz!

Der Untersuchungsrichter und Djukowskij setzten sich zum Abendessen. Djukowskij schenkte sich ein Gläschen Wodka ein, stand auf, nahm eine feierliche Haltung an und sagte mit leuchtenden Augen:

– Sie sollen es wissen, daß der Dritte, der dem Halunken Pssjekow Beistand geleistet und den Ermordeten gewürgt hat — eine Frau gewesen ist! Jawohl! Ich meine die Schwester des Verstorbenen, Marja Iwanowna!

Tschubikow blieb der Schnaps in der Kehle stecken, und fassungslos starrte er Djukowskij ins Gesicht.

– Sind Sie nicht... ein bißchen? Haben Sie nicht... vielleicht... Kopfschmerzen?

– Ich bin vollkommen normal. Schön, geben wir zu, ich hätte den Verstand verloren, wie aber wollen Sie sich dann ihre Verwirrung bei unserem Erscheinen erklären? Wie deuten Sie ihre Ablehnung, uns irgendwelche Angaben zu machen? Sagen wir, dies alles wäre nicht stichhaltig! – Schön! Gut! — Aber erinnern Sie sich doch an die Beziehungen der Geschwister untereinander. Sie haßte ihren Bruder! Sie ist altgläubig, er dagegen gottlos und ausschweifend... In dieser Tatsache müssen Sie den Kern der Urfehde erblicken! Man sagt, sie wäre fest überzeugt, daß er ein Abgesandter der Hölle sei. In ihrer Gegenwart hat er sich mit Spiritismus beschäftigt!

– Nun, und was ist schon dabei?

– Sie verstehen es immer noch nicht? Sie, die Altgläubige, hat ihn aus Fanatismus umgebracht! Nicht genug, daß sie einen Frevler, einen Wüstling ermordete, hat sie auch die Welt vom Antichrist befreit – und darin erblickt sie ihr Verdienst, ihre heilige Berufung! Oh, sie kennen diese alten Jungfern nicht, diese altgläubigen Fanatikerinnen! Lesen Sie einmal Dostojewskij! Und was schreiben Ljesskow, Petscherskij!... Sie, nur sie allein ist es, dafür lasse ich mich hängen! Sie hat gewürgt! Oh, das niederträchtige Weib! Stand sie denn, als wir eintraten, nicht deshalb vor ihren Ikonen, um uns auf eine falsche Fährte zu locken? Ich werde mal am besten, denkt sie, in meiner Ecke beten, damit sie glauben, daß ich ruhig bin und sie überhaupt nicht erwarte! Das ist die Methode aller kriminellen Anfänger. Mein guter Nikolaj Jermolajitsch! Mein Teurer! Übergeben Sie mir die ganze Sache! Lassen Sie sie mich persönlich zu Ende führen! Mein Lieber! Ich habe es angefangen, ich möchte es auch vollenden!

Tschubikow schüttelte den Kopf und wurde finster.

– Ich werde es wohl noch alleine fertigbringen, einen schwierigen Fall aufzuklären, – sagte er. – Und Sie sollten gefälligst Ihre Nase nicht in Dinge stecken, die Sie nichts angehen. Kümmern Sie sich lieber um die Schriftsätze, die ich Ihnen diktiere, – das ist Ihr Amt!

Djukowskij fuhr wie von der Tarantel gestochen in die Höhe, stürzte hinaus und warf die Tür hinter sich zu.

– Ein kluger Bengel, ein Schelm! – brummte Tschubikow, ihm nachschauend. – Ein Schlauberger! Haut nur manchmal über die Schnur. Ich sollte ihm gelegentlich vom Jahrmarkt ein Zigarettenetui mitbringen ...

Am nächsten Morgen wurde dem Untersuchungsrichter ein junger Kerl mit großem Kopf und herunterhängender Hasenlippe aus Kljausowka vorgeführt, der sich als der Hirte Danilka herausstellte und eine hochinteressante Mitteilung machte.

– Besoffen war ich, – begann er. – Bis in die Nacht hinein habe ich bei der Gevatterin gesessen. Auf dem Rückweg bekam ich, bedudelt wie ich war, plötzlich Lust, im Flusse zu baden. Ich bade also ... plötzlich, schau mal einer an! – gehen über den Damm zwei Menschen und tragen etwas Schwarzes in der Hand. — „Tju!" – schrie ich sie an. Die bekamen es mit der Angst und sausten aus Leibeskräften in der Richtung nach den Makarjewschen Gemüsegärten davon. Gott soll mich strafen, wenn sie da nicht den gnädigen Herrn weggeschleppt haben!

Noch am gleichen Tage wurden Pssjekow und Nikolaschka in den Abendstunden verhaftet und unter sicherer Bewachung in die Kreisstadt abtransportiert. Dort setzte man sie hinter Schloß und Riegel.

II.

Zwölf Tage waren inzwischen vergangen.

An einem schönen Morgen saß der Untersuchungsrichter Nikolaj Jermolajitsch an seinem grünen Schreibtisch und blätterte in der „Sache Kljausow"; Djukowskij schritt, wie ein Wolf im Käfig, unruhig von einer Ecke in die andere.

– Sie sind von der Schuld Nikolaschkas und Pssjekows überzeugt, – sagte er und zupfte nervös an seinem jungen Bärtchen. – Warum wollen Sie sich nicht auch von der Schuld Marja Iwanownas überzeugen lassen? Fehlt es Ihnen etwa an Beweisen, wie?

– Ich sage ja nicht, daß es mir an Überzeugung mangelt. Ich glaube schon daran, aber es kommt mir alles so unwahrscheinlich vor... Es sind ja keine wirklichen Beweise, eher eine Art Philosophie... Fanatismus... dies und jenes...

– Ihnen muß man also unbedingt erst ein Beil reichen, blutbefleckte Laken!... Ihr Juristen! Dann werde ich es euch beweisen! Ihr sollt mir aufhören, euch so nachlässig mit der psychischen Seite der Sache zu befassen! Ihre Marja Iwanowna kommt um Sibirien doch nicht herum! Ich werde alles ans Licht bringen! Genügt Ihnen die Philosophie nicht, dann liefere ich eben greifbarere Beweise... Sie werden Ihnen zeigen, wie sehr meine Philosophie berechtigt ist! Lassen Sie mich nur etwas in der Gegend Umschau halten.

– Worüber reden Sie denn jetzt schon wieder?

– Über das schwedische Streichholz... Schon vergessen? Aber ich habe es nicht vergessen! Ich komme noch dahinter, wer es im Zimmer des Ermordeten angezündet hat! Weder Nikolaschka noch Pssjekow können es gewesen sein, bei denen die Haussuchung kein einziges dieser Streichhölzer zutage förderte, sondern ein Dritter, das heißt Marja Iwanowna. Und ich werde es beweisen!... Lassen Sie mich nur etwas in der Gegend herumkutschieren und nachforschen...

– Nun, schon gut, setzen Sie sich... Wollen wir endlich mit der Vernehmung fortfahren.

Djukowskij setzte sich an den Tisch und versenkte seine lange Nase in die Papiere.

- Führen Sie Nikolaj Tjetjechow vor! - rief der Untersuchungsrichter.

Man brachte Nikolaschka herein. Nikolaschka sah bleich und dürr aus, wie ein Holzspan. Er zitterte.

- Tjetjechow! - begann Tschubikow. - Im Jahre 1879 standen Sie wegen Diebstahls vor dem Gericht des ersten Bezirks und wurden zu einer Gefängnisstrafe verurteilt. Im Jahre 1882 standen Sie abermals wegen Diebstahls vor Gericht und kamen abermals ins Gefängnis... Uns ist alles bekannt...

Das Gesicht Nikolaschkas drückte tiefe Verwunderung aus. Die Allwissenheit des Untersuchungsrichters schien ihn zu verblüffen. Doch sehr bald schon ging die Verwunderung in den Ausdruck äußerster Niedergeschlagenheit über. Er begann zu schluchzen und bat um Erlaubnis, hinausgehen zu dürfen, um sein Gesicht zu waschen und wieder zu sich zu kommen. Man führte ihn ab.

- Lassen Sie Pssjekow vortreten! - befahl der Untersuchungsrichter.

Man führte Pssjekow ins Zimmer. Der junge Mann hatte sich während der letzten Tage stark verändert. Er schien zusammengefallen, blaß und hager. Aus seinen Augen sprach völlige Apathie.

- Setzen Sie sich, Pssjekow, - sagte Tschubikow. - Ich hoffe, daß Sie sich heute vernünftiger zeigen und nicht wieder leugnen werden wie bisher. Die ganzen letzten Tage haben Sie Ihre Mittäterschaft bei der Ermordung Kljausows abgestritten, trotz dem erdrückenden Beweismaterial, das eindeutig gegen Sie spricht. Das ist unvernünftig von Ihnen. Ein Geständnis verringert die Schuld. Jetzt unterhalte ich mich mit Ihnen zum letztenmal. Wenn Sie auch heute nicht gestehen, kann es morgen schon zu spät sein. Nun, also erzählen Sie mal...

— Gar nichts weiß ich ... Auch Ihre Beweise verstehe ich nicht, — flüsterte Pssjekow.

— Schade! Nun, dann erlauben Sie mir Ihnen zu erzählen, wie sich die Sache abgespielt hat. Am Sonnabend Abend saßen Sie im Schlafzimmer Klausows und tranken mit ihm Schnaps und Bier. (Djukowskij bohrte seinen Blick in Pssjekows Gesicht und wandte die Augen während des ganzen Monologs nicht von ihm ab.) Nikolaj bediente euch. Als die Uhr auf eins ging, drückte Mark Iwanowitsch den Wunsch aus, schlafen zu gehen. Um diese Zeit pflegte er sich stets ins Bett zu legen. Als er seine Schuhe auszog und Ihnen dabei noch einige Anweisungen für die Wirtschaft gab, ergriffen Sie und Nikolaj auf ein verabredetes Zeichen den angetrunkenen Hausherrn und warfen ihn aufs Bett. Einer von Euch stürzte sich auf seine Beine, der andere auf den Kopf. In diesem Moment trat aus dem Vorzimmer die Ihnen wohlbekannte Dame im schwarzen Kleide, die sich rechtzeitig mit Ihnen über ihre Beteiligung an dieser schändlichen Tat verständigt hatte. Sie ergriff ein Kissen und begann ihn zu würgen. Während des Kampfes ging die Kerze aus. Die Frau zog aus der Tasche eine Schachtel mit schwedischen Streichhölzern und zündete die Kerze wieder an ... Ist es nicht so? An Ihrem Gesicht sehe ich, daß ich die Wahrheit sage. Doch weiter ... Nachdem Sie ihn erwürgt und sich noch einmal vergewissert hatten, daß er nicht mehr atmete, half Ihnen Nikolaj den Körper durchs Fenster zu schleppen und ihn unter den Kletterstrauch zu legen. In der Befürchtung, er könne doch noch wieder zu sich kommen, schlugen Sie mit einem scharfen Gegenstand auf ihn ein. Dann trugen Sie die Leiche durch den Garten und lehnten sie für eine Weile gegen einen Fliederbaum. Sie schöpften etwas Atem und überlegten, was Sie weiter tun sollten ... Sie brachten die Leiche über den Zaun .. Gingen dann die Landstraße hinauf ... Endlich erreichten Sie den

Damm... Dort erschreckte Sie irgendein Bauer. Aber was ist denn mit Ihnen?

Pssjekow erhob sich kreidebleich und wankte.

– Ich ersticke! – sagte er. – Schön... mag sein... Nur... ich muß raus... bitte.

Pssjekow wurde abgeführt.

– Endlich hat er gestanden! – dehnte sich Tschubikow wohlgefällig. – Hat sich verraten! Wie ich ihn allerdings auch geschickt gefaßt habe! Direkt überrumpelt...

– Auch die Dame in Schwarz leugnete er nicht! – lachte Djukowskij. – Aber mir läßt dieses schwedische Streichholz einfach keine Ruhe mehr! Ich halte es nicht länger aus! Leben Sie wohl! Ich fahre.

Djukowskij setzte seine Mütze auf und fuhr davon. Tschubikow ließ Akuljka vorführen. Akuljka behauptete, sie wüßte überhaupt von nichts...

– Gelebt habe ich nur mit Ihnen, sonst mit keinem Menschen! – beteuerte sie.

Kurz vor 6 Uhr kam Djukowskij zurück. Er war aufgeregt wie noch nie zuvor. Seine Hände zitterten dermaßen, daß er nicht fähig war, den Mantel aufzuknöpfen. Seine Wangen glühten. Man konnte es ihm ansehen, daß er nicht ohne Nachrichten zurückkehrte.

– Veni, vidi, vici! – sagte er, während er in Tschubikows Zimmer stürmte und sich in einen Sessel warf. – Ich schwöre Ihnen bei meiner Ehre, ich beginne an meine Genialität zu glauben! Hören Sie zu, daß uns der Teufel hole! Passen Sie auf und staunen Sie, alter Freund! Komisch und traurig zugleich! In unserer Hand befinden sich schon drei... nicht wahr? Jetzt habe ich den vierten entdeckt oder, besser gesagt— die vierte, denn auch sie ist eine Frau! Und was für eine Frau! Allein für die Berührung ihrer Schultern würde ich zehn Jahre meines Lebens hingeben! Aber ... passen Sie auf ... Ich fuhr nach Kljausowka und begann die Gegend abzugrasen. In allen Läden, Kneipen und Weinkellern bin ich unterwegs eingekehrt und habe schwedische Streichhölzer verlangt. Überall sagte man mir „Nein". Bis jetzt karriolte ich dort herum. Zwanzigmal verlor ich die Hoffnung, und genau so oft gewann ich sie wieder zurück. Den ganzen Tag trödelte ich umher, und erst vor einer Stunde stieß ich auf das Gesuchte. Nur drei Werst entfernt von hier. Man reichte mir ein Päckchen mit zehn Schachteln, und eine Schachtel fehlt ... sofort frage ich: wer hat diese Schachtel gekauft? Die und die ... — gerade solche Streichhölzer wollte sie haben. Mein Lieber! Nikolaj Jermolajitsch! Was doch manchmal ein Mensch zustande bringen kann, der aus dem Seminar hinausgeflogen und dem die Lektüre von Gaborieau zu Kopfe gestiegen ist — das läßt sich überhaupt nicht ermessen! Mit dem heutigen Tage fange ich an, Achtung vor mir zu haben! ... Uff ... Also kommen Sie!

– Wohin denn?

– Zu ihr, zu der vierten ... Wir müssen uns beeilen, sonst ... sonst vergehe ich noch vor Ungeduld! Wissen Sie, wer sie ist? Nie im Leben würden Sie darauf kommen! Olga Petrowna, die junge Frau unseres Polizeivorstehers, des ehrwürdigen Jewgraf Kusjmitsch – sie und niemand anders! Sie hat die fehlende Schachtel gekauft!

– Sie ... du ... Sie ... bist wohl verrückt geworden?

– Das ist doch sonnenklar! Erstens raucht sie. Zweitens war sie immer bis über beide Ohren in Kljusow verliebt. Er dagegen stieß ihre Liebe einer Akuljka wegen zurück. Also — Rache. Jetzt erinnere ich mich auch, wie ich die beiden eines Tages in der Küche hinter dem Wandschirm überraschte. Sie redete beschwörend auf ihn ein, er jedoch paffte eine Zigarette und blies ihr die Ringe ins Gesicht. Aber kommen

Sie doch endlich... schnell, es fängt schon an dunkel zu werden... Kommen Sie!

– Ich habe doch den Verstand noch nicht gänzlich verloren, daß ich eines blöden Bengels wegen in der Nacht eine anständige, ehrbare Frau belästige!

– Anständig, ehrbar... Ein Waschlappen sind Sie und kein Untersuchungsrichter! Niemals habe ich mir erlaubt Sie zu beschimpfen, jetzt aber fordern Sie mich direkt dazu heraus! Waschlappen! Schlafmütze! Mein lieber, guter Nikolaj Jermolajitsch! Ich flehe Sie an!

Der Untersuchungsrichter winkte ungeduldig mit der Hand und spuckte aus.

– Ich bitte Sie! Ich bitte ja nicht für mich, sondern im Interesse der Rechtsprechung! Ich beschwöre Sie! Tun Sie mir doch einmal im Leben einen Gefallen!

Djukowskij fiel vor ihm auf die Knie.

– Nikolaj Jermolajitsch! Kommen Sie, seien Sie doch so gütig! Nennen Sie mich einen Schurken, einen Gauner, falls ich mich in bezug auf diese Frau irren sollte! Es geht doch um eine unerhörte Sache! Ein Roman ist das und keine Untersuchung! Über ganz Rußland wird sich Ihr Ruhm verbreiten! Zum Untersuchungsrichter für besonders wichtige Angelegenheiten wird man Sie befördern! Begreifen Sie doch endlich, Sie unvernünftiger Greis!

Der Untersuchungsrichter machte ein finsteres Gesicht und streckte unschlüssig seine Hand nach dem Hut aus.

– Also, hol dich der Teufel! – sagte er. – Fahren wir.

Es war bereits dunkel, als der Wagen des Untersuchungsrichters vor dem Hause des Polizeivorstehers hielt.

– Was sind wir doch für Schweine! – sagte Tschubikow und zog an der Klingel. – Belästigen anständige Leute.

– Macht nichts, macht nichts... Nur Mut... Wir wollen sagen, uns wäre eine Feder am Wagen gebrochen.

Eine üppige, hochgewachsene Frau von dreiundzwanzig Jahren mit pechschwarzen Augenbrauen und prallen, roten Lippen empfing die beiden an der Schwelle. Es war Olga Petrowna.

– Ah ... sehr angenehm! – sagte sie und lächelte übers ganze Gesicht. – Sie kommen gerade zum Abendbrot zurecht. Mein Jewgraf Kusjmitsch ist allerdings noch nicht zu Hause ... Er scheint sich beim Popen aufgehalten zu haben ... Aber wir werden wohl auch ohne ihn auskommen ... Nehmen Sie Platz! Kommen Sie aus dem Dienst?

– Jawohl ... Bei uns, wissen Sie, ist eine Wagenfeder geplatzt, – begann Tschubikow, während er ins Wohnzimmer trat und sich langsam in einem Sessel niederließ.

– Sie müssen mit der Tür ins Haus fallen ... überrumpeln! – flüsterte ihm Djukowskij zu. – Überrumpeln!

– Mm ... ja ... Die Wagenfeder ... So sind wir eben zu Ihnen gekommen.

– Überrumpeln müssen Sie sie, sage ich Ihnen! Die riecht ja den Braten, wenn Sie noch lange trödeln!

– Na, dann mach es meinetwegen selbst, aber mich laß gefälligst aus dem Spiel! – brummte Tschubikow, stand auf und wandte sich zum Fenster. – Ich kann es nicht! Hast du den Brei eingerührt, sollst du ihn auch auslöffeln!

– Jawohl, die Wagenfeder ... – begann Djukowskij, ging auf die Frau des Polizeivorstehers zu und rümpfte seine lange Nase. – Wir sind nicht zu Ihnen gekommen, um ... eh-eh-eh ... Abendbrot zu essen oder mit Jewgraf Kusjmitsch zu plaudern. Wir sind gekommen, gnädige Frau, um uns bei Ihnen zu erkundigen, wo sich Mark Iwanowitsch, den Sie getötet haben, befindet?

– Wie? Was für ein Mark Iwanowitsch? – stammelte die Frau des Polizeivorstehers und Purpurröte überflutete im Nu ihr breites Gesicht. – Ich ... verstehe nicht.

– Ich frage Sie im Namen des Gesetzes! Wo befindet sich Kljausow? Uns ist alles bekannt!

– Durch wen? – fragte leise Olga Petrowna und versuchte, dem bohrenden Blick Djukowskijs auszuweichen.

– Wollen Sie uns gefälligst erklären, wo er sich befindet!?

– Aber wie haben Sie es bloß herausbekommen? Wer hat es Ihnen erzählt?

– Uns ist alles bekannt! Ich fordere Sie auf im Namen des Gesetzes!

Durch ihre Verwirrung ermutigt, trat der Untersuchungsrichter nun seinerseits auf sie zu und sagte:

– Zeigen Sie uns, wo er ist, und wir werden uns wieder entfernen. Anderenfalls würden wir gezwungen sein...

– Wozu brauchen Sie ihn denn?

– Keine unnötigen Fragen, gnädige Frau! Bitte führen Sie uns hin! Sie zittern, Sie sind bestürzt... Ja, er ist ermordet und, wenn Sie es genau wissen wollen, ermordet durch Ihre Hand! Die Mittäter haben Sie verraten!

Die Frau des Polizeivorstehers wurde kreidebleich.

– Kommen Sie, – sagte sie still und niedergeschlagen. – Ich habe ihn im Badehaus versteckt. Nur um Gottes willen, sagen Sie nichts meinem Mann! Ich flehe Sie an! Er würde es nicht ertragen.

Olga Petrowna nahm einen großen Schlüssel von der Wand und führte die Gäste über Küche und Hausflur in den Hof hinaus. Draußen war es inzwischen ganz dunkel geworden. Ein feiner Regen rieselte herab. Sie zeigte den Weg und ging voran. Tschubikow und Djukowskij folgten ihr durch das hohe Gras; es roch nach wildem Hanf und aufgespeichertem Kehricht, der knirschend unter ihren Füßen gluckerte. Sie überquerten den großen Hof und fühlten dann, daß sie über einen Stoppelacker gingen. In der Dunkelheit tauchten die

Umrisse von Bäumen auf, dahinter erhob sich ein kleines, windschiefes Häuschen mit halbzerfallenem Schornstein.

– Das ist das Badehaus, – sagte Olga Petrowna: – aber ich flehe Sie an, erzählen Sie es niemandem!

Als Tschubikow und Djukowskij sich dem Badehaus näherten, erblickten sie an der Tür ein riesiges Vorhängeschloß.

– Halten Sie einen Lichtstumpf und Streichhölzer bereit! – flüsterte der Untersuchungsrichter seinem Gehilfen zu.

Die Frau des Polizeivorstehers öffnete das Schloß und ließ die Gäste eintreten. Djukowskij zündete ein Streichholz an und beleuchtete den Vorraum. In seiner Mitte befand sich ein Tisch. Auf dem Tisch, neben einem kleinen dickbäuchigen Samowar, stand eine Suppenterrine mit kaltgewordener Kohlsuppe und eine Schüssel, in der die Reste irgendeiner Sauce herumschwammen.

– Weiter!

Man ging in den nächsten Raum, in die eigentliche Badestube. Auch dort stand ein Tisch und darauf eine große Schüssel mit einem ganzen Schinken, eine Flasche Wodka, Teller, Messer und Gabeln.

– Wo ist denn ... jener? ... Der Ermordete? – fragte der Untersuchungsrichter.

– Auf der oberen Pritsche! – stammelte die immer noch bleiche und zitternde Frau des Polizeivorstehers.

Djukowskij nahm den Lichtstumpf in die Hand und kletterte auf die obere Pritsche. Dort entdeckte er einen langen menschlichen Körper, der unbeweglich ausgestreckt auf einem dicken Daunenbett lag. Der Körper gab leise Schnarchtöne von sich...

– Man hält uns hier zum Narren, Teufel noch einmal! – rief Djukowskij. – Das ist ja nicht er! Hier liegt irgendein lebendiger Idiot. He, Sie, wer sind Sie, daß Sie der Kuckuck hole?

Die Gestalt zog laut pfeifend Luft durch die Nase und reckte sich. Djukowskij versetzte ihr einen Puff mit dem Ellenbogen.

Die Gestalt streckte die Arme empor, dehnte sich und hob den Kopf.

– Wer kriecht denn da herum? – fragte ein heiserer, schwerer Baß. – Was hast du hier zu suchen?

Djukowskij hielt die Kerze vor das Gesicht des Unbekannten und schrie auf. An der purpurnen Nase, dem zerzausten, ungekämmten Haar und pechschwarzen Schnurrbart, von dem die eine Spitze, keck gezwirbelt, frech nach der Decke schaute, erkannte er den Fähnrich Kljausow.

– Sie... Mark... Iwanytsch?! Nicht möglich!

Der Untersuchungsrichter blickte nach oben und erstarrte...

– Das bin ich, jawohl... Sind Sie's, Djukowskij? Wen zum Teufel suchen Sie hier? Und dort unten, was ist denn das für eine Fratze? Herr Gott im Himmel, der Untersuchungsrichter! Was führt denn Sie hierher?

Kljausow sprang herunter und fiel Tschubikow um den Hals. Olga Petrowna benutzte den Augenblick, um geräuschlos zu verduften.

– Wie kommen Sie bloß her? Darauf müssen wir eins trinken, hol's der Teufel! Tra-la-li-la-la... Trinken wir eins! Wer hat Sie eigentlich hierher gebracht? Woher wissen Sie, daß ich hier bin? Übrigens, ganz egal! Trinken wir lieber!

Kljausow zündete die Lampe an und goß drei Gläschen Wodka ein.

– Ich kann es überhaupt nicht fassen, – sagte der Untersuchungsrichter und zuckte die Achseln. – Bist du's oder bist du's nicht?

– Hör doch endlich auf... Willst du mir eine Moralpauke halten? Gib dir erst gar keine Mühe! Jüngling Djukowskij, trink deinen Schnaps aus! „Lasset uns, Freunde, die Nacht noch genießen"... Was glotzt ihr mich so an? Trinkt doch!

– Ich kann es trotz alledem nicht begreifen, – sagte der Untersuchungsrichter und trank mechanisch seinen Schnaps aus.
– Warum bist du eigentlich hier?
– Warum soll ich nicht hier sein, wenn es mir Spaß macht?
Kljausow leerte sein Gläschen und aß ein Stück Schinken hinterher.
– Ich lebe, wie du siehst, bei diesem Teufelsweib. In der Einöde, in der Wildnis, wie so ein Waldschratt. Trink doch! Sie hat mir schließlich leid getan, mein Lieber! Da faßte mich das Erbarmen, und nun hause ich hier in der verlassenen Badestube, direkt wie ein Einsiedler... Esse, trinke... In der nächsten Woche will ich mich wieder aus dem Staube machen... Ich habe es bald satt...
– Unbegreiflich! – sagte Djukowskij.
– Was ist denn da unbegreiflich?
– Unbegreiflich! Um Gottes willen, wie ist denn aber Ihr Schuh in den Garten geraten?
– Was für ein Schuh?
– Wir fanden einen Schuh im Schlafzimmer und den anderen im Garten.
– Was brauchen Sie sich darum zu kümmern? Geht Sie einen Dreck an... Trinkt doch endlich, hol euch der Teufel. Wenn ihr mich schon geweckt habt, sollt ihr auch mit mir trinken! Eine interessante Geschichte ist das übrigens mit diesem Schuh gewesen, mein Lieber. Ich hatte eigentlich keine Lust zu Olja zu gehen. War nicht aufgelegt, verstehst du, hatte einen sitzen... Sie kommt an mein Fenster und fängt an zu schimpfen... Weißt du, wie so die Weiber... überhaupt... Angesäuselt wie ich war, schmeiße ich ihr einen Schuh an den Kopf... Ha-ha... Sollst besser den Mund halten, meine ich. Sie kroch durchs Fenster, zündete die Lampe an und verbläute mich jämmerlich. Verprügelte mich, faßte mich am Kragen und setzte mich hinter Schloß und Riegel. Hier lasse ich mich

jetzt verpflegen... Liebe, Schnaps und Essen! Aber, wo wollt ihr denn hin? Tschubikow, wohin denn?

Der Untersuchungsrichter spuckte wütend aus und verließ die Badestube. Mit tiefgebeugtem Haupte folgte ihm Djukowskij. Schweigend setzten sie sich in den Wagen und fuhren davon. Zu keiner anderen Zeit kam ihnen je eine Fahrt so langweilig und endlos vor wie an diesem Abend. Sie sprachen kein Wort miteinander. Den ganzen Weg zitterte Tschubikow vor Zorn, während Djukowskij stumm seine Nase im Mantelkragen verbarg, als fürchtete er, daß die Dunkelheit und der herabrieselnde Regen ihm die Schande vom Gesicht ablesen könnten.

Zu Hause angelangt, fand der Untersuchungsrichter in seinem Zimmer Doktor Tjutjujew vor. Der Arzt saß am Tisch und blätterte seufzend in einem illustrierten Journal.

– Sachen passieren auf dieser Welt! – sagte er und ging mit kummervollem Lächeln dem Untersuchungsrichter entgegen. – Schon wieder ist Österreich... sozusagen!... Auch Gladstone hat... irgendwie...

Tschubikow schleuderte den Hut in die Ecke und bekam einen Wutanfall.

– Teufelsgerippe! Wirst du endlich den Mund halten! Tausendmal habe ich dir schon gesagt, du sollst mich mit deiner Politik in Frieden lassen! Zum Halse hängt sie mir heraus! Und dir, mein Verehrter, – wandte sich Tschubikow zu Djukowskij und drohte ihm mit der Faust: – dir... werde ich das mein ganzes Leben nicht vergessen!

– Aber immerhin... das schwedische Streichholz! Wie konnte ich denn ahnen!

– Verrecken sollst du an deinem Streichholz! Raus mit dir, mach mich nicht noch wütender, sonst weiß der Teufel, schlage ich dir alle Knochen im Leibe kaputt! Daß du mir nicht mehr vor die Augen kommst!

Djukowskij tat einen abgrundtiefen Seufzer, nahm seinen Hut und ging hinaus.

– Am besten, ich ersäufe meinen Kummer! – beschloß er, überquerte den Hof und schleppte sich traurig zum nächsten Wirtshaus.

Als die Frau des Polizeivorstehers aus dem Badehaus zurückkehrte, begegnete sie ihrem Mann im Hausflur.

– Warum war denn der Untersuchungsrichter hier? – fragte er.

– Er wollte uns mitteilen, daß man Kljausow endlich gefunden hat. Stelle dir nur vor, — bei einer fremden Frau!

– Eh, Mark Iwanytsch, Mark Iwanytsch! – seufzte der Polizeivorsteher und hob kummervoll die Augen zur Decke. – – Wie oft habe ich es dir gesagt, solch ein Leben kann kein gutes Ende nehmen! Gewarnt habe ich dich, — du wolltest nicht auf mich hören!

Oljenka

Oljenka, die Tochter des verabschiedeten Kollegienassessors Plemjannikow, saß, tief in Gedanken versunken, auf den Treppenstufen im Hofe ihres Hauses. Eine drückende Schwüle lag in der Luft, zudringlich summten die Fliegen, und es war angenehm zu denken, daß bald der Abend herabsinken würde. Vom Osten rückten schwere Gewitterwolken heran, und bisweilen wehte von dort ein erfrischendes Lüftchen.

In der Mitte des Hofes stand Kukin, Unternehmer und Pächter des Vergnügungsetablissements „Tivoli", der im Seitenflügel des gleichen Hauses zur Miete wohnte, und spähte zum Himmel hinauf.

– Schon wieder! – stöhnte er voller Verzweiflung. – Schon wieder wird es regnen! Jeden Tag Regen, jeden Tag Regen — wie verhext! Das ist doch Selbstmord! Das ist mein Ruin! Tag für Tag die schrecklichsten Verluste!

Er schlug die Hände zusammen und fuhr, zu Oljenka gewendet, fort:

– Da haben Sie, Olga Ssjemjonowna, unser Leben. Einfach zum Weinen! Man arbeitet, schuftet, rackert sich ab, schläft die Nächte nicht, zerbricht sich den Kopf, wie man es besser machen könnte, — und was hat man davon? Auf der einen Seite das ungebildete, rohe Publikum. Man bietet ihm die schönste Operette, die märchenhafteste Pantomime, die hervorragendsten Coupletsänger, aber will es denn das überhaupt haben? Hat es auch nur das leiseste Verständnis dafür? Gib ihm Schaubuden! Gib ihm Schlüpfrigkeiten! Und auf der anderen Seite betrachten Sie das Wetter. Beinahe jeden Abend regnet es. Wie es am 10. Mai angefangen hat zu gießen, so hörte es dann den ganzen Mai und Juni nicht mehr auf, rein zum Wahnsinnigwerden! Das Publikum glänzt durch Abwesenheit, aber zahle ich nicht die Pacht? Zahle ich nicht die Künstler?

Am nächsten Tag rückten gegen Abend wiederum Gewitterwolken heran, und Kukin sprach mit hysterischem Lachen:

– Was kann mir das schon ausmachen? Ich pfeif drauf! Soll es meinetwegen den ganzen Garten fortschwemmen, und mich selbst noch dazu! Daß ich weder in diesem noch in jenem Leben Ruhe finde! Sollen die Künstler mich nur verklagen! Was heißt verklagen? Ich gehe auch nach Sibirien! Meinetwegen sogar aufs Schafott! Ha-ha-ha!

Das gleiche Schauspiel wiederholte sich auch am dritten Tage...

Oljenka hörte Kukin ernst und schweigend zu, und nicht selten stiegen ihr dabei Tränen in die Augen. Zu guter Letzt rührte sie sein Unglück so stark, daß sie ihn aufrichtig liebzugewinnen begann. Er war klein von Wuchs, hager, mit gelbem Gesicht und an den Schläfen zurückgekämmten Haaren, sprach mit dünner Tenorstimme und zog beim Sprechen den Mund ein wenig schief; auch lag es über seinem Gesicht immer wie ein Anflug von Verzweiflung, dennoch aber vermochte er in ihr ein echtes, tiefes Gefühl zu erwecken. Ihr ganzes Leben hindurch hatte sie stets für irgend jemanden Liebe empfunden und konnte ohne Liebe überhaupt nicht leben. Früher liebte sie ihr Papachen, der jetzt krank in seinem dunklen Zimmer im Sessel saß und schwer nach Atem rang; dann liebte sie ihre Tante, die zuweilen, etwa alle zwei Jahre, aus Brjansk zu Besuch kam; und noch früher, als sie ins Progymnasium ging, liebte sie ihren französischen Sprachlehrer. Sie war ein stilles, gutmütiges und mitfühlendes Geschöpf mit sanften, guten Augen und von strotzender Gesundheit. Beim Anblick ihrer prallen, rosenroten Wangen, des gütigen, naiven Lächelns, das, wenn sie einem angenehmen Gespräch lauschte, von ihrem ganzen Gesicht zu strahlen pflegte, dachten die Männer: – „Ja wirklich, sie ist nicht übel"... und begannen gleichfalls zu lächeln; die anwesenden Damen dagegen konnten es nicht unterlassen, mitten im Gespräch ihre Hand zu ergreifen und in einer Anwandlung von Begeisterung auszurufen:

– Ach, mein Seelchen!

Das Haus, in dem sie seit ihrer Geburt lebte und das ihr testamentarisch zugedacht war, befand sich an der Peripherie der Stadt, in der sogenannten Zigeunervorstadt, nicht weit entfernt vom Vergnügungspark „Tivoli"; in den Abendstunden und während der Nacht hörte sie, wie die Musik im Garten spielte, wie die Raketen mit lautem Knall zum Himmel schossen, und es schien ihr, daß dies der Kampf Kukins mit seinem Schicksal wäre, daß er im Sturmangriff seinem Erbfeind, dem gleichgültigen Publikum, auf den Leib rückte; das Herz stockte ihr in süßer Beklommenheit, an Schlaf dachte sie nicht mehr, und wenn er im Morgengrauen nach Hause zurückkehrte, klopfte sie leise an das kleine Fenster ihres Schlafzimmers, schob den Vorhang vorsichtig beiseite, so daß er nur ihr Gesicht und die eine Schulter sehen konnte, und lächelte ihm freundlich zu ...

Er machte ihr einen Antrag, und sie heirateten. Und als er zum erstenmal mit den Augen des Ehemanns ihren Hals und die vollen gesunden Schultern erblickte, schlug er die Hände zusammen und sprach:

– Ach, mein Seelchen!

Er war glücklich, da es aber auch am Hochzeitstage und die ganze folgende Nacht hindurch regnete, wich der Ausdruck der Verzweiflung selbst jetzt nicht von seinem Gesicht.

Nach der Hochzeit lebten sie friedlich miteinander. Sie saß bei ihm an der Kasse, schaute im Garten nach dem Rechten, trug die Ausgaben ein, zahlte die Gehälter, und ihre rosenroten Wangen, das liebe, naive, strahlende Lächeln tauchte bald am Kassenfenster auf, bald hinter den Kulissen, dann wieder am Büfett. Sie erzählte bereits allen Bekannten, daß das Herrlichste, das Wichtigste und Notwendigste auf der Welt — das Theater sei; denn einen wahren Genuß empfinden, gebildet und human werden, könne man nur im Theater.

- Aber begreift denn so etwas das Publikum? - sagte sie. - Schaubuden will es haben! Gestern gab es bei uns „Faust auf den Kopf gestellt", und beinahe alle Logen waren leer, wenn aber Wanitschka und ich irgendeine abgeschmackte Posse bringen würden, so, glauben Sie mir, wäre das Theater zum Bersten voll. Morgen inszenieren Wanitschka und ich „Orpheus in der Unterwelt", kommen Sie doch hin.

Alles, was Kukin über das Theater und die Künstler sagte, das wiederholte auch sie. Genau wie er, haßte sie das Publikum wegen seiner Gleichgültigkeit der Kunst gegenüber und für seinen schlechten Geschmack, mischte sich während der Proben in alles hinein, verbesserte die Schauspieler, hatte ein wachsames Auge auf das Betragen der Musiker, und wenn im Stadtblatt eine ungünstige Äußerung über das Theater stand, so weinte sie und ging dann in die Redaktion, sich zu beschweren.

Die Schauspieler liebten sie und nannten sie „Wanitschka und ich" oder „Das Seelchen"; sie empfand aufrichtiges Mitleid mit ihnen, gab ihnen kleine Vorschüsse, und wenn es vorkam, daß man sie betrog, weinte sie still vor sich hin, beklagte sich jedoch niemals bei ihrem Manne.

Auch im Winter lebten sie nicht schlecht. Sie pachteten für die ganze Saison das Stadttheater und vermieteten es auf kurze Zeit, einmal an eine kleinrussische Wanderbühne, dann wieder an einen Zauberkünstler oder für Liebhaberaufführungen in der Stadt. Oljenka wurde immer üppiger und strahlte förmlich vor Wohlbehagen und Glück, Kukin dagegen wurde immer hagerer und fahler und hörte nicht auf, über seine furchtbaren Verluste zu klagen, obgleich die Geschäfte den Winter hindurch gar nicht übel gingen. Nachts hustete er, und sie bereitete ihm Himbeeraufguß und Lindenblütentee, rieb ihn mit Kölnisch Wasser ab und hüllte ihn fürsorglich in ihre weichen Schals.

– Was bist du doch für ein niedliches Kerlchen! – sagte sie aufrichtig überzeugt und streichelte ihm das Haar. – Was bist du für ein hübsches Bürschchen!

Während der Großen Festwochen fuhr er nach Moskau, um eine neue Truppe zu engagieren; sie fand ohne ihn keine Ruhe, konnte nicht schlafen, saß die ganze Nacht am Fenster und schaute auf die Sterne. Irgendwie kam sie sich hilflos und verloren vor, wie ein Lamm, das von seiner Herde abgetrieben ist und nun ratlos umherirrt. Kukin wurde in Moskau aufgehalten; er schrieb, daß er nicht vor der Osterwoche zurückkehren könne, und gab in seinen Briefen bereits Anweisungen für die Wiedereröffnung von „Tivoli". Doch am Ostermontag tönte spät in der Nacht ein verhängnisvolles Klopfen am Tor: jemand hämmerte gegen die Pforte wie auf eine leere Tonne: – bum! bum! bum! Die verschlafene Köchin lief, mit nackten Füßen durch die Pfützen patschend, die Tür zu öffnen.

– Machen Sie doch bitte auf, seien Sie so freundlich! – klang von draußen ein dumpfer Baß. – Ein Telegramm für Sie!

Oljenka hatte auch früher schon Telegramme von ihrem Mann erhalten, diesmal jedoch blieb ihr aus unerklärlichen Gründen das Herz stehen. Mit zitternder Hand öffnete sie das Siegel und las folgendes:

„Iwan Petrowitsch heute unerwartet verschieden znyrgend erbitten Anweisungen Heherdigung Dienstag."

So stand es wörtlich im Telegramm zu lesen: „Heherdigung" und dazu noch dieses unverständliche Wort „znyrgend"; unterzeichnet hatte der Regisseur der Operettentruppe.

– Mein Lieber, mein Liebling! – begann Oljenka zu schluchzen. – Wanitschka, mein Einziger, mein Teurer! Warum mußte ich dir nur begegnen? Warum habe ich dich kennengelernt und in mein Herz geschlossen? Wie konntest du deine Oljenka verlassen, die Arme, Unglückliche? . . .

Kukin wurde an einem Dienstag auf dem Waganjkow-Friedhof in Moskau bestattet; Oljenka kehrte am Mittwoch nach Hause zurück, stürzte sich, sobald sie ihr Zimmer betrat, aufs Bett und begann so fassungslos zu schluchzen, daß man es bis auf die Straße und in den umliegenden Höfen hören konnte.

– Das arme Seelchen! – sagten die Nachbarinnen und bekreuzigten sich voller Mitgefühl. — Das Seelchen Olga Ssjemjonowna, das Mütterchen, wie sehr es ihr zu Herzen geht!

Drei Monate waren verstrichen, als Oljenka eines Tages traurig, still und tiefverschleiert aus der Messe nach Hause zurückkehrte. Der Zufall wollte es, daß mit ihr zusammen einer ihrer Nachbarn, Wassilij Andrejitsch Pustowalow, Verwalter der Holzniederlage des Kaufmanns Babakajew, gleichfalls die Kirche verließ. Er trug einen Strohhut und eine weiße Weste mit goldener Uhrkette und glich äußerlich eher einem Gutsbesitzer als einem Handelsmann.

– Jedes Ding hat seine Ordnung, Olga Ssjemjonowna, – sprach er gesetzt, mit sichtlicher Teilnahme in der Stimme: – wenn einer unserer Angehörigen stirbt, so bedeutet dies, daß es Gottes Wille gewesen ist, und in solchem Fall haben wir die Pflicht, mit Fassung und Demut unser Kreuz zu tragen.

Er brachte Oljenka bis zur Gartenpforte, verabschiedete sich und ging weiter. Den ganzen Tag hindurch klang ihr seine gesetzte Stimme in den Ohren, und sobald sie die Augen schloß, tauchte sein dunkler Bart vor ihr auf. Er hatte ihr außerordentlich gefallen. Auch der Eindruck, den sie auf ihn gemacht hatte, war durchaus nicht ungünstig, denn schon kurz darauf erschien bei Oljenka eine ältere, ihr bisher wenig bekannte Dame zum Kaffee; kaum hatte sie am Tische Platz genommen, begann sie sogleich von Pustowalow zu sprechen, darüber, daß er ein guter, solider Mensch sei und daß eine jede ihn mit Vergnügen heiraten würde. Drei Tage später machte Pustowalow persönlich seine Aufwartung; er blieb nicht lange, kaum zehn Minuten, und redete wenig, aber Oljenka entbrannte in Liebe zu ihm, in so heftiger Liebe, daß sie die ganze Nacht, von Fieber gepeinigt, kein Auge zudrücken konnte und am Morgen nach der älteren Dame schickte. Bald darauf hielt er um ihre Hand an, und wenige Wochen später feierte man Hochzeit.

Nach der Hochzeit lebten Pustowalow und Oljenka friedlich miteinander. Gewöhnlich arbeitete er bis zur Mittagszeit in der Holzniederlage, ging dann auf Geschäftsbesuche, und Oljenka löste ihn ab, saß bis zum Abend in seinem Büro, schrieb die Rechnungen aus und verabfolgte die Ware.

– Das Holz steigt jetzt mit jedem Jahr um zwanzig Prozent, – sagte sie zu den Kunden und Bekannten. – Ich bitte Sie, früher haben wir ausschließlich mit hiesigem Waldbestand gehandelt, jetzt muß Wassitschka schon jedes Jahr zum Einkauf der Ware ins Mogiljow-Gouvernement fahren. Und der Tarif! – sagte sie und schlug entsetzt die Hände vors Gesicht. – Welch ein Tarif!

Es kam ihr vor, als handele sie schon seit undenklichen Zeiten mit Wald, als wäre das Wichtigste und Notwendigste im Leben — der Wald, und etwas Vertrautes, Rührendes lag für sie in den Worten: Bretter, Balken, Späne, Leisten, Sperrholz, Schalbrett, Lafette, Splint... Nachts, während sie schlief, träumte sie von ganzen Bergen von Brettern und Bohlen, von langen, endlosen Lastzügen, die das Holz irgendwohin nach außerhalb der Stadt beförderten; sie träumte, wie ein Regiment zwölf Meter hoher, fünf Zoll dicker Balken gegen ihre Holzniederlage zu Felde zog, wie die Balken, Leisten und Schalbretter aneinander gerieten, mit dem dumpfen Ton trockenen Holzes zusammenkrachten, wie alles stürzte und sich wieder aufrichtete, in einem einzigen, unentwirrbaren Knäuel; Oljenka schrie angstvoll im Traume auf, und Pustowalow beruhigte sie zärtlich:

– Oljenka, was ist dir, meine Liebe?... Bekreuzige dich!

Die Gedanken, die ihren Mann bewegten, machte auch sie sich zu eigen. Dachte er, daß es heiß im Zimmer sei, oder daß die Geschäfte flau gingen, dachte auch sie genau das gleiche. Ihr Mann liebte keinerlei Zerstreuungen, saß selbst an den Feiertagen zu Hause, und so tat auch sie nichts anderes.

– Ewig sitzen Sie zu Hause oder im Büro, – sagten die Bekannten. – Sie sollten mal ins Theater gehen, mein Seelchen, oder in den Zirkus.

– Wassitschka und ich haben keine Zeit in Theatern herumzusitzen, – sagte sie ernst und gewichtig. – Wir sind Arbeitsmenschen, solche Kinkerlitzchen interessieren uns nicht. Was ist überhaupt an diesen Theatern schon dran?

Sonnabends pflegten Pustowalow und sie den Abendgottesdienst zu besuchen, an den Feiertagen die Frühmesse, und auf dem Rückweg von der Kirche schritten sie friedlich mit verklärten Gesichtern nebeneinander; beide strahlten vor Glück und Wohlbehagen, und Oljenkas neues Seidenkleid knisterte angenehm; zu Hause tranken sie Tee mit Butterbrezeln und vielen Sorten von Eingemachtem, ein wenig später aßen sie die Pirogge. Jeden Tag um die Mittagsstunde duftete es im Hof und auf der Straße ungewöhnlich schmackhaft nach Borschtsch und Hammelbraten oder Ente, an den Fasttagen nach

Fisch, — und es war unmöglich, am Tor vorüberzugehen, ohne Appetit zu bekommen. Im Büro kochte ständig der Samowar, und die Kunden wurden mit Tee und Kringeln bewirtet. Einmal wöchentlich ging das Ehepaar ins Badehaus und kehrte Hand in Hand von dort zurück, beide noch erhitzt von der Glut und mit feuerroten Köpfen.

– Ich kann nicht klagen, wir leben gut, – sagte Oljenka zu ihren Bekannten: – Gott sei Dank. Möge der Himmel jedem solch ein Zusammenleben schenken wie Wassitschka und mir.

Wenn Pustowalow ins Mogiljow-Gouvernement fuhr, um Holz einzukaufen, sehnte sie sich nach ihm, schlief die Nächte nicht und weinte. Zuweilen besuchte sie am Abend der Regimentsveterinär Smirnin, der im Seitenflügel des Hauses zur Miete wohnte. Er erzählte dies und jenes oder sie spielten Karten miteinander, und das brachte ihr Zerstreuung. Besonders interessierte es sie, wenn er ihr von seinem Familienleben berichtete; er war verheiratet und hatte einen Sohn, lebte jedoch von seiner Frau, die früh die Ehe gebrochen hatte, getrennt; jetzt war sie ihm gleichgültig geworden, und er schickte ihr monatlich vierzig Rubel für die Erziehung des Sohnes. Oljenka lauschte seinen Erzählungen, seufzte, schüttelte den Kopf und empfand aufrichtiges Mitleid.

– Nun, Gott segne Sie, – sagte sie zum Abschied und begleitete ihn mit der Kerze in der Hand bis zur Treppe. — Ich danke Ihnen, daß Sie meine Langeweile geteilt haben, möge der Himmel Ihnen Gesundheit schenken...

Sie drückte sich immer gesetzt und besonnen aus, auch darin unwillkürlich ihrem Manne nacheifernd; der Veterinär war schon im Begriff, die Tür hinter sich zu schließen, doch sie rief ihm noch einmal nach:

– Wissen Sie, Wladimir Platonytsch, Sie sollten sich mit Ihrer Frau versöhnen. Schon des Kindes wegen müßten Sie ihr verzeihen!... Das Jungchen versteht jetzt sicherlich schon alles.

Als Pustowalow zurückkehrte, erzählte sie ihm mit leiser Stimme vom Veterinär und dessen unglücklichem Familienleben, und beide seufzten, schüttelten die Köpfe und sprachen über den Knaben, der gewiß Sehnsucht nach seinem Vater haben würde, dann knieten sie, dem sonderbaren Fluß ihrer Gedanken folgend, nebeneiander vor den Heiligenbildern, beugten die Köpfe bis zur Erde und beteten, daß Gott ihnen Kinder schicken möge.

So lebten die Pustowalows still und friedlich, in Liebe und Eintracht länger als sechs Jahre. Doch eines Tages, mitten im Winter, ging Wassilij Andrejitsch, nachdem er soeben heißen Tee getrunken hatte, ohne Kopfbedeckung auf den Hof seines Büros, um irgendwelche Ware auszuliefern, erkältete sich und wurde krank. Die besten Ärzte behandelten ihn, aber die Krankheit siegte über alle Bemühungen, und er starb nach einer Leidenszeit von vier Monaten. So wurde Oljenka abermals Witwe.

– Wie konntest du mich nur verlassen, mein Teurer, mein Einziger? – jammerte sie, als sie ihren Mann zu Grabe getragen hatte. – Wie soll ich bloß ohne dich leben, ich unglückliches, einsames Geschöpf. Habt Mitleid mit mir, ihr guten Leute, mit einer verlassenen Waise ...

Sie legte schwarze Kleidung und Trauerschleier an, entsagte für immer den Hüten und Handschuhen, verließ selten das Haus, und auch dann nur, um in die Kirche oder zum Grabe ihres Mannes zu gehen, und lebte wie eine Nonne in ihren vier Wänden. Erst nach Ablauf von sechs Monaten nahm sie die Trauerflore ab und öffnete wieder die Läden ihrer Fenster. Zuweilen sah man jetzt, wie sie mit der Köchin morgens auf den Markt zum Einkaufen ging, doch wie sie sonst lebte und was in ihrem Hause geschah, darüber konnte man höchstens Vermutungen anstellen. Man zog zum Beispiel daraus seine Schlüsse, daß man sie in ihrem kleinen Garten mit dem Veterinär beim Tee sitzen sah, wobei er ihr laut die Zeitung vorlas, und auch daraus, daß sie eines Tages zu einer Bekannten, die sie zufällig auf der Post traf, sagte:

– Unserer Stadt fehlt es an systematischer tierärztlicher Überwachung, deswegen haben wir auch so viele Krankheiten. Immerzu hören wir, daß Menschen durch Milch krank werden und sich von Pferden und Kühen anstecken. Um die Gesundheit der Haustiere müßte man sich im Grunde genommen nicht weniger kümmern als um die Gesundheit der Menschen.

Sie wiederholte die Gedanken des Veterinärs und vertrat in allen Dingen die gleiche Ansicht wie er. Es war ganz offensichtlich, daß sie es ohne Zärtlichkeit keine zwölf Monate aushalten konnte und im Seitenflügel des Hauses ihr neues Glück gefunden hatte. Eine andere Frau würde man dafür verurteilt haben, Oljenka aber stand hoch über jedem Verdacht, denn alles in ihrem Leben war einfach, lauter und klar. Sie und der Veterinär sprachen mit niemandem über die Veränderung, die ihre Beziehungen inzwischen erfahren hatten und versuchten sie geheim zu halten, dies gelang ihnen jedoch nicht, denn bei Oljenka konnte es einfach keine Geheimnisse geben. Wenn am Abend Gäste zu ihnen kamen, Freunde und Kollegen vom Regiment, begann sie, während sie Tee reichte oder Abendbrot servierte, über Maul- und Klauenseuche beim Hornvieh zu reden, über die Perlsucht und die städtischen Schlachthöfe; er pflegte bei diesen Gesprächen entsetzlich verlegen zu werden und, sobald die Gäste gegangen waren, packte er sie bei der Hand und fauchte sie wütend an:

– Ich habe dich doch wirklich gebeten, nicht über Sachen zu reden, die du nicht verstehst! Wenn wir Tierärzte uns miteinander unterhalten, so hast du dich bitte nicht einzumischen. Tatsächlich, es beginnt mir langweilig zu werden!

Verwundert und bestürzt blickte sie ihn an und fragte:

– Woloditschka, worüber soll ich denn reden?

Und dann umarmte sie ihn mit Tränen in den Augen, beschwor ihn, nicht böse zu sein, und beide waren glücklich.

Indessen dieses Glück währte nicht lange. Der Tierarzt zog mit seinem Regiment davon — davon für alle Zeiten, denn die Truppe wurde irgendwohin versetzt, ganz weit entfernt, schon beinahe nach Sibirien. Und wieder blieb Oljenka allein.

Jetzt fühlte sie sich ganz und gar verlassen; der Vater war schon lange tot und sein Sessel stand irgendwo auf dem Boden herum, verstaubt, mit abgeschlagenen Füßen. Sie begann mager und häßlich zu werden, und die Leute, denen sie auf der Straße begegnete, blickten ihr nicht mehr, wie früher, lächelnd nach; die besten Jahre schienen vorüber zu sein, schienen weit hinter ihr zu liegen; jetzt begann ein neues, ungewisses Dasein, über das man lieber nicht nachdenken sollte. Wie ehedem saß Oljenka auf den Treppenstufen ihres Hauses und hörte, wie im „Tivoli" die Musik spielte, wie die Raketen krachten, doch dies rief heute keinerlei Gedanken mehr in ihr hervor. Teilnahmslos blickte sie auf ihren leeren Hof, dachte an gar nichts, wünschte sich nichts, ging dann bei Anbruch der Nacht zu Bett und sah auch im Traum nichts anderes als jenen leeren Hof. Zum Essen und Trinken mußte sie sich zwingen.

Doch vor allem, und das war das Schlimmste, sie hatte weder Ansichten noch Urteile mehr. Sie bemerkte zwar die Gegenstände um sich herum und begriff auch alles, was in ihrer Nähe vorging, doch über nichts konnte sie sich eine eigene Meinung bilden, wußte kaum, worüber sie reden sollte. Und wie furchtbar ist es, keine Ansichten zu haben! Man sieht zum Beispiel, daß eine Flasche dort steht oder daß es regnet; oder daß ein Bauer mit seinem Wagen vorüberfährt, aber wozu diese Flasche da ist, oder der Regen, oder der Bauer, was sie für einen Sinn haben, kann man nicht ausdrücken, und nicht einmal für tausend Rubel würde man ein Wort darüber sagen können. Im Zusammensein mit Kukin oder Pustowalow und später mit dem Tierarzt konnte Oljenka jeden Gedanken ausdrücken, jede Meinung vertreten, jetzt aber herrschte in ihren Gedanken und in ihrem Herzen die gleiche trübselige Leere wie auf dem weiten Hofe vor ihren Fenstern. Unheimlich und bitter zugleich, als hätte sie einen Becher Wermut getrunken!

Allmählich dehnte sich die Stadt nach allen Seiten aus; die Zigeunervorstadt hatte sich längst in eine ehrbare Straße verwandelt, und dort, wo früher der Tivoli-Garten und die Holzniederlage standen, wuchsen jetzt Häuser aus der Erde, bildete sich eine Gasse neben der anderen. Wie rasch doch die Zeit läuft! Oljenkas Haus verlor seine strahlende Farbe, das Dach bedeckte sich mit Rost, die Schuppen sanken immer tiefer zur Seite und der Hof, überwuchert von Heidekraut und Brennesseln, verwahrloste vollständig. Oljenka selbst wurde älter und häßlicher; im Sommer hockte sie auf den Treppenstufen, und in ihrer Seele herrschte immer die gleiche bittere Einsamkeit und bohrende Leere; im Winter saß sie am Fenster und starrte hinab auf den Schnee. Berührt sie zuweilen ein zarter Frühlingshauch, trägt ihr der Wind den Klang der Domglocken zu, dann überströmen sie Erinnerungen an vergangene Tage, stockt ihr das Herz in süßer Beklommenheit, und die Augen füllen sich mit wohltuenden Tränen, doch dieser Zustand dauert nur wenige Augenblicke, und schnell tritt an seine Stelle wieder die frühere Leere, die Ungewißheit, wofür man eigentlich noch weiterlebt. Das schwarze Kätzchen Bryska schmeichelt um sie herum und schnurrt zärtlich, doch solcherlei Zärtlichkeiten vermögen Oljenka nicht zu rühren. Was bedeuten sie ihr? Eine Liebe braucht sie, die ihr ganzes Wesen erfassen würde, ihre Seele, ihren Verstand, die ihr neue Gedanken, neuen Lebensinhalt geben und ihr alterndes Blut erwärmen könnte. Sie schüttelt die schwarze Bryska vom Schoß und sagt verdrossen:

– Geh, geh ... Hast hier nichts zu suchen!

So verstreicht Tag für Tag, Jahr für Jahr. — Und nicht eine Freude kennt sie, nicht eine selbständige Meinung. Was die Köchin Mawra sagt, das läßt auch sie gelten.

An einem heißen Julitag, als in den Abendstunden die städtische Herde eben durch die Straßen getrieben wurde und der ganze Hof sich mit Staubwolken füllte, klopfte jemand unvermutet an die Pforte. Oljenka ging selbst zu öffnen und fuhr im nächsten Augenblick wie vom Blitz getroffen zurück: vor dem Tor stand der Veterinär Smirnin, bereits stark angegraut und in Zivilkleidung. Plötzlich begannen alle Erinnerungen in ihr aufzusteigen, sie verlor die Fassung, brach in Tränen aus und legte ihm, ohne ein Wort zu sagen, den Kopf auf die Brust; in ihrer Erregung merkte sie garnicht, wie sie dann beide ins Haus gingen, wie sie sich an den Teetisch setzten.

– Mein Lieber! – murmelte sie, vor Freude bebend. – Wladimir Platonytsch! Woher hat Sie der Himmel gesandt?

– Ich will mich ganz hier niederlassen, – berichtete er. Ich habe meinen Abschied eingereicht und bin gekommen, hier als freier Mensch mein Glück zu versuchen, endlich ein seßhaftes Leben zu beginnen. Auch ist es an der Zeit, meinen Sohn aufs Gymnasium zu schicken. Groß ist er geworden. Ich habe mich, wissen Sie, mit meiner Frau ausgesöhnt.

– Wo ist sie denn? – fragte Oljenka.

– Sie ist mit dem Sohn im Hotel geblieben, und ich irre umher und suche eine Wohnung.

– Gott, mein Täubchen, nehmen Sie doch einfach mein Haus! Was brauchen Sie erst lange zu suchen? Du lieber Himmel, ich werde Ihnen ja nicht das Geringste dafür berechnen, – geriet Oljenka in Erregung und zerdrückte abermals eine Träne. – Bleiben Sie nur und leben Sie hier, für mich genügt auch der Seitenflügel. Gott, ist das eine Freude!

Schon am nächsten Tage arbeitete man an der Renovierung des Hauses, strich das Dach, weißte die Wände, und Oljenka ging, die Hände in die Hüften gestemmt, im Hofe umher und erteilte Anordnungen. Wieder strahlte das frühere Lächeln auf ihrem Gesicht, sie selbst schien erfrischt und wie neugeboren, als wäre sie plötzlich aus einem langen Schlafe erwacht. Später kam die Frau des Veterinärs, eine magere, häßliche Dame mit kurzgeschnittenem Haar und launischem Gesichtsausdruck, und mit ihr der Sohn Ssascha, ein für sein Alter ungewöhnlich kleiner Junge (er ging ins zehnte Lebensjahr), rundlich, mit klaren blauen Augen und Grübchen auf den Wangen. Kaum hatte er den Hof betreten, als er auch schon hinter der Katze herzulaufen begann, und bald tönte aus allen Ecken sein lustiges, helles Lachen.

– Ist das Ihre Katze, Tantchen? – fragte er Oljenka. – Wenn sie Junge kriegt, schenken Sie mir doch bitte ein Kätzchen. Mama fürchtet sich so sehr vor Mäusen.

Oljenka unterhielt sich mit ihm, bewirtete ihn mit Tee, und plötzlich wurde es ihr so warm ums Herz, so süß preßte sich ihr die Brust zusammen, als wäre dieser Junge ihr eigenes Kind. Und als er am Abend im Eßzimmer saß und seine Aufgaben machte, schaute sie ihn voller Rührung und Mitgefühl an und flüsterte:

– Mein liebes Jungchen, mein Sonnenschein ... Täubchen, was bist du doch für ein kluges, ein hübsches Kerlchen.

– Eine Insel nennt man, – las er aus seinem Buch vor: – einen Teil des Festlandes, der auf allen Seiten von Wasser umgeben ist.

– Eine Insel nennt man einen Teil des Festlandes ... – wiederholte sie, und das war die erste Meinung, die sie mit voller Überzeugung nach so vielen Jahren des Schweigens und der Gedankenleere von sich gab.

Jetzt hatte sie wieder eigene Ansichten und unterhielt sich beim Abendessen mit Ssaschas Eltern darüber, wie der Unterricht im Gymnasium immer schwieriger würde, daß aber trotzdem eine humanistische Bildung der einer Realschule vorzuziehen sei, denn nach dem Gymnasium stünden einem alle Wege offen: wenn man will, kann man Mediziner werden, wenn man will, auch Ingenieur.

Ssascha trat ins Gymnasium ein. Seine Mutter reiste nach Charjkow zu ihrer Schwester und kehrte nicht wieder zurück; sein Vater fuhr jeden Tag irgendwohin, Viehherden zu untersuchen, und blieb oft mehrere Tage von Hause fort; Oljenka schien es, daß Ssascha verlassen und vergessen wäre, daß er überflüssig im Hause sei und sicherlich vor Hunger umkäme; sie brachte ihn bei sich im Seitenflügel unter und richtete ihm ein kleines Zimmer ein.

So verging ein halbes Jahr, und Ssascha wohnte immer noch bei ihr. Jeden Morgen tritt Oljenka in sein Zimmer; der Knabe liegt in festem Schlaf, kaum daß man seinen Atem vernehmen kann; die eine Hand ist friedlich unter die Wange geschoben. Wie leid es ihr tut, ihn wecken zu müssen!

– Ssaschenka, – sagt sie traurig: – steh auf, mein Täubchen! Es wird Zeit, in die Schule zu gehen.

Er steht auf, kleidet sich an, betet und setzt sich zum Frühstück; er trinkt drei Glas Tee und ißt dazu zwei große Kringel und ein halbes französisches Brot mit Butter. Noch ist er vom Schlaf nicht recht zu sich gekommen und daher schlechter Laune.

– Und bei dir, Ssaschenka, sitzt die Fabel doch noch nicht so ganz sicher, – sagt Oljenka und blickt ihn an, als verabschiede sie sich von ihm für eine lange Reise. – Sorgen machst du mir. Sei doch fleißig, mein Lieber, paß auf... Gib acht, was die Lehrer sagen.

– Ach, lassen Sie mich bitte in Ruhe! – brummt Ssascha.

Dann schreitet er die Straße entlang ins Gymnasium, ein winziges Kerlchen, mit einer großen Schirmmütze und der dicken Schulmappe auf dem Rücken. Lautlos geht Oljenka hinter ihm her.

– Ssaschenka—a! – ruft sie ihm nach.

Er schaut sich um, und sie steckt ihm noch rasch eine Dattel oder einen Bonbon in die Hand. Sobald sie in die Gasse einbiegen, in der sich das Gymnasium befindet, wird es ihm peinlich, daß eine hohe, stattliche Frau hinter ihm hergeht; er dreht sich um und sagt:

– Gehen Sie jetzt nach Hause, Tante, ich finde schon allein den Weg.

Sie bleibt stehen und schaut ihm lange nach, ohne zu zwinkern, ohne die Augen abzuwenden, bis er in der Eingangstür des Gymnasiums verschwindet. Gott, wie hängt sie doch mit ihrer ganzen Liebe an ihm! Von ihren früheren Zuneigungen ist keine je so tief gewesen, niemals gab sich ihre Seele so selbstlos, so ausschließlich, mit solcher Wonne hin, wie jetzt, wo immer stärker das Gefühl des Mutterglücks in ihr entbrennt. Für diesen fremden Jungen, für die Grübchen auf seinen Wangen, für seine Schirmmütze, würde sie gerne ihr Leben lassen, würde es freudig und mit Tränen des Entzückens opfern. Warum bloß? Ja, kann denn einer wissen — warum?

Nachdem sie Ssascha in die Schule gebracht hat, kehrt sie still in ihr Haus zurück, zufrieden, beseligt, von Liebe erfüllt; ihr Gesicht, das sich im letzten halben Jahr erstaunlich verjüngte, lächelt sanft und strahlend; unwillkürlich empfinden auch die Bekannten, die ihr begegnen, Freude bei diesem Anblick und rufen ihr zu:

– Guten Tag, mein Seelchen Olga Ssemjonowna! Wie geht es Ihnen, mein Seelchen?

– Schwer wird es jetzt im Gymnasium zu lernen, – erzählt sie beim Einkaufen auf dem Markt. – Es ist doch keine Kleinigkeit, gestern wurde in der ersten Klasse eine Fabel zum Auswendiglernen aufgegeben, dazu noch eine Übersetzung aus dem Lateinischen und Arithmetik... Nun, wie soll so ein Kleiner das alles schaffen?

Und sie beginnt über die Lehrer zu sprechen, über Aufgaben und Schulbücher, — genau in der gleichen Art, wie Ssascha darüber spricht.

Kurz nach zwei setzen sie sich zum Mittagessen, am Abend machen sie gemeinsam die Schulaufgaben und, wenn sie sich keinen Rat mehr wissen, weinen sie miteinander. Vor dem Schlafengehen kommt sie noch an sein Bett, bekreuzigt ihn lange und flüstert ein Gebet, dann legt auch sie sich nieder und träumt von der fernen, nebelhaften Zukunft, wenn Ssascha, nach Beendigung seines Studiums, ein berühmter Arzt oder Ingenieur geworden ist, sein eigenes großes Haus besitzt, Pferde, einen schönen Wagen, schließlich heiraten wird und selber Kinder bekommt... Sie schlummert ein und denkt immer weiter an seine Zukunft, und Tränen fließen aus ihren geschlossenen Augen die Wangen herab. Das schwarze Kätzchen liegt an ihrer Seite und schnurrt:

– Murr... murr... murrr...

Plötzlich ertönt ein heftiges Klopfen an der Pforte. Oljenka erwacht und wagt vor Schreck kaum zu atmen; das Herz droht ihr in der Brust zu zerspringen. Es vergeht eine halbe Minute, und abermals ertönt ein Klopfen.

„Das ist ein Telegramm aus Charjkow, – denkt sie und beginnt am ganzen Leibe zu zittern. – Die Mutter will Ssascha wieder zu sich nehmen... Oh, Gott!"

Sie ist verzweifelt; der Kopf, die Arme und Beine erstarren in eisigem Schreck, ihr scheint, es gäbe keinen unglücklicheren Menschen auf der ganzen Welt als sie. Doch es vergeht noch eine Minute, dann hört man Stimmen im Hof: es ist der Veterinär, der aus dem Klub nach Hause zurückkehrt.

„Gott sei Dank", — denkt sie.

Allmählich weicht der Druck von ihrem Herzen, und sie fühlt sich wie erlöst; sie geht wieder zu Bett und denkt weiter an Ssascha, der fest im Nebenzimmer schläft und leise im Traum vor sich hinmurmelt:

– Ich werde dir gleich zeigen! Geh weg, du! Fang doch nicht immer wieder an!

Anna am Halse

Nach der Trauung gab es nicht mal einen leichten Imbiß; die Jungvermählten tranken ein Glas Wein, zogen sich um und fuhren zur Bahn. An Stelle eines fröhlichen Hochzeitsessens mit anschließendem Ball, statt Musik und Tanz — eine Pilgerfahrt von mehr als 200 Werst. Viele billigten diesen Entschluß in der Erwägung, daß Modest Alexejitsch bereits einen hohen Dienstrang innehabe und nicht mehr ganz jung sei, daher eine lärmende Hochzeit vielleicht nicht ganz angebracht erscheine; auch sei es stimmungslos, Musik zu hören, wenn ein Beamter von 42 Jahren ein junges Mädchen heiratet, das kaum die 18 überschritten hat. Man sprach auch davon, daß Modest Alexejitsch, ein Mann von Prinzipien, diese Fahrt ins Kloster vor allem deshalb unternähme, um seiner jungen Frau vor Augen zu führen, daß er auch in der Ehe Religion und Sittlichkeit den ersten Platz einräume.

Die Neuvermählten wurden zur Bahn gebracht. Kollegen des Mannes und Verwandte umdrängten sie mit erhobenen Gläsern und warteten auf die Abfahrt des Zuges, um Hurra zu schreien; der Vater Pjotr Leontjitsch, im Zylinder und Lehrerfrack, bereits angeheitert und reichlich blaß, reckte sich mit seinem Glase zum Fenster empor und sagte flehend:

– Anjuta! Anja! Anja, nur noch ein Wort!

Anja beugte sich aus dem Kupeefenster; er flüsterte ihr etwas zu, hauchte ihr seinen branntweinduftenden Atem ins Gesicht, pustete ihr ins Ohr — man konnte nicht ein Wort verstehen — und bekreuzigte ihr das Gesicht, die Brust, die Hände; seine Stimme zitterte dabei, und in den Augen glänzten

Tränen. Anjas Brüder, die Gymnasiasten Petja und Andrjuscha, zupften ihn von hinten am Frack und flüsterten verlegen:

– Papachen, nicht doch... Papachen, lassen Sie das...

Als der Zug sich in Bewegung setzte, sah Anja, wie der Vater eine Weile hinter dem Wagen herlief, stolpernd, seinen Wein verschüttend, und wie kläglich gutmütig und schuldbewußt sein Gesicht war.

– Hurra...a...a! – schrie er.

Die Neuvermählten blieben allein. Modest Alexejitsch schaute sich im Kupee um, verteilte sorgfältig die Sachen im Gepäcknetz und setzte sich lächelnd seiner jungen Frau gegenüber. Er war ein Beamter von mittlerem Wuchs, ziemlich voll, aufgeschwemmt, sehr selbstzufrieden, mit langem Backenbart, und sein rasiertes, rundes, scharf profiliertes Kinn sah wie eine nackte Ferse aus. Das charakteristischste Merkmal seines Gesichts aber war der Mangel eines Schnurrbarts, jene frischrasierte, kahle Stelle, die allmählich in die fetten, wie eine Gallertspeise zitternden Backen überging. Seine Haltung war solide, die Bewegungen nicht zu hastig, die Manieren einschmeichelnd.

– Ich kann nicht umhin, mich gerade jetzt einer gewissen Begebenheit zu erinnern, – sagte er lächelnd. – Vor fünf Jahren, als Kossorotow den Orden zur Heiligen Anna zweiter Klasse bekam und zur Dankvisite erschien, drückte sich Seine Exzellenz folgendermaßen aus: „Also, jetzt haben Sie drei Annen: eine im Knopfloch und zwei am Halse." Ich muß dabei bemerken, daß damals zu Kossorotow gerade seine Frau zurückkehrte, ein ungewöhnlich zänkisches und leichtfertiges Geschöpf, das Anna hieß. Ich hoffe, daß, wenn ich den Annenorden zweiter Klasse erhalte, Seine Exzellenz keine Veranlassung haben wird, mir das gleiche zu sagen.

Er lächelte mit seinen kleinen Augen. Auch sie lächelte, erregt von dem Gedanken, daß dieser Mensch ihr jeden

Augenblick mit seinen schwulstigen, nassen Lippen einen Kuß geben könne und daß sie jetzt kein Recht mehr haben würde, ihm dies zu verweigern. Die weichen Bewegungen seines gedunsenen Körpers erschreckten sie, sie fürchtete und ekelte sich vor ihm. Er stand auf, legte langsam seinen Orden, den Frack, die Weste ab und zog den Schlafrock über.

– Also so, – sagte er und setzte sich neben Anja.

Sie erinnerte sich, wie qualvoll die Trauung gewesen war, als es ihr schien, daß der Priester, die Gäste und alle Anwesenden in der Kirche sie kummervoll betrachteten: warum, warum muß ein so liebes, junges Ding einen ältlichen, uninteressanten Mann heiraten? Heute früh war sie noch voll Entzücken, daß alles sich so gut geordnet hatte, aber schon während der Trauung und jetzt im Waggon fühlte sie sich schuldig, betrogen und lächerlich. Einen reichen Mann hatte sie geheiratet — aber Geld hatte sie trotzdem nicht bekommen, das Brautkleid mußte man auf Pump machen lassen — und als der Vater und die Brüder sie zur Bahn brachten, sah sie ihren Gesichtern an, daß sie keine Kopeke besaßen. Werden sie heute zu Abend essen können? Und morgen? Es schien ihr, daß der Vater und die Knaben jetzt hungrig und verlassen dasäßen und den gleichen Gram empfänden wie einst sie am Abend nach der Beerdigung ihrer Mutter.

„Oh, was bin ich unglücklich! – dachte sie. – Warum bin ich so unglücklich?"

Mit der Ungeschicklichkeit eines Mannes, der wenig Übung im Umgang mit Frauen hat, berührte Modest Alexejitsch ihre Taille und klopfte sie auf die Schulter, und sie dachte dabei an Geld, an die Mutter, an deren Tod. Als die Mutter starb, begann Pjotr Leontjitsch, der Lehrer für Schönschreiben und Zeichnen am Gymnasium war, sich dem Trunk zu ergeben, und das Elend rückte immer näher... daß die Knaben keine Schuhe und Galoschen mehr hatten, daß der Vater immer öfter vor den Friedensrichter zitiert wurde und die Besuche des Gerichtsvollziehers sich zu häufen begannen... Welche Schande! Anja mußte den betrunkenen Vater pflegen, den Brüdern die Strümpfe stopfen, auf den Markt gehen, und wenn zuweilen ihre Schönheit, Jugend und die gefälligen Manieren gelobt wurden, schien es ihr, als ob die ganze Welt auf ihr billiges Hütchen, auf die mit Tinte übertuschten Löcher in den Schuhen schaute. Nachts weinte sie, und die qualvollen Gedanken verließen sie nicht, daß man den Vater seines Lasters wegen bald aus dem Gymnasium herauswerfen werde, daß er diese Schande nicht überleben und genau wie die Mutter sterben würde. Aber die Damen der Bekanntschaft begannen sich zu regen, um für Anja eine gute Partie zu suchen. Man fand sehr bald den bewußten Modest Alexejitsch, einen nicht jungen und nicht hübschen, aber wohlhabenden Menschen. Hunderttausend hatte er auf der Bank und besaß ein Erbgut, das er verpachtete. Er war ein Mann von Prinzipien und wohlangeschrieben bei Seiner Exzellenz. Wie man Anja versicherte, sei es für ihn eine Kleinigkeit, von Seiner Exzellenz einen Brief an den Direktor des Gymnasiums und sogar an den Kurator zu erhalten, damit Pjotr Leontjitsch nicht entlassen würde.

Während sie sich solchen Erinnerungen hingab, hörte man plötzlich Musik, die zusammen mit verworrenem Stimmenlärm durchs Fenster drang. Der Zug hatte an einer Zwischenstation haltgemacht. In der Menschenmenge hinter dem Bahnhof spielte keck eine Ziehharmonika, eine billige Geige winselte dazwischen, und hinter den hohen Birken und Pappeln, hinter den vom Mondschein überfluteten Datschen dröhnte Militärmusik: sicherlich gab es im Orte einen Tanzabend. Auf dem Perron spazierten die Datschenbewohner und die Städter, die bei dem schönen Wetter herübergekommen waren, um ein wenig Luft zu schnappen. Auch Artynow war dabei, der reiche Besitzer des ganzen Ortes, ein hoher, voller, schwarzhaariger Mann, den man mit seinen Glotzaugen und dem merkwürdigen Kostüm für einen Armenier halten konnte. Er trug ein offenes Hemd, hohe Stiefel mit Sporen, und von seinen Schultern fiel ein schwarzer Überwurf, der wie eine Schleppe auf der Erde nachschleifte. Zwei Barsoi mit spitzen, gesenkten Schnauzen folgten ihm.

In Anjas Augen glänzten noch die Tränen, aber sie dachte schon nicht mehr an die Mutter, das Geld oder die Hochzeit, sie drückte bekannten Gymnasiasten und Offizieren die Hände, lachte fröhlich und sagte rasch:

- Guten Tag! Wie geht es Ihnen?

Sie trat beim Mondlicht auf die Plattform und stellte sich so, daß man sie in ihrem neuen prächtigen Kleid und Hut bewundern konnte.

- Warum stehen wir hier? - fragte sie.

- Hier ist eine Weiche, - antwortete man ihr: - ein Postzug wird erwartet.

Als sie merkte, daß Artynow sie anschaute, kniff sie kokett die Augen zu und begann laut französisch zu sprechen, und weil ihre eigene Stimme so herrlich klang, weil Musik ertönte und der Mond sich im Teiche widerspiegelte, weil Artynow, dieser bekannte Don Juan und Schürzenjäger, sie gierig mit den Blicken verschlang und weil alle so lustig waren — überkam auch sie ein Gefühl der Freude, und als der Zug sich in Bewegung setzte und die bekannten Offiziere ihr zum Abschied salutierten, summte sie schon die Polka mit, die das hinter den Bäumen dröhnende Militärorchester ihr nachschickte; sie kehrte in ihr Kupee mit dem Gefühl zurück, als ob man sie auf dieser Zwischenstation davon überzeugt hätte, daß sie unbedingt, allem zum Trotz, doch noch glücklich werden würde.

Die Neuvermählten verbrachten zwei Tage im Kloster und

kehrten dann in die Stadt zurück. Sie bezogen eine Dienstwohnung. In den Stunden, in denen Modest Alexejitsch im Amte war, spielte Anja Klavier oder weinte aus Langerweile, legte sich aufs Sofa und las Romane oder blätterte in einem Modejournal. Beim Mittagessen aß Modest Alexejitsch ungeheuer viel, redete über Politik, Beförderungen, Versetzungen und Auszeichnungen, darüber, daß man schuften müsse, daß das Familienleben kein Vergnügen, sondern eine Schuldigkeit sei, daß eine Kopeke den Rubel sparen helfe und daß als höchstes Ziel im Leben er immer die Religion und die Moral betrachte. Er hielt das Messer in der geballten Faust wie ein Schwert und sagte:

– Jeder Mensch muß seine Pflichten haben!

Anja hörte zu, fürchtete sich vor ihm, konnte nicht essen und stand meist hungrig vom Tisch auf.

Nach dem Mittag ruhte sich ihr Mann aus, schnarchte durch die ganze Wohnung, und sie machte sich auf den Weg zu den Ihrigen. Der Vater und die Knaben schauten sie irgendwie merkwürdig an, als ob sie gerade über sie gesprochen und sie verurteilt hätten, weil sie des Geldes wegen einen faden, langweiligen, von ihr gänzlich ungeliebten Menschen geheiratet hatte; ihr rauschendes Kleid, ihre Armbänder, ihre ganze damenhafte Erscheinung störten und kränkten sie; in ihrer Gegenwart fühlten sie sich gehemmt und wußten nicht recht, worüber sie reden sollten; aber sie liebten sie immer noch und konnten ohne sie nicht zu Mittag essen. Sie setzte sich mit an den Tisch, aß ihre Kohlsuppe, ihre Grütze und die in Hammelfett gebratenen Kartoffeln, die stark nach Talglicht rochen. Pjotr Leontjitsch goß sich mit zitternder Hand aus der Karaffe ein Schnäpschen ein, trank es hastig, gierig, mit Widerwillen aus, dann ein zweites Gläschen, ein drittes ... Petja und Andrjuscha, bleich und schmal, mit großen dunklen Augen, rückten die Karaffe beiseite und sagten verlegen:

– Nicht doch, Papachen... Genug, Papachen...

Auch Anja war bekümmert und flehte ihn an, das Trinken aufzugeben; dann fuhr er meist hoch und schlug mit der Faust auf den Tisch:

– Ich erlaube keinem, mir Vorhaltungen zu machen, – schrie er. – Lümmel! Dummes Mädel! Ich werde euch alle rausschmeißen!

Aber seine Stimme klang schwach, gütig und erschreckte niemanden. Nach dem Mittagessen pflegte er sich schön zu machen; bleich, mit vom Rasieren noch blutendem Kinn und ausgestrecktem Hals, stand er ganze anderthalb Stunden vor dem Spiegel, kämmte sich, zwirbelte den schwarzen Schnurrbart in die Höhe, besprengte sich mit Parfüm und band besonders sorgfältig die Krawatte; dann setzte er den Zylinder auf, nahm die Handschuhe in die Hand und begab sich zu seinen Privatstunden. An Feiertagen blieb er zu Hause, zeichnete, malte oder spielte auf dem Harmonium, das unter seinen Fingern merkwürdig zischende und brummende Töne von sich gab; er versuchte gefällige Harmonien aus ihm herauszupressen und gelegentlich wohl auch selbst mitzusingen. Zwischendurch fauchte er die Knaben an:

– Verbrecher! Gauner! Mein Instrument habt ihr mir verdorben!

Abends spielte Anjas Mann mit seinen Kollegen, die unter einem Dache mit ihm im Dienstgebäude wohnten, Karten. Meist kamen die Ehefrauen der Beamten hinzu, häßliche, geschmacklos gekleidete und grobe Weiber; dann war die ganze Wohnung von Klatschgeschichten erfüllt, ebenso häßlich und geschmacklos wie die Beamtenfrauen selbst. Zuweilen ging Modest Alexejitsch mit Anja ins Theater. Während der Pausen ließ er sie nicht einen Schritt von sich und promenierte mit ihr Arm in Arm in den Gängen und im Foyer. Sobald er irgend jemand begrüßte, flüsterte er ihr rasch ins Ohr: „Staats-

rat Soundso ... bei seiner Exzellenz eingeführt ..." oder: „Hat gewisse Mittel ... besitzt ein eigenes Haus ..." Als sie am Büfett vorübergingen, wollte Anja gerne etwas Süßes essen; sie liebte Schokolade und Apfelkuchen, hatte aber gar kein Geld und wagte nicht, ihren Mann darum zu bitten. Der nahm eine Birne in die Hand, knetete sie mit den Fingern und fragte zögernd:
– Was kostet sie?
– Fünfundzwanzig Kopeken.
– Allerdings! – sagte er und legte die Birne zurück; aber da es peinlich war, vom Büfett wegzugehen, ohne etwas gekauft zu haben, verlangte er Selterwasser und trank allein die ganze Flasche aus, daß ihm die Tränen in die Augen stiegen, und Anja haßte ihn in solchen Augenblicken noch leidenschaftlicher als sonst.

Oder er sagte rasch und errötend:
– Grüß diese alte Dame!
– Aber ich kenne sie doch gar nicht.
– Egal. Es ist die Frau des Vorsitzenden des Gerichtshofs. Grüß doch, wenn ich dir sage! – brummte er ärgerlich. – Der Kopf wird dir nicht abfallen.

Anja grüßte, und der Kopf fiel ihr tatsächlich nicht ab, aber das Ganze blieb qualvoll. Sie tat alles, was ihr Mann wollte, und gab sich selbst die Schuld, daß er sie wie ein dummes Mädel hinters Licht hatte führen können. Nur des Geldes wegen hatte sie ihn geheiratet, und Geld besaß sie jetzt weniger als vor der Hochzeit. Früher gab ihr wenigstens der Vater ein paar Rubel und jetzt — nicht eine Kopeke. Heimlich zu nehmen oder zu bitten vermochte sie nicht, sie fürchtete ihren Mann und zitterte vor ihm. Es schien ihr, die Furcht vor diesem Menschen trüge sie schon lange in ihrer Seele. In der Kindheit war die Verkörperung der größten und stärksten Macht, die wie eine Gewitterwolke oder eine

Lokomotive herannahte und sie zu erdrücken drohte, der Schuldirektor; eine zweite solche Macht, über die man zu Hause immer sprach und die den Kindern Angst einflößte, war Seine Exzellenz; es gab noch einige kleinere Mächte, darunter die Schullehrer mit ihren rasierten Schnurrbärten, streng, unerbittlich, und jetzt endlich Modest Alexejitsch, ein Mann von Prinzipien, der auch äußerlich dem Direktor nicht unähnlich sah. In Anjas Vorstellung schmolzen alle diese Mächte zu einer zusammen, die in der Gestalt eines fürchterlichen, riesigen weißen Bären auf die Schwachen und Schutzlosen, auf solche wie ihr Vater losgingen — und sie brachte es nicht über sich, zu widersprechen, lächelte angestrengt und versuchte heuchlerisch Gefallen an den derben Liebkosungen und Umarmungen, die ihr Grauen erregten, vorzutäuschen.

Nur einmal wagte Pjotr Leontjitsch den Schwiegersohn um fünfzig Rubel zu bitten, um eine sehr unangenehme Schuld zu begleichen, aber was war das für eine Qual!

– Schön, ich werde sie Ihnen geben, – sagte Modest Alexejitsch nach einiger Überlegung: – aber ich mache Sie darauf aufmerksam, daß ich Ihnen nicht mehr helfen werde, solange Sie nicht das Trinken aufgegeben haben. Für einen Menschen, der in Staatsdiensten steht, ist solch ein Laster schändlich. Ich kann nicht umhin, Sie an eine allgemeine bekannte Tatsache zu erinnern, daß viele begabte Menschen an dieser Leidenschaft zugrunde gegangen sind, wogegen bei einiger Enthaltsamkeit sie vielleicht mit der Zeit doch noch zu hohen Ehren gekommen wären.

Und es folgten lange Wendungen wie „in Anbetracht dessen" ... „in Erwägung der Tatsache" ... „bezugnehmend auf das eben Gesagte", und der arme Pjotr Leontjitsch litt unter dieser Erniedrigung und fühlte den unwiderstehlichen Drang, einen zu kippen.

Auch die Knaben, die zu Anja zu Besuch kamen, meist in zerrissenen Schuhen und abgetragenen Hosen, mußten Belehrungen über sich ergehen lassen.

– Jeder Mensch muß seine Pflichten haben! – sagte ihnen Modest Alexejitsch.

Geld aber gab er trotzdem nicht. Dafür schenkte er Anja Ringe, Armbänder und Broschen, weil es, wie er sagte, ganz nützlich wäre, solche Sachen in Stunden der Not zu besitzen. Von Zeit zu Zeit öffnete er die Kommode und unterzog ihren Inhalt einer Revision: ob alles noch unversehrt vorhanden wäre.

II.

Inzwischen war der Winter gekommen. Schon lange vor Weihnachten konnte man im Stadtblatt lesen, daß am 29. Dezember im Adelsklub der traditionelle Winterball stattfinden würde. Jeden Abend, sobald das Kartenspiel beendet war, tuschelte Modest Alexejitsch aufgeregt mit den Beamtenfrauen, schaute besorgt auf Anja und ging dann noch lange in Gedanken versunken von einer Ecke zur anderen. Endlich, eines Abends spät, blieb er vor ihr stehen und sagte:

– Du mußt dir ein neues Ballkleid machen lassen. Verstehst du? Nur bitte, berate dich mit Marja Grigorjewna und Natalja Kusjminischna.

Und er gab ihr hundert Rubel. Sie nahm das Geld, bestellte jedoch das Kleid, ohne jemanden um Rat zu fragen, besprach die Sache nur mit ihrem Vater und versuchte sich auszumalen, wie ihre Mutter auf dem Balle erschienen wäre. Die verstorbene Mutter ging immer nach der letzten Mode gekleidet; sie gab sich viel Mühe mit Anja, schmückte sie zierlich wie eine Puppe, lehrte sie französisch sprechen und ausgezeichnet Mazurka tanzen (vor der Ehe war sie fünf Jahre als Haustochter tätig gewesen). Wie ihre Mutter, verstand auch Anja aus einem alten Kleid ein neues zu schneidern, in

Benzin ihre Handschuhe zu waschen, sich den passenden Schmuck auszuleihen, von ihrer Mutter hatte sie die Gewohnheit übernommen, die Augen zusammenzukneifen, zu gurren, anmutige Posen einzunehmen, wenn es nötig war, in Begeisterung zu geraten oder traurig und rätselhaft dreinzuschauen. Vom Vater hatte sie das Haar und die dunklen Augen geerbt, die Nervosität und die Sucht, sich aufzuputzen.

Als eine halbe Stunde vor Beginn des Balles Modest Alexejitsch zu ihr ins Zimmer trat, ohne Rock, um sich den Orden um den Hals zu binden, blieb er, geblendet von ihrer Schönheit und dem Glanz ihres frischen, duftigen Kleides, stehen und kämmte selbstgefällig seinen Backenbart:

– Also so eine bist du ... so eine!

– Anjuta! – fuhr er fort und verfiel in einen feierlichen Ton. – Ich habe dich beglückt, und heute kannst du mich beglücken. Ich bitte dich, mach dich mit der Gattin Seiner Exzellenz bekannt. Um Gottes willen! Durch sie könnte ich den Posten eines Vortragenden Rates bekommen. –

Man fuhr zum Ball. Da war schon das Adelskasino und die Anfahrt mit dem großartigen Portier; die Vorräume mit den Garderoben, den Mänteln, den umherflitzenden Dienern und dekolletierten Damen, die sich mit ihren Fächern vor Zugluft schützten; es roch nach Leuchtgas und Soldaten. Als Anja am Arm ihres Mannes die Treppe hinaufstieg, die Ballmusik hörte und sich in einem riesigen Spiegel von tausend Lichtern beleuchtet sah, wurde in ihrer Brust ein Gefühl der Freude wach, die gleiche Vorahnung des Glücks, die sie in jener Mondnacht auf der kleinen Station empfunden hatte. Sie schritt stolz und selbstsicher dahin, fühlte sich zum erstenmal nicht mehr als kleines Mädchen, sondern als Dame und ahmte unwillkürlich in Gang und Manieren die verstorbene Mutter nach. Zum erstenmal im Leben fühlte sie sich reich und frei. Sogar die Anwesenheit des Mannes hemmte sie nicht mehr; denn als sie die Schwelle des Saales betrat, sagte ihr der Instinkt, daß die Nähe eines alten Mannes sie keinesfalls herabsetze, sondern ihr im Gegenteil den Stempel einer pikanten Undurchdringlichkeit verlieh, die den meisten Männern so gut gefällt. Im großen Saal dröhnte bereits die Musik, und die Tänze hatten soeben begonnen. Nach dem grauen Einerlei der Dienstwohnung, berauscht vom Licht, der Musik, dem Lärm und dem bunten Treiben, überschaute Anja mit einem Blick den ganzen Saal und dachte: „Gott, wie schön!" Sie fand sofort eine Menge Bekannte, alle, die sie früher auf den Tanzabenden und Festlichkeiten getroffen hatte, die Offiziere, Lehrer, Advokaten, Beamte, Gutsbesitzer, Seine Exzellenz, Artynow und die Damen der hohen Gesellschaft — aufgedonnert, stark dekolletiert, hübsch und häßlich, die schon ihre Posten in den Bauernhäuschen und Pavillons des Wohltätigkeitsbazars bezogen hatten, um den Verkauf zugunsten der Armen zu eröffnen. Ein riesiger Offizier mit Epauletten — sie hatte ihn in der Alt-Kiewschen Straße kennengelernt, als sie noch Schülerin war und erinnerte sich nicht mehr an seinen Namen — stand plötzlich wie aus der Erde gewachsen vor ihr und forderte sie zum Walzer auf; sie flog von der Seite ihres Mannes fort, und es schien ihr, als ob sie in einem Segelboot dahinraste, in einem starken Sturm, und ihr Mann bliebe weit am Ufer zurück... Sie tanzte mit Leidenschaft, mit Begeisterung sowohl Walzer als auch Polka und Quadrille, flog aus einem Arm in den anderen, berauscht von Musik und Lärm, Russisch und Französisch durcheinanderwerfend, gurrend, lachend — ohne einen Gedanken an ihren Mann, an nichts, an niemanden. Sie hatte Erfolg bei den Männern, das war offenbar, es konnte auch nicht anders sein; sie war außer Atem vor Erregung, preßte krampfhaft ihren Fächer in den Händen und spürte plötzlich, daß sie durstig war. Ihr Vater,

Pjotr Leontjitsch, im zerknüllten, stark nach Benzin duftenden Frack, kam an sie heran und reichte ihr eine Schale mit rotem Gefrorenen

– Du bist heute entzückend, – sagte er, während er sie voll Begeisterung anschaute: – und niemals habe ich es stärker bereut, daß du so eilfertig geheiratet hast. Warum? Ich weiß, du hast es unseretwegen getan, aber... – Mit zitternden Händen zog er ein Bündel Banknoten hervor und sagte: – Heute habe ich mein Honorar für die Stunden bekommen und kann deinem Mann die Schuld zurückzahlen.

Sie drückte ihm die Schale in die Hand, von jemandem aufgegriffen, flog sie weit davon und sah flüchtig, über die Schulter ihres Kavaliers, wie ihr Vater über das Parkett glitt, eine Dame umfaßte und mit ihr in den Saal hineinstürmte.

– Wie nett er sein kann, wenn er nüchtern ist! – dachte sie.

Mazurka tanzte sie mit dem gleichen riesigen Offizier; feierlich und schwer, wie ein Holzklotz in Uniform, schritt er einher, wiegte sich in Brust und Schultern, setzte kaum ein Bein vor das andere — denn er hätte am liebsten überhaupt nicht getanzt, — und sie flatterte daneben, erregte ihn durch ihre Schönheit, ihren offenen Hals; ihre Augen leuchteten übermütig, ihre Bewegungen waren voller Leidenschaft, er wurde immer gleichgültiger und streckte ihr die Hand entgegen, gütig wie ein König.

– Bravo, bravo!... – hörte man im Publikum.

Allmählich riß es auch den riesigen Offizier mit — er wurde lebendig, geriet in Bewegung, unterlag ihrem Charme und tanzte leicht und jung; sie wiegte sich ihrerseits in den Schultern, schaute ihn schelmisch an, als ob jetzt sie die Königin wäre und er ihr Sklave; es schien ihr, daß der ganze Saal sie betrachten, alle Menschen sie beneiden und von ihr entzückt sein müßten. Kaum hatte sich der riesige Offizier bedanken können, als das Publikum plötzlich auseinandertrat,

die Männer sich irgendwie verlegen aufreckten und die
Hände unwillkürlich an die Hosennaht legten... Es war
Seine Exzellenz, mit zwei Sternen am Frack, die gerade auf
sie zukam. Ja, ohne Zweifel, Seine Exzellenz ging direkt auf
sie zu; denn er schaute ihr in die Augen und lächelte honigsüß, wobei er mit den Lippen schmatzte, was er immer tat,
wenn er schöne Frauen sah.

– Sehr erfreut, sehr erfreut... – begann er.

– Und Ihren Mann lasse ich für zwei Wochen auf die Wache
bringen, weil er uns bis jetzt eine solche Kostbarkeit vorent-
halten hat. Ich komme zu Ihnen mit einem Auftrag meiner
Frau, – fuhr er fort, indem er ihr die Hand reichte. – Sie
müssen uns helfen... Mja... man müßte einen Preis für
Ihre Schönheit aussetzen... wie in Amerika... Mja...
überhaupt, die Amerikaner... Meine Frau erwartet Sie mit
Ungeduld.

Er brachte sie an ein Bauernhäuschen zu einer älteren Dame,
deren untere Gesichtshälfte unverhältnismäßig groß war, so-
daß es den Anschein erweckte, als halte sie im Munde einen
dicken Stein.

– Helfen Sie uns, – sagte sie näselnd mit singender Stimme.
– Alle schönen Frauen arbeiten beim Wohltätigkeitsfest, nur
Sie allein spazieren herum. Warum wollen Sie uns nicht
helfen?

Sie ging weg, und Anja nahm ihren Platz hinter dem silbernen Samowar ein. Sofort begann ein lebhafter Verkauf.
Für die Tasse Tee nahm Anja nicht weniger als einen Rubel,
und dem riesigen Offizier befahl sie, drei Tassen hinter-
einander zu trinken. Der reiche Artynow, glotzäugig, nach
Atem ringend, kam heran, aber nicht mehr in der bizarren
Kleidung, in der ihn Anja im Sommer gesehen hatte, sondern
im Frack wie alle anderen. Ohne die Augen von ihr abzuwenden, trank er ein Glas Champagner und bezahlte

hundert Rubel dafür, trank dann noch ein Glas Tee und gab nochmals einen Hunderter, und dies alles schweigend ... in schwerer Atemnot.

Anja lockte die Käufer an und nahm ihnen geschickt das Geld ab, bereits tief davon durchdrungen, daß ihr Lächeln und ihre Blicke den Leuten das allergrößte Vergnügen bereiten müßten. Sie hatte begriffen, daß sie ausschließlich für dieses geräuschvolle, glänzende, lachende Leben geschaffen war, mit Musik, Tanz, Verehrern, und ihre frühere Furcht vor jener Macht, die sich heranwälzte und sie zu erdrücken drohte, erschien ihr jetzt lächerlich; vor niemandem hatte sie mehr Angst und bedauerte nur, daß die Mutter nicht da war, um an ihren Erfolgen teilzunehmen.

Pjotr Leontjitsch, schon ziemlich blaß, aber noch immer fest auf den Beinen, kam an das Bauernhäuschen heran und verlangte einen Kognak. Anja wurde rot, in der Erwartung, er könne etwas Unpassendes sagen (es war ihr bereits peinlich, einen so armen, so unbedeutenden Vater zu haben), aber er trank aus, schmiß aus seinem Geldbündel zehn Rubel auf den Tisch und ging feierlich davon, ohne ein Wort zu verlieren. Kurz danach sah sie, wie er im Grand-rond dahinschritt, diesmal schon recht unsicher, und, zur größten Verlegenheit seiner Dame, irgend etwas laut in den Saal schreiend; Anja erinnerte sich, wie er vor drei Jahren auf einem Ball genau so taumelte und etwas brüllte und wie es dann damit endete, daß der Polizeiaufseher ihn nach Hause ins Bett brachte und am nächsten Tag der Direktor wieder mit Entlassung drohte. Wie wenig war diese Erinnerung jetzt am Platze!

Als in den Bauernhäuschen die Samoware ausgingen und die erschöpften Verkäuferinnen ihren Erlös der älteren Dame mit dem Stein im Munde ablieferten, führte Artynow Anja an seinem Arm in den Saal, wo ein Abendessen für alle Teilnehmer des Wohltätigkeitsbazars bereitstand. Es soupierten kaum mehr als zwanzig Personen, aber es ging überaus geräuschvoll zu. Seine Exzellenz brachte einen Toast aus: „In diesen prächtigen Räumen wäre es nicht unangebracht, auf das Gedeihen der billigen Mittagstische zu trinken, die der Gegenstand des heutigen Festes waren." Der Brigadegeneral hob sein Glas auf „die Macht, vor der sogar die Artillerie versagt", und alle reckten sich, um mit den Damen anzustoßen. Es war sehr, sehr lustig!

Als Anja nach Hause gebracht wurde, dämmerte es bereits, und die Köchinnen gingen schon zum Markt. Freudig, angeheitert, voll neuer Eindrücke, sterbensmüde, zog sie sich aus, sank ins Bett und schlief im Nu ein ...

In der zweiten Mittagsstunde weckte sie das Stubenmädchen mit der Meldung, Herr Artynow wäre gekommen, ihr seine Aufwartung zu machen. Sie zog sich hastig an und ging in den Salon. Bald nach Artynow erschien Seine Exzellenz, um sich für ihre Mitwirkung beim Wohltätigkeitsbazar zu bedanken. Er schaute sie honigsüß und schmatzend an, küßte ihr die Hand, bat um Erlaubnis, wiederkommen zu dürfen, und sie stand nach seiner Abfahrt noch lange mitten im Salon, erstaunt, verzaubert, ohne zu fassen, daß diese Wandlung in ihrem Leben, diese wunderbare Wandlung, so schnell vor sich gegangen sei; in diesem Moment trat ihr Mann ein, Modest Alexejitsch ... Auch vor ihr stand er jetzt mit dem gleichen einschmeichelnden, süßen, lakaienhaft-ehrfurchtsvollen Ausdruck, den sie bei ihm sonst nur in Gegenwart von Mächtigen und Reichen zu sehen gewohnt war; und mit Begeisterung, mit Empörung und Verachtung, in der Gewißheit, es könnte ihr nichts mehr passieren, sagte sie, jedes Wort wie gemeißelt aussprechend:

– Gehen Sie raus, Sie Jammerlappen!

Von jetzt an hatte Anja keinen freien Tag mehr, denn sie beteiligte sich bald an einem Ausflug oder Picknick, bald an einer Liebhabervorstellung. Erst im Morgengrauen pflegte sie heimzukehren, legte sich im Salon auf den Fußboden und erzählte dann allen kindlich-rührend, wie sie daheim unter Blumen schlafe. Geld verbrauchte sie sehr viel, aber sie fürchtete sich nicht mehr vor Modest Alexejitsch und gab mit vollen Händen aus, als sei es ihr eigenes; sie fragte ihn gar nicht mal danach, verlangte auch nichts, sondern schickte ihm einfach die Rechnungen oder einen Zettel: „dem Überbringer dieses zweihundert Rubel auszuhändigen" oder „sofort hundert Rubel zu zahlen".

Zu Ostern wurde Modest Alexejitsch die Anna zweiter Klasse verliehen. Als er zur Dankvisite erschien, legte Seine Exzellenz die Zeitung beiseite und setzte sich bequem im Sessel zurecht.

– Also, jetzt haben Sie drei Annen, – sagte er und betrachtete seine weißen Hände mit den gepflegten Nägeln: – eine im Knopfloch und zwei am Halse.

Modest Alexejitsch hob drei Finger an die Lippen, lächelte ehrerbietig hinter der vorgehaltenen Hand und sagte:

– Jetzt braucht man nur noch auf das Erscheinen eines kleinen Wladimir zu warten. Darf ich Eure Exzellenz ergebenst zum Taufpaten bitten.

Er spielte auf den Wladimir vierter Klasse an und malte sich bereits aus, wie er überall diesen Scherz erzählen würde, den er in seiner Erfindung und Kühnheit ungewöhnlich gelungen fand; er wollte noch etwas ähnlich Treffendes vorbringen, aber Seine Exzellenz war bereits wieder in die Zeitung vertieft und winkte abwehrend mit dem Kopf.

Anja machte immer weiter ihre nächtlichen Troikafahrten, ging mit Artynow auf die Jagd, versuchte ihr Talent in Einaktern, nahm an großen Diners teil und erschien immer seltener bei den Ihrigen. Diese aßen längst ohne sie allein zu Mittag; Pjotr Leontjitsch trank mehr denn je, Geld war keines im Hause, das Harmonium mußte einer Schuld wegen verkauft werden. Die Knaben ließen ihn nicht mehr allein auf die Straße und folgten ihm, damit er nicht hinstürze. Als Anja ihnen eines Tages während der großen Promenadestunde auf der Alt-Kiewschen Straße in einem eleganten Zweigespann mit Artynow als Kutscher auf dem Bock begegnete, nahm Pjotr Leontjitsch seinen Zylinder ab und wollte ihr etwas nachrufen, doch die Knaben faßten ihn unterm Arm und sagten flehend:

– Nicht doch, Papachen... Lassen Sie das, Papachen...